山本幸久

あっぱれアヒルバス

実業之日本社

実業之日本社文庫

目次

アヒルバス社歌

ご案内いたします
お客様を乗せて
るんるん今日も走ります
飛ぶがごとく走ります
あなたのつばさになりたいの
アヒル　アヒル　アヒル
アヒルバスは今日も走る

ご案内いたします
夢と希望を乗せて
るんるん明日も走ります
風より早く走ります
あなたの思い出になりたいの
アヒル　アヒル　アヒル
アヒルバスは明日も走る

グワワワ　グワワワ
グワグワグワグワグワワ
（三回繰り返し）

1　並ぶ招き猫

猫が二匹行儀よく並び、揃って右手を大きく挙げていた。高松秀子《たかまつひでこ》を見つめるその黒目は、お昼前にもかかわらず、まん丸だった。それはそうだ。どちらも作り物である。招き猫なのだ。

ただしそんじょそこらの招き猫とはわけがちがう。そこそこでかい。挙げた手の先から測れば一メートルは優にありそうだ。置き場所も変わっていた。神社の本殿に鎮座して、訪れる参拝客を眺めている。

神社自体は古い。なにしろ京都の石清水八幡宮《いわしみずはちまんぐう》を勧請《かんじょう》し、創建したのが平安時代、年号で言えば一〇六三年、和暦は康平《こうへい》六年である。九百五十年も昔だ。招き猫は新品同様ではないまでもごく最近のだ。なんでも近所のビルに飾ってあったのを、譲ってもらったと聞いている。

よく似た猫同士だが、むかって右は真っ白、左は肘と膝にブチがある。白いほうがメス、ブチのほうはオスだ。白子《しろこ》とブチ夫と名前もある。というか、これは秀子が勝手にネーミングしたのだ。他人に言ったことはない。

〈あなた、月に二、三回はくるわね〉

白子が言った。もちろんほんとに言うはずがない。秀子が脳内でアフレコをしているだけだ。

〈そんなに切羽詰まってるわけ？〉

仕事よ、仕事。そう言い返す前に、ブチ夫が口を挟んできた。

〈およしよ、白子。ひとにはそれぞれ事情があるんだ〉

〈あら、ブチ夫さん、こんなダサい服着たアラサー女の肩を持つの？〉

ダサいのはあたしのせいじゃないわ。

秀子はアヒルバスのバスガイドで、着ているのはその制服だ。

高校をでてこの職に就いて十二年、延べで計算すれば、どの普段着よりも長く、この制服を着ている。肌の一部だと言って過言ではない。いくらなんでもそれは言い過ぎか。

〈そう言えばおんなじ服の子も何人か、ときどきくるわね。みんな、あなたよりも若くて可愛かったわよ〉

バスガイドの後輩達だ。株式会社アヒルバスには現在、バスガイドが正社員十六名、パートが八名いた。

〈やめろって、白子。このひとだって若くはないけど、じゅうぶん可愛いよ〉

そうだ。あたしはもう若くない。

十六名いる正社員のバスガイドの中で、二番目に年寄りなのだ。いちばん上は戸田課長で、今年で遂に五十歳の大台に乗る。

三番目は同期の中森亜紀《なかもりあき》である。同い年で、誕生月が秀子とおんなじだ。戸田課長のもとで、共に新人研修の指導員をしたのも、すでに思い出になりかけていた。ピコピコハンマーを片手に、後輩バスガイド達を追いかけ回していた亜紀は、二年半前に結婚し、去年の秋に長男を出産した。そしていまは育児休暇中である。

八名のパートは主に寿退社をした元社員達で、それでも秀子より年上は三人だけだった。

〈こんな天気がいい日曜なのに仕事だなんて、カレシがいない証拠よ〉

こんな天気がいい日曜なのに仕事だから、カレシができないのよ。

秀子は白子を睨《にら》みつけた。

〈カレシがいない理由を、仕事のせいにしだしたら、働く女として失格ね〉

〈いい加減にしろよ、白子〉

改めてお断りしておくが、これらはすべて秀子の脳内で交わされている会話である。

子どものお人形さんごっことおなじだ。三十過ぎの女がするのはどうかと思う。秀子も自覚はあった。

でもしちゃうんだよな。

「みゃぁあぁあ」

白子とブチ夫のどちらかが鳴いた。そんなはずはない。ちっこい黒猫が足元にいたのだ。瘦せ細り、首輪がついていないので、ノラのようだ。いつからいたかはわからない。秀子が見ているのに気づくと、ぴょんと飛び跳ね、どこかへいってしまった。その背中というより、お尻を見送ったあとだ。

「すみません、バスガイドさん」

ふりむくと男女ふたりずつで、四人が横並びになっていた。今日のツアー客にちがいない。声をかけてきたのは右端の女性だった。彼女は近頃流行《はや》りの前髪ぱっつんだ。長い付け睫《まつ》毛《げ》をして、頰のチークが濃いめ。白のニットワンピースに、ピンクのファーコートを着ている。似合ってないことはない。しかし三十歳を過ぎてする格好ではないように思う。名札を見て名前を確認しようかと思ったが、付けていなかった。ファーコートで隠れているのか、あるいはバスに置いてきたのかもしれない。

「その招き猫をバックに写真、撮りたいんですけど」

「あ、ごめんなさい、いま、どきます」

撮りましょうかと秀子が言う前に、左端の女性がスマートフォンを差しだしてきた。こちらはベーシックなデザインのトレンチコートに白のカットソー、紺色のボリュームスカートと同色のレギンスと、ばっちり決まっている。髪型はワンレンボブで、前髪ぱっつんよりも年相応だ。ただしイイ女を気取りすぎるきらいはあった。

彼女達のあいだにいる男ふたりは、そう悪くないご面相だ。今日のイケメンランキングでは、いずれも十位以内には入る。

とは言っても男はぜんぶで十八人だけどね。

「あたしのスマホで撮って、みなさんにラインかメールで送りますね」

そうすれば男達のアドレスをゲットできるわけだ。ワンレンボブ、お主も悪よのぉ。胸の内でそう呟《つぶや》きながら、秀子はスマートフォンを受け取った。ちょうど参拝客が途絶えている。男女四人は二匹の招き猫をあいだに、男女のカップルに分かれた。どちらの女性も男性の腕に手をまわす。積極的というよりも、焦り過ぎだ。いくらなんでも時期尚早ではないか。それともひとまずキープしておく作戦かもしれない。

「はい、チーズ」四人が決め顔になる。「って言ったら撮りますからねぇ」

「やだぁ、バスガイドさぁん」

使い古されてはいるが、やれば必ず受ける鉄板ネタだ。四人は楽しそうに笑う。どんな客であれ、笑顔でいてもらえればそれでいい。

一月最後の日曜である今日、秀子がバスガイドを務めるのは『浅草で恋の花を咲かせましょう♡　三十代限定！　巡り逢いツアー』というお見合いバスツアーだ。

午前十一時に新宿《しんじゅく》を出発、今戸《いまど》神社でお詣りしてから、名代の蕎麦屋さんで手打ち蕎麦を自分達でこしらえて食べたあと、花やしきでプロレス観戦、そして告白タイムというコースだ。終了は午後六時を予定している。

三カ所とも浅草《あさくさ》なので、移動距離は短い。ただし値段はなかなかだ。男性一万五千円、女性一万二千円もする。アヒルバスのツアーの中では高額と言っていい。それでも毎回満席の人気商品だった。今日の参加者は予約で一ヶ月から二ヶ月は待っていたはずである。

新宿高層ビル街の都庁そばをバスで出発したのち、浅草は隅田川《すみだがわ》近くの今戸神社を訪れた。その道すがら、車内で男女ともに十八名の参加者全員にくじを引かせ、男女二名ずつ、九つのグループに分けた。

今戸神社には予定よりも五分早い、午前十一時二十五分に到着した。この神社自体には駐車場がないので、徒歩三分ほどの駐車場にバスは止めてあった。

十二時十五分まで、グループ毎に参詣および散策をしてもらう。こじんまりとした地味な神社だ。絢爛豪華《けんらんごうか》でもなければ、霊験あらたかなこともない。それでも盛況なのは、御祭神が古事記に登場する伊弉諾《イザナギ》・伊弉冉《イザナミ》という日本をつくったばかりか、大勢の神様を生んだ夫婦で縁結びの神様で有名なのだ。この夫婦のほかにも、応神天皇《おうじんてんのう》と七福神のうちの福禄寿《ふくろくじゅ》も御祭神として祀られている。

招き猫はシンボルあるいはマスコットあるいはイメージキャラクターのような存在だ。今戸周辺では昔、茶道具や火鉢、瓦などの素焼の陶磁器が多く生産されていた。いわゆる今戸焼である。土人形もつくられ、その中には招き猫の原型と思《おぼ》しきものがあったらしい。お守りや絵馬にまで招き猫が描かれている。絵馬は二種類あって、そのひとつに、お雛様の格好をした二匹のイラストがあった。それを見て、白いほうがメスで、ブチのほうがオスだとわかった。ちなみにこの神社の絵馬はまん丸だ。「角が立たない」「丸くおさめる」なる意味があるらしい。

さらに付け加えておけば、幕末の頃、この神社に医者が仮住まいして、患者の治療にあたってもいた。そして患者のひとりに新撰組の沖田総司《おきたそうじ》がおり、この地で療養していたが、その甲斐《かい》もなく短い生涯をおえた。いまでは『沖田総司終焉之地』なる碑が建っている。

といったことはすべて、バスを降りる前に車中で説明したものの、参加者達の耳に入っていたかどうかは怪しい。自分の思いを叶《かな》えてくれるのであれば、どんな神様でもいいにちがいない。

「ありがとうございましたぁ」

写真を撮りおえ、スマートフォンをワンレンボブに返すと、四人は一斉に頭を下げ、礼を言ってくれた。じつに気持ちがいい。

「階段を下りた右側にも招き猫がいますでしょう?」秀子は言った。石でできていて、白子とブチ夫よりもずんぐりむっくりしている。「石なで猫と言いましてね。その猫達を撫でたあとに、ケータイで撮って待受にして、毎日祈ると、願い事が叶うそうですよ」

「ほんとですかぁ」「やってみましょ」

「ああ」「う、うん」

女性ふたりに男達が引きずられるようにして、四人は慌ただしく階段を下っていく。

さぁて、と。

秀子も階段を下りてから、境内を見回した。隅田川のむこうにある東京スカイツリーが視野に入る。あるひとが頭をよぎり、ちょっと切ない気持ちになってしまう。

いかんいかん、仕事、仕事。

ふだんのツアーであれば、こうした自由時間のあいだ、バスガイドはとくに仕事はない。バスにいて休んだり、運転手と社内の噂話《うわさ》をしたり、ガイドのアンチョコに目を通したり、スマートフォンで天気予報や交通情報を見たりしているものだが、今日のツアーはちがう。参加者の目的は観光ではない。素敵な出逢いなのだ。そのためにはバスガイドの秀子が働きかける必要があった。いわばキューピッド役である。

「あれぇ、待受ってどうするんだっけかなぁ。教えてくださいますぅ？」

「つぎ、どうしますぅ？　あたし、絵馬、書こうと思うんですけど、つきあってくださいますかぁ？」

前髪ぱっつんとワンレンボブの声がした。石なで猫の撮影は済んだらしい。

九つに分けたグループのすべてが、こんなふうに盛りあがってはいない。初対面で一時間足らずなのだ、こちらのほうが珍しい。

大概のグループはお詣《まい》りを済ませると、なにをするでもなく、境内をだらだら歩いていた。会話は途切れ途切れで、あとは気まずい空気が流れ、沈黙がつづいてしまうひと達が多い。

大枚叩《はた》いて参加しているのだから、もっとがんばればいいのに。

そう思う反面、どうしてもアクションを起こせないひと達の気持ちも痛いほどわかった。以前、後輩のバスガイドと他社のお見合いツアーのいくつかに参加して似たような経験をしているからだ。どこのツアーでも男性とは満足に話さずにおわってしまった。もちろんそれが目的ではない。いわばスパイにいったようなものだから、べつにいいのだ。しかしちょっとは期待していたのは事実である。

秀子は各グループを順繰りに見て歩く。どんよりムードで、シラケたところには入りこんで、盛りあげてやらねばならない。バスガイドの役目かと言えば、いささか疑問だ。キューピッド役と言うよりも、世話焼きのオバチャンみたいなものである。

前髪ぱっつんとワンレンボブのグループはいいとして。まずはあそこだな。

じつは参拝をする前から気になっていたグループがあった。四人とも銀縁眼鏡をかけ、服装も似たり寄ったり、男性も女性も紺かグレイ、茶系統と地味で垢抜けない。せっかくの出逢いの場なのだ、もう少しオシャレしてくればいいのに、まるで文化系のクラブみたいだった。ぜんぶで十数脚のベンチが、むかいあわせで置かれた休憩所っぽいとこのそばで、ベンチに座らずに四人立ち尽くしている。思った以上にヤバイ状態だ。全員がそっぽをむいているので、喧嘩でもしたのかと心配になった。しかし近づくにつれ、そうではないことがわかる。四人とも親とはぐれた子どもみたいに、緊張と不安をかけあわせたような顔つきをしていたからだ。

「お詣りは済ませました?」

「あ、はい」「ええ」「まあ」「いましてきたとこで」

秀子が声をかけると、だれもがほっとした表情になる。バスガイドの登場に、助かったと思ったのだ。やはりなにを話したらいいのか、往生していたのだろう。

この四人は名札をコートの上につけてある。『リサ』『ミキ』『ススム』『タカシ』。出発する前に配り、それぞれ黒の油性ペンで本人に書いてもらうのだ。できるだけ下の名前を書いてくださいね。秀子がそう言ったのを四人ともきちんと守っていた。

「眼鏡、眼鏡、眼鏡、眼鏡」秀子はひとりずつ指差していく。「みなさん、眼鏡ですね。それも銀縁。もしや相談して、揃えてきたんですか」

そんなはずはない。今日、というか小一時間前に会ったばかりなのだ。冴《さ》えない冗談ではある。それでも四人とも笑った。少しは緊張がほぐれたようだ。あとはなにかしら話題を提供してあげればいい。

「浅草ははじめてですか？」

だれともなしに秀子は訊ねてみる。

「雷門《かみなりもん》とか浅草寺《せんそうじ》とかはありますけど、それも修学旅行んときで」

「あたしも」「俺もそう」

ススムくんが真っ先に答え、それにタカシくんとリサさんが即座に同意した。ただひとり、ミキさんが気まずそうな顔つきになっている。マズイ、マズイ。

「ミキさんはどうです？」秀子は訊ねた。

「あたしは修学旅行、東京ではなかったんで」

「東京育ちなんだ」ススムくんがすかさず言う。

らで」

「いえ、生まれも育ちも金沢です。東京に住むようになったのは、大学に進学してか
「修学旅行は東京じゃないとこ?」とこれはタカシくん。

「中学のときは京都と奈良で、高校はあたしの前の学年までは東京だったのが、変わってしまって」

「どこ、いったんです?」タカシくんが重ねて訊ねる。

「ハワイ」

「ワイハァ?」「マジでぇ?」

「あたし、グアムいきました」とリサさん。

「でもさっき、東京にって」

「それは中学です。高校はグアム」

「ふたりともイイとこのお嬢さんなんですかぁ」

タカシくんの物言いに、他の三人が声をあげて笑う。

よしよし。イイ感じになってきたぞ。

秀子は眼鏡っ子達から離れ、よそのグループへ移ることにした。

アヒルバスがお見合いバスツアーをはじめたのは一昨年の四月からで、もうじき二

年が経つ。まずはこの『浅草で恋の花を咲かせましょう♡　三十代限定！　巡り逢いツアー』を皮切りに、いまではぜんぶで五コースあった。土日祝のみだが今後は平日出発、あるいは一泊プランなど、さらに様々なコースを増やしていく予定だ。

当初より人気だったのが、昨年秋頃から数字がさらに伸びた。問い合わせも多い。成功例をアヒルバスのサイトで紹介したからだ。このツアーで「巡り逢い」、結婚したカップル五組を載せたのである。これが思った以上に効果を発揮したのだ。

お見合いツアーの企画を提出したのは後輩のバスガイド、おかっぱ左門だ。秀子がつけたあだ名である。入社時はおかっぱ頭で、『巨人の星』の左門豊作にそっくりの顔と体型だったのだ。しかしこの八年弱で二十キロ近くの減量に成功し、からだつきどころか、顔のかたちも変わってしまった。髪は肩まで伸ばしている。いまや左門豊作の面影はひとかけらもなかった。

おかっぱ左門は数年前からプロレスに目覚め、休みとなればどこかしらにプロレス観戦にでかけていた。それが高じて彼女が提出するツアーの企画と言えば、プロレス絡みのものばかりで、企画部からは年中、ボツを食らったばかりか、企画部長に直接、叱られる始末だった。

プロレスだけではなく、なにかプラスアルファしてみたらどう？

なにかって、なんです？

秀子が助言すると、おかっぱ左門がすがるような目つきで聞き返してきた。やむなく思いつくまま、いくつか例を挙げ、その中にお見合いツアーも含まれていた。

秀子自身、その企画書をだすつもりでいた。しかしよその会社でも数多くおこなわれており、それこそプラスアルファがなければ、実行するのは厳しいと保留にしていたのである。他社のお見合いツアーに何度か参加したのは、おかっぱ左門につきあってのことだったのだ。めでたくツアーの企画が採用されたときには、築地市場でお寿司を奢《おご》ってくれた。

デコさんのおかげです。これであたしも一人前です。ほんとにありがとうございました。

秀子がお寿司を頬張る隣で、おかっぱ左門は深々と頭を下げた。それもオイオイ泣きながらだ。元から泣き上戸なのだ。

いいのよ。気にしないでちょうだい。可愛い後輩のために役立てて、あたしもうれしいわ。

いまや、おかっぱ左門は社内で〈お見合いツアー〉プロデューサーとして、その地位を築いていた。企画部とともに、コースの作成から目的地との交渉、手配、そしてときには販売にまで口出ししている。だれが呼んだか知らないが（じつは秀子）、社内では『お見合い番長』の名で通っており、名刺の肩書きに『バスガイド課　お見合い番長』と明記していた。

　おかっぱ左門以外にもアヒルバスではバスガイドの企画したツアーが数多くある。そもそもがかれこれ八年前のことだ。秀子の同期、いまは育児休暇中の亜紀が企画書のみならずルートのマップまで作成し、当時の企画部長に提出したのだ。ところが一週間以上、回答がなかった。業を煮やした亜紀は自らツアーの目玉であるメンズエステの会社へ出向き、ツアーの一環として利用できるか、可能であれば前向きに考えていただきたいと売り込みにいってしまった。これで企画部長と一悶着はあったものの、彼女に味方するものもいて、このツアーは実現したうえに、その年でいちばんのヒット商品となった。『男を磨き鍛える！　オジサマ限定エステ&うまいものツアー』である。募集型企画ツアーではじまったのが、好評につき定期観光となり、いまも一定の人気を誇っていた。

　このツアーが成功したおかげで、亜紀のみならず秀子をはじめ、バスガイドの企画したツアーがつぎつぎと実施されるようになったのだ。割合としては企画部が四で、バスガイド課が一といったところである。

　革命よ。あたしたちの手でアヒルバスに革命を起こすの。

　亜紀がそう熱く語ったのを、秀子ははっきりと記憶している。アヒルバスに革命が起きたのは間違いない。

でもなぁ。

昨日の夜、ツアーをおえたあと、更衣室で着替えていると、おかっぱ左門が話しかけてきた。呑みの誘いかと思いきや、そうではなかった。

デコさん、明日、お見合いツアーは張り切りすぎないよう、注意してください。

どういう意味？

前回、秀子がバスガイドを担当した際の参加者から、『ぜんたいとしては楽しいツアーだったのですが、バスガイドさんがでしゃばり過ぎて、ウットーしかったです。自分をデコと呼んでくれと強制してきたのも、どうかと思いました』と匿名の苦情のメールが送られてきたというのだ。

わざとでしゃばったとは、あたしも思っていませんよ。でもほら、デコさんって、張り切りすぎて、しくじることが、ときどきおありになるので。

秀子は言い返せなかった。子どもの頃、あんたはすぐ調子に乗ると母親にちょくちょく叱られたものである。バスガイドになってからも戸田課長に、お客様よりあんたが楽しんでどうするの、と小言を食らっている。しかしまさか後輩に指摘される日が訪れるとは。ショックだった。だが勘づかれないよう、秀子はにっこり微笑《ほほえ》み、じゅうぶん気をつけるわと答えておいた。

アヒルバスに革命は起きた。

でもあたしはどうなんだ。

この八年間で変わったことと言えば、シワが増えたことぐらいだ。革命どころか、なにひとつ成長していない自分に秀子はうんざりしてしまう。


「どこにつけたらいいかしら」

「こっちのほう、比較的、空いてません？」

丸い絵馬を持って、ツアー客達が右往左往していた。ところ狭しと絵馬がかけられており、新たに取りつけるのが、難しいのだ。

「あぁん、じょうずにつけられなぁい」

「ぼくがつけてあげましょうか」

「いいですかぁ。お願いしますぅ」

楽しそうだな。

羨《うらや》ましくないことはない。お客様の喜びはバスガイドの喜びである。それでいいのだ。

すべてのグループをまわりおえ、秀子は一息つく。出しゃばりすぎないようにと気遣いながら、盛り上げ役に徹してきた。おかっぱ左門に叱られるのは、もう勘弁だ。

「知りませんかぁ？　世田谷《せたがや》の豪徳寺《ごうとくじ》ですよぉ」

絵馬の密集地帯から聞こえた女性の声に、秀子は足をとめ、思わず耳を傾けた。

「そのお寺を参拝に訪れたひと達が、招き猫を奉納していくんです。大きさはさまざまですけど、首に鈴をつけ、右前足をあげているだけの、ごくシンプルな真っ白な招き猫が、あたり一面を埋め尽くしていましてね」

ここ最近、外国人観光客が多く訪れるというのをテレビで見て、ちょっと気になっていたのだ。まだ一度も足を運んだことはない。絵馬の密集地帯に少しだけ近づき、だれが話をしているのかをたしかめた。

ヨウガさんだ。

バスに乗車する前に、本人確認の免許証や保険証などの身分証を提示してもらう。ヨウガさんは保険証で、生年月日を見て頭の中で計算してみたところ、四十歳だった。見た目は三十代なかばでもじゅうぶん通る容姿ではある。若いのとは少しちがう。幼いといった感じなのだ。気づけば彼女は両手を合わせ、秀子を拝んでいた。

お願いします。ほんの八ヶ月前までは三十代だったんです。

八ヶ月前はけっこう前だ。

素敵な出逢いを見つけてくださいね。

秀子としてはそう言うよりほかなかった。まさか追い返すわけにもいかず、もとから見過ごすつもりでいたのだ。するとヨウガさんは秀子をぎゅっと抱きしめてきた。

ありがとうございます。がんばります。

「そのお寺では招き猫じゃなくて招ぎ猫。『き』が『ぎ』って濁るんですよ。そうです、そうそう、小田急線の豪徳寺駅。世田谷線だと山下《やました》駅で」

がんばれ、ヨウガさん。

おなじグループの男性とふたりきりなのだ。

ヨウガさんは本人が名札に書いた名前である。保険証の住所が世田谷区用賀だったので、そこから取ったのだろう。彼女はボルドー色のPコートに、ベージュのチノパンだ。お見合いツアーで女性のパンツルックは滅多にいない。長くて細い脚を強調するためにスキニーパンツを穿いてくるひともいることはいた。ただしヨウガさんの場合、逆に脚の太さを隠すためにちがいなかった。ぽっちゃりと言えなくもないが、はっきり言えばずんぐりむっくりで、秀子とよく似た体型だった。

だからなのか、自分でもわからないが、とても親近感があった。学校でおなじクラスならば、入学式の日からふたりで帰って、ミスドかクリスピーに寄り道をして、ドーナツを食べながら、三時間は話せる自信がある。

それとはべつに、秀子はヨウガさんの顔に見覚えがあった。お見合いツアーには男女ともにリピーターというか、リベンジを試みる客も少なくない。でもヨウガさんはちがった。ツアーではなく、どこかべつの場所で会った気がしてならなかった。ヨウガさんはいま、黒縁の眼鏡をかけている。でもうっすら記憶にある彼女は、していなかった。眼鏡を外した顔を見れば、どこで会ったか思いだせるかもしれない。

眼鏡、外してくれとは言えないしと思いながら、秀子は腕時計に目を落とした。盤面にスヌーピーが小屋の屋根で、仰向けに寝転がったイラストが描かれている。ネットオークションで購入した千五百円の代物だ。かれこれ十年以上使っている。我ながら物持ちがいい。結婚する相手が見つかれば、そのひとに腕時計をプレゼントしてもらうつもりだった。いまもその気持ちは変わらない。だがそうはいかないのが現実だ。いつまでスヌーピーに時刻を教えてもらわねばならないのやら。

十二時三分。

神社をでるまであと十二分。五分前になったら、各グループに声をかけてまわろう。

つぎにむかう名代の蕎麦屋さんはおなじ浅草だ。浅草寺よりも先、六区のほうへバスで移動だ。隅田川を渡って、スカイツリーのあたりをぐるりとまわり、ちょっと遠回りをする。そのあいだにふたたび、くじを引いてもらい、改めて九つのグループに分ける。つぎの蕎麦屋で蕎麦を打つのは、そのグループでしてもらうのだ。蕎麦屋から花やしきはさらに距離が近い。それでもバスに乗りこみ、三度目のグループ替えをおこなうことになっている。

バスの座席は決まっていない。ふたりがけなので、男女ペアで座ってもらうよう促すのもバスガイドの役目である。

みんなの幸せのためにがんばっているのにさ。でしゃばり過ぎでウットーしいって、どういうことよ。

秀子は昨日言われたことが、だんだんと腹立たしくなってきた。思いだし怒りだ。

おかっぱ左門に言われたあと、ガイド課に戻り、業務日誌でその日についての記述を読んでみたものの、これといった問題を起こしてはいなかった。

おかっぱ左門だって、あんなにエラそうに言わなくていいじゃん。

本人はそのつもりがないにしても、秀子には上から目線で言われたように思えてならなかった。

いやいや、お客様からのメールがあったんだ、だからこそおかっぱ左門はあたしに注意しただけだ。彼女はなにひとつ間違っていない。いけないのはあたしだ。

そう自分に言い聞かせ、秀子は境内を歩いていく。

お見合いツアーの企画が通った際、おかっぱ左門に言った言葉に嘘はない。可愛い後輩のために役立てて、うれしかったのは本心である。秀子がはじめて新人研修の教育係を務めたとき、おかっぱ左門は新入社員だった。つまりは教え子のようなものだ。そんな彼女の成功は我が事のようにうれしく、誇らしくさえあった。その反面、秀子は焦ってもいた。

おかっぱ左門に限らず、後輩達はバスガイドの仕事をきちんとこなしたうえで、ツアーの企画をつぎつぎと提出し、ヒット商品を生みだしている。

翻って秀子はさっぱりだ。採用されたツアーに客が集まらず、中止になることまであった。ここ最近、ガイドを担当するのは後輩達が企画したツアーばかりである。落ち込まないほうがどうかしている。

プライベートも冴えない。

デコは理想が高過ぎるのよ、と同期の亜紀に言われたが、そんなことはない。たしかに面食いだ。でもそれは自分の顔に自信がないため、生まれてくる子どもがちょうどになるためには、そこそこイイ男でなくては困るだけのことだ。似たような理由で自分が小さい分、できるだけ長身のほうがいいし、自分が勉強できない分、頭はかしこいほうがいい。給料は自分よりも上、倍までいかずとも一・五倍はもらっていれば合格ラインだ。料理洗濯掃除が一通りできて子ども好き、愚痴を言っても嫌な顔ひとつせず、きみはひとつも悪くないよと頭をよしよししてくれる、条件はそれっぽっちだと亜紀に言い返したところ、三十路を過ぎて夢を語るな、いい加減に目を覚ませと左右の頬をいっぺんにつねられた。

「はぁあぁあああ」

長いため息をついてしまい、秀子は慌てて口を塞いだ。仕事中で、まわりはツアー客だらけである。『バスガイドがため息をついていたので、テンションが下がってしまいました』とでも苦情のメールを送られたら大変だ。

ん？

境内の端にある木のまわりにひとが群れ、ざわついていた。なぜだか揃って、上を見あげている。

ＵＦＯ？　それとも地震雲？　ちがう。見上げてはいるものの、空ではなく、木のてっぺんのほうを見ている。

なんだろ、いったい？

足早に近づくうちに、理由がわかった。

「みゃぁあああ」

子猫の鳴き声がした。ベンチが並んだ休憩所のそばに、太い幹の樹が二本ある。その左側の木にいた。枝の上で丸くなっている。のぼったはいいが、降りられなくなったらしい。本殿の前で会った黒猫にちがいない。脚立や梯子《はしご》を使うにしても、よほどの高さでない限り、助けるのは難しそうだ。

「可哀想」「神社のひと、知ってるの？」「だれか報《しら》せにいったんじゃない？」「だいじょうぶかしら」「落ちても平気でしょ」「でもあの高さじゃ、さすがに」

木は梅だろうか。まずまずの太さだ。のぼろうと思えばのぼれなくもない。秀子は群がるひと達を見回した。子猫を救う猛者《もさ》はいないのか。優男《やさおとこ》だっていい。ところがみんな、突っ立って見あげるばかりだった。

スヌーピーの時計で時刻をたしかめる。あと五分でこの神社をでなければならない。各グループに声をかけ、バスに戻るよう呼びかけなくちゃ。秀子は改めて木を仰ぎ見た。ケータイやスマートフォンを構えるひとも少なくない。

写真に撮ってどうする？　ラインで友達へ送るのか、それともツイッターに載せるのか。いずれにせよ、そんなことをする前にあの黒猫を救ってやれ。

「みゃぁあああ」

いまは仕事中だ。きみを助けてあげている場合ではないのだよ。

「みゃぁあああ」

駄目だ。子猫が自分に訴えかけているようにしか、秀子には思えなくなってきた。野次馬をかきわけ、前へでていく。別段、秀子は木登りが得意なわけではない。しかし義を見てせざるは勇なきなりである。そして木に手をかけようとした寸前だ。

「そんな短いスカートじゃ、下着が見えちゃうよ。あたしに任せて」

右斜めうしろから、ひとがぬっとあらわれ、そう言ったかと思うと、瞬く間に木をよじのぼっていった。ヨウガさんだ。チノパンなので、下着が見える心配はない。それにしてもおっきなお尻だ。豚もおだてりゃ木に登るという言葉が、どうしても浮かんできてしまう。

「みゃぁあああ」

ヨウガさんは子猫の間近に辿《たど》り着いていた。野次馬が固唾《かたず》を飲んで、その動向を見守っている。

「みゃぁあああぁ。みゃあぁぁああ。ああ」

子猫ではない。ヨウガさんが鳴き真似をしたのだ。だいじょうぶ。もう平気だよ。子猫にそう言い聞かせているようだった。彼女は手を差し伸べる。

「こっちぃおいで。そうそう。みゃぁあ。みゃあああぁ。よしよし。もうだいじょうぶだ。いい子にしているんだよ。あたしと下りようね」

「みゃぁあああ」

「みゃあ、みゃあ」

ヨウガさんは子猫を無事、保護することができた。左手に持ち、胸元に抱えこむ。その姿勢を保ちつつ、そろりそろりと慎重に下りてくる。たいしたものだと秀子は感心してしまう。木をよじのぼることはできたかもしれない。しかし子猫を抱えて、下りられたかどうかは自信がなかった。

「すげぇ」「かっちょいい」「素敵」「がんばってぇ」

野次馬がふたたびざわつきだした。聞こえてくるのは、ヨウガさんに対しての賞賛の声である。秀子は我が事のようにうれしい。しかしその喜びも束の間だった。

「どわっ」

頭上で声がした。おっきなお尻が急スピードで近づいてくる。落ちてきたのだ。秀子は両腕を構え、ヨウガさんを受け止める準備をした。できなかった。間にあわず、敢《あ》えなくおっきなお尻の下敷きになった。

「きゃぁあぁああ」

野次馬の中で悲鳴があがる。秀子もそうしたかった。しかしおっきなお尻に胸を打たれ、息をするのもままならない。

「みゃぎゃぁああ」

子猫も悲鳴をあげていた。しかし心配には及ばなかった。ヨウガさんの手元から飛びだして、去っていくのが見えたのだ。

「あ痛たたたたた」つぎに聞こえてきたのは、ヨウガさんの呻《うめ》き声だ。彼女は身体をよじり、秀子のほうを見ている。「だいじょうぶですか」

「は、はい」

なんとか声を絞りだす。あなたこそ、と言いたくとも、それ以上は無理だった。ヨウガさんの顔がちがって見える。黒縁の眼鏡が取れていたのだ。でも本人は気づいておらず、さがそうともしなかった。伊達眼鏡だったのかもしれない。

「ご、ごめんなさい、すぐどきます」

よっこらせと勢いをつけ、ヨウガさんはおっきなお尻を、秀子の鳩尾《みぞおち》から退《ど》かした。腰に巻いたポシェットの中で、スマートフォンが震えだす。小田切次郎《おだぎりじろう》からにちがいない。今日の運転手だ。時刻通りに戻ってこないので、電話をかけてきたのだろう。

「どうぞ」

ヨウガさんが右手を差しだしてきた。手を借りなくても立つことはできる。だけど断るのもなんだと思い、秀子はその右手を握った。小さいけど、ふっくらとした温かな手だった。

「せぇぇの」

ヨウガさんの掛け声と共に、秀子は立ちあがる。その途端、拍手が沸き起こった。野次馬が増していたのだ。ヨウガさんは両手を挙げて、にっこり笑っている。

「これ」

前髪ぱっつんがヨウガさんに近づいてきた。落ちた眼鏡を拾っていたのだ。

「ど、どうも、すみません」

眼鏡をかけようとしたヨウガさんの横顔を見た瞬間、彼女が何者か気づき、秀子は咄嗟《とっさ》に名前を口にしてしまった。

「『アカコとヒトミ』のアカコさんですよね」

『アカコとヒトミ』とは漫才コンビの名称で、彼女はその片割れだったのだ。アカコは本名だが、保険証は漢字だったので気づかなかった。間違いない。バスガイドに成り立ての頃だ。アヒルバスの募集型企画ツアーで、『ブレイクまちがいなし！　若手芸人に密着旅行』にアカコとヒトミのふたりで参加してもらったことが一度だけあった。十年以上も昔の話だ。

その後、アカコとヒトミはいまいちブレイクしなかった。ラジオ番組のレギュラーを持っていたが、知らないうちにおわってしまい、ここ二、三年はヒトミひとりでテレビに出演しているのを見かけるだけだ。

仕事でもなんでも、移動するのにママチャリを使うことでヒトミはクローズアップされ、いつしかママチャリ芸人と呼ばれるようになっていたのだ。つい先だってもなにかの番組で、靖国《やすくに》通りでママチャリを走らされていた。

とはいっても『アカコとヒトミ』は解散したわけではないようだった。ヒトミがテレビにでる場合は、『アカコとヒトミ』のヒトミですと自己紹介するし、テロップもそうなっていた。

ヨウガさんことアカコは手を止め、秀子のほうをむいた。頰を強ばらせ、ぱちくり瞬《まばた》きをしている。

「あたしのこと、知ってるんですか」

「は、はい。テレビで見ていましたし、それにあの、ウチのツアーにも参加してくださったとき、ごいっしょさせていただきました」

「やっぱ、そうだったんだ」アカコの口調がぐっとくだけて、親しみのあるものに代わり、頬の強ばりも解けていた。瞬きも止んでいる。「デコって呼んでくださいって、自己紹介してたときに、もしかしたらと思ってたの。あのツアーって、すごい昔よね。あたしらがエヌ・エッチ・ケーの勝ち抜き番組にでていた頃だから」

「たぶん十年は経っていると思います」

「十年かぁ。そりゃ、あたしも四十になるわなぁ」

そう言ってからアカコは両手で口を塞いだ。そんなに慌てることもなかろうに。そう思っていると、秀子のうしろから「あの」と男性が呼びかけてきた。

銀縁眼鏡の『ススム』ではないか。

「あ、ごめんなさい」

アカコに用があるのだと察し、秀子は脇に退く。

「素晴らしかったです」アカコを正面から見据えると、ススムは言った。「自らの危険を顧みず、小さな命を救うなんて。感激しました」

いくらなんでも大仰過ぎやしないか。傍で聞いていて、歯が浮いてくる。しかし言われた本人は頬を桜色に染めていた。

「と、当然のことをしたまでですわ」

「その当然のことがだれもできなかった。恥ずかしながら、ぼくもです。でもあなただけはちがった」

あたしも救おうとしましたよ。そりゃま、アカコさんに先を越されましたけどね。

「優しい心の持ち主であるのはもちろん、決断力もおありになるんですよね。まさしくぼくが長年追い求めていた理想の女性です」

そこまで言う？

「ほ、ほんとですか」

アカコがもじもじしている。とてもじゃないが見ていられない。

「情けない話ですが、ぼくときたらまるきり優柔不断で、どんな些細なことでも迷ってしまうんですよ。そんなとき、あなたのような方にバンバン決断していただければ、どれだけありがたいことか」

なんじゃ、そりゃ。

「あたしなんかでよければぜひ」

呆《あき》れる秀子をよそに、アカコは乗り気だ。ほんとにいいの？　とは思ったものの、秀子が口だしする権利はない。そしてツアー客の喜びはバスガイドの喜びだ。

あとはお好きに。

2　周回遅れのビリッケツ

「浮き輪ですかぁ」

浦原凪海《うらはらなみ》は腕組みをして、首を傾げ、視線を斜め上にむけた。彼女は凹組《ぼこぐみ》という小さなデザイン事務所に務めるデザイナーだ。

「駄目？」

「駄目じゃありません。駄目じゃないんですけど」

秀子の問いから逃れるように、凪海は隣に座る山田香《やまだか》な子《こ》を横目で窺った。面長で細身、さらさらとした髪の可愛らしいお嬢さんだ。学校のクラスならば、トップは厳しいかもしれないが二番手は確実だろう。大学四年で、一昨年の夏から凹組でバイトしている。小生意気だけど、デザインのセンスは抜群で仕事も早いと、以前から凪海はベタ褒めだった。そしてつい先日、この春に大学を卒業して、めでたく凹組の社員になるという話を聞かされたばかりである。

「山田はどう？」

「駄目です。ぜったい売れません」

　物怖じしない性格なのか、それとも世間知らずの礼儀知らずなだけなのか、あるいはその両方を兼ね備えているのか、山田は断言した。

「や、山田、山田」凪海は大慌てでだ。「他に言い様があるでしょ。ね？　もっとこうオブラートに包んだ言い方、しなくちゃ。相手がデコちゃんだからいいけど、他のクライアントだったら、喧嘩になるとこよ。下手したら、その場で仕事がキャンセルになりかねないわ」

「いいじゃないですか、浦原さん」

　秀子の隣でスキンヘッドにスーツの男性が言った。龍ヶ《りゅうが》崎《さき》銀蔵《ぎんぞう》なる厳《いか》めしい名前の彼は、フィギュア製作会社、『ビビット・コム』の社員だ。営業部グッズ課で入社以来ほぼ四年に渡り、アヒルバスのオリジナルキャラクター、アルヒくんのグッズ製作を担当している。

「あやふやでテキトーなコメントよりも、白黒はっきりしていたほうが、仕事はサクサク進みます」

「そういうきみはどうなの、龍ヶ崎くん」

　凪海がキツめの口ぶりで言う。昔はもっとおっとりしていた。新人社員（ではまだないのだが）の前で気張っているというのもあるだろう。服からしてちがう。いつもはカジュアルというか、寝間着みたいなだらんとした格好なのに、今日はストライプ柄のスーツでばっちり決めている。しかし授業参観日のお母さんにしか見えない。隣の山田が初々しいスーツ姿だからかもしれないが、それだけではなさそうだ。

出逢った頃は可愛らしいお嬢さんだったのになぁ。歳を追う毎に押しとアクが強くなってきた。要するにオバサンになったのだ。ひとのことは言えないけどさ。

「ぼくはみなさんの意見に従うまでですよ。どんなものでもおつくりしますので、なんなりとお指図を」

「それこそ、あやふやでテキトーなコメントじゃないの」

「そっか。そうですね」凪海に指摘されても、龍ケ崎は少しも悪びれないで、にこにこ笑っていた。「まいったなぁ」

ここはアヒルバス本社である。二階の小会議室で、長テーブルふたつ並列にしたのを四人で囲んでいる。午後五時から打ちあわせははじまっていた。秀子は午前中、『ありがとう築地市場！　半日たっぷりウマイとこ巡り』を済ませたあと、アヒルバス本社でデスクワークだった。そのあいだにアルヒくんグッズも考えた。

約十年前、アヒルバスが凹組に依頼し、アルヒくんが誕生した。なにを隠そう、アルヒくんを描いたのは凪海である。まさしく生みの親だ。名前は一般公募で決まった。その後、秀子の提案でグッズ化し、凪海の上司がアルヒくんをフィギュアにすべく、原型をつくってくれた。そして凹組の紹介で、ビビット・コムに製作してもらった。フィギュアだけではない。筆箱に下敷き、鉛筆、消しゴムなどの文具類、湯呑みや茶碗、お箸などの食器類、マウスパッド、携帯ストラップ、エコバッグ、タオル、ハンカチ、手拭い、定期入れ、お財布、スマホケース、ぬいぐるみなど、かれこれ百点以上にものぼるアルヒくんグッズをつくってきた。

どれも凹組がデザイン、ビビット・コムの製作だ。クライアントはアヒルバスで、いきがかり上、いまも秀子が主導というか元締めというかまとめ役だ。打ちあわせからはじまって、見本のチェック、ロット数の決定も秀子がおこなっている。

肩書きはないし、手当ももらっていなかった。べつに不満はない。勝手気ままに好きなグッズがつくれて楽しいくらいだ。一応、戸田課長と企画部長に企画書を提出するものの、デコの好きにすればいいわと、内容を確認せずに判子を押してくれた。ところが最近、雲行きが怪しくなってきた。この二年ばかし、数字がふるわないのである。アヒルバス本社の倉庫に、そこそこの数の在庫が眠っていた。

こないだのネックレスは失敗だったよな。

アクセサリー系がイケると思ったのだ。後輩バスガイド達も、イイですねぇと賛同してくれていたのに、いざ商品ができても、だれひとり身につけようとはしなかった。三千二百円（税抜き）と定価もこれまでの最高額だったのが、いけなかったように思う。さすがに戸田課長と企画部長に呼びだされ、やんわり注意をされた。

それでも懲りずに、というか名誉挽回のためにも、夏休みにむけて、子ども用のグッズをつくろうと考え、浮き輪を思いついたのだ。

まさかこうも真っ向から否定されるとは。

ショックだったが、顔にださないよう注意しながら、訊き返す。

「浮き輪、そんなに駄目かしら」

「高松さんに質問をしてもよろしいでしょうか」

山田に真正面から見据えられ、秀子はちょっとビビってしまう。きれいに整った細い眉を、きりりと吊りあげているのが、なおのこと怖い。

「なにかしら」

「高松さんはどうして浮き輪にしようと、お考えになったんですか」

「いい質問だ、山田。どうして、デコちゃん？」

「夏に販売するからだけではありませんよね」

山田の口ぶりはほぼ詰問だ。でも他にどんな理由があるというのだ？

「夏だから浮き輪。当然じゃない？」龍ヶ崎が言った。秀子に助け舟をだしてくれたのか、それともただ単に、思ったことを口にだしただけなのかはわからない。「なんかいけないの？」

「いけないとは言っていません」山田の声に鋭さが増した。「たとえばこの夏、アヒルバスさんでは、ファミリーむけに海や川、あるいは大型プールのある遊園地などへいくツアーが実施されるのですか。ならばグッズとして、浮き輪はありだと思います。ツアーの特典にでもすれば、それなりの売り上げが望めますからね。どれだけの数量をつくればいいかも見えてきますでしょう？」

おっしゃるとおりだ。ぐうの音もでない。だけど悔しいので、秀子はぐうの音だけだすことにした。

ぐう。

「山田さん、頭いいなぁ」

龍ヶ崎が呑気な口ぶりで言った。腹立たしいことこのうえない。

「いいかい、山田。おまえが敢《あ》えて言うまでもなく、デコちゃんはそこまで計算済みに決まってるでしょ。なにせ彼女は会社が決めたツアーばかりでは面白くないと、バスガイドがツアーを企画すべきだと宣言し、革命を起こしたお方だよ。企画したツアーは数知れず、社長賞だって五回ももらっているんだ。まさにアヒルバスのジャンヌ・ダルクだよ。ねぇ、デコちゃん」

「ごめん、ナミちゃん。山田さんが言ったみたいなツアー。実施する予定はゼロなんだ」こうなったら正直に言うしかない。隠してもどうせバレる。「夏だから浮き輪でいいんじゃないっていう、ただの思いつき」

「で、でも何事もはじめは思いつきじゃない？　ねぇ？　それをどうカタチにしていくかが、あたし達の仕事であるわけで」

凪海は優しい。どうにかして秀子をフォローしようと必死だ。

「ないんだったら、海だか川だかプールだかへいくファミリーむけのツアー、やっちゃったらどうです？」

「そうそう、龍ヶ崎くん、いいこと言うじゃない。逆転の発想ってヤツよね」

「いまからじゃ無理なんだ。夏のツアーはぜんぶ決まっているし」

「では浮き輪はナシということで」

山田はきっぱりと言い切った。

「だからね、山田。歯に衣《きぬ》を着せな。ね？　おまえの歯はみんな寒がっているよ。衣着せないと駄目だって」

「この八年間で発売されたアルヒくんグッズを見て、思ったことがありまして」凪海の軽口に山田は聞く耳を持たなかった。シカトだ、シカト。「高松さんに意見したいことがあるのですが、よろしいでしょうか」

「どうぞ」そう促すしかない。

「どれもありきたりで、面白味がなく、アルヒくんでなくても、他のキャラクターで事足りるものばかりに思えました。出来はいい、素材もしっかりしている、こだわりは感じられる。でもだれにむけて、つくっているのかが、わからない。どういうひと達をターゲットにしているのか、消費者の顔が見えてこないんです。さきほど高松さんご自身がおっしゃったとおり、思いつきでつくっているせいだと私は思います。高松さんはバスガイドで、そちらに専念しなければならないのはわかります。だけどアルヒくんグッズだって、アヒルバスの商品ですよね。買って喜ばれるものを、きちんと考えて、つくっていくべきですよ。そうでなくてはやる意味がありません。バスガイドの片手間におやりになっているのであれば、即刻、やめてください。少なくとも新作などつくる必要はまるでありません」

「山田っ。いい加減にしなさい」

凪海が声を荒らげる。本気で怒っているのだ。しかし山田は少しも動じなかった。それどころか矛先を凪海へと変えた。

「利益があがらないと、ハナからわかっているモノで、お金貰って仕事するなんて、どうかしています。私の言ってること、どこが間違っていますか」

「ぜんぶ大間違いだっ」

そう叫んだかと思うと、凪海が右手を振りあげた。山田を平手で叩こうとしているにちがいない。

「ナミちゃんっ」やめてと秀子はつづけるはずだった。だがその必要はなかった。龍ヶ崎が中腰になり、凪海の右手首を摑んでいたのである。

「喧嘩するほど仲がいいとは言いますけどね。喧嘩しないで仲がいいほうがいいとぼくは思うんです」

龍ヶ崎は口角をあげている。スキンヘッドで中性的な顔立ちは、まるで菩薩《ぼさつ》様だ。拝めば御利益がありそうなくらいで、輝いてさえ見えた。思わず見蕩《みと》れてしまう。凪海など頬を赤く染めている。龍ヶ崎が手首を放すと、少し惜しそうだった。

「山田さん」龍ヶ崎に呼ばれ、山田は彼に顔をむけた。頬が膨《ふく》れていないけど、膨れっ面と呼ぶに相応《ふさわ》しい顔だ。

「あなたの意見は一理あります。ならばどうでしょう。利益をあげるにはどういうグッズがいいか、それこそあなたがおっしゃったとおり、買って喜ばれるものを、みんなで考えてみませんか」

秀子は少なからず驚いていた。この四年のうちで、何度も打ちあわせをしてきたが、こんな正論を口にした龍ヶ崎を見るのははじめてだったからだ。

「そうだよ。そうしよ。そういうの得意だろ、山田」

「それはまあ、ええ」膨れっ面が少しだけ緩む。「だけどいますぐというわけには」

「では日を改めましょうか。どうです、デコさん」

「あ、うん。そうしたほうがよさそうね」

「夏のツアー、ぜんぶ決まっているとおっしゃっていましたよね」山田が切りこんでくるように言った。濁りのない目で秀子を見つめている。「どんなツアーがあるか、教えていただけませんか。それを参考にグッズを考えてみようと思いますので」

あんた、何様？　と思う気持ちを秀子はぐっと抑え、笑ってさえみせた。

「課に戻れば一覧表があるから、コピーしてきてあげるわ」

秀子は腰をあげた。すると廊下からひとの声が聞こえてきた。日本語ではない。といっても英語でもない。フランス語やイタリア語、ドイツ語などでもなさそうだ。中国語や韓国語ともちがう。早口で荒々しいが、相手の声はしない。携帯電話を使っているのだろう。

「あれって本多《ほんだ》さんですよね」

確認するように言いながら、龍ヶ崎は菩薩様に似たその顔を少し歪《ゆが》ませた。

「たぶん」

去年四月に中途入社してきた本多光太《こうた》だ。三十八歳のオジサンで、秀子とおなじバスガイド課だが、外国人観光客相手の通訳ガイドである。

「龍ヶ崎くん、なんで本多さんを知ってるの？」

「ツアーでうちの会社、いらっしゃるんで」

そうだった。アヒルバスでは、『TOKYO　OTAKU　TOUR』なる外国人観光客向けツアーを毎週火曜に催行しており、このコースの一環で、ビビット・コムを見学したうえ、フィギュア製作体験をおこなっていたのだ。それでも龍ヶ崎の渋面が気になる。理由を訊ねようにも、凹組のふたりがいてはそうもいかなかった。ただ単に感じの悪いオジサンというだけかも。本多は社内外で、いい噂《うわさ》を聞かないのだ。

本多の声はまだ聞こえている。いささかでづらいが、仕方がない。秀子が部屋をでようとドアノブに手をかけた瞬間だ。ドアが開き、本多が目の前にあらわれた。ネクタイに背広だが、まるで堅気に見えない。ぜんたいにヤサぐれた感じなのだ。これでイイ男ならばニヒルだの野性味溢れるだのなんだの褒めようがある。しかしそうではなかった。こんなに彫《ほり》の浅い顔もない。鼻が低く頬骨もでておらず、目の凹《へこ》みがほとんどないときた。のっぺりとしていること甚だしい。

スマートフォンを耳に押し当て、話すのに夢中だったらしく、本多は秀子に気づかず、部屋に入りかけた。

「うわっ」「きゃっ」

身を引いたものの、間にあわなかった。本多がぶつかってきたせいで、秀子はよろけ、長テーブルの角に右脚の太腿をぶつけてしまう。

「痛っ」

「あぶねぇな」秀子を気遣うことなく、本多は部屋を見回した。「使ってたのかよ。廊下じゃ落ち着かないんで、ここで話すつもりだったんだけど、しようがねぇか」

「待ちなさいよ、あんた」凪海だ。すっくと立ちあがり、ドアを閉じようとする本多を呼び止めた。「デコちゃんに一言詫びるべきじゃない？」

「デコちゃん？　だれのこと？」

「高松さんよ」

「ああ」本多は秀子を横目で見たものの、ほんの一瞬だった。「あんた、だれ？」

「あたしは」

「いいよ、自己紹介なんざしなくて。俺、スマホで大事な話してんで、かまっちゃいられねぇんだ。悪かったな、高松さん。だけどぼんやり突っ立ってたあんたも悪い」

秀子は言い返そうとしたが、本多はばたんとドアを閉めてしまった。

「ごめんね、デコちゃん」

凪海が申し訳なさそうに言った。彼女はいま、鉄板の上に、もんじゃ焼の具でドーナツ状の土手をつくっている。じつに慣れた手つきだ。アヒルバス本社近くにあるもんじゃ焼の店でふたり、むかいあわせに座っていた。

　打ちあわせをおえてから、まだ三十分も経っていない。次回は余裕を持って、ほぼ一ヶ月後、三月の第二木曜、今日とおなじ五時で、場所もおなじ小会議室と決めた。あたしはまだ、デコちゃんと話すことがあるからと、凪海が山田を先に帰し、龍ヶ崎は自分の職場へと戻っていった。

　時刻は六時半と、秀子にすれば少し早めの夕飯だ。あたしもそうよと、ここを訪れる道すがら、自転車のうしろで凪海が言った。自転車は秀子のである。アヒルバスに入社してから、祖父が買ってくれた。快晴の空のような色で、ビアンキそっくりだが、とんだバッタモンだった。なにしろロゴがＢｉａｎｃｈｉならぬＢｏｙａｋｋｉだったのだ。ビアンキとボヤッキー。最後のキしかあっていないのに、秀子は（たぶん祖父も）気づかなかった。そのボヤッキーに二人乗りをして、飛ばしてきたのだ。六年ほど前までは、子どもが乗れる台がつけてあった。毎週月・火、戸田課長の代わりに、彼女のひとり息子、カオルを保育所まで運んでいたからだ。

「嫌な思いさせちゃったよ。勘弁してちょうだい」

「もういいって、ナミちゃん」

　ジョッキを片手に秀子は言った。中身はホッピーだ。

　十歳近くも年下の子に真っ向からくらった正論に、完膚なきまでやられ、清々《すがすが》しいくらいである。嘘。ほんとは悔しいし、けっこう堪えていた。こうなったらグッズに関して、いいアイデアをだすまでだと思う反面、それができるのか不安だった。

結論。呑まなきゃ、やってらんないぜ。

「山田のこと、許してやってね。あの子も悪気があって、あんなこと言ったんじゃないからさ」

「わかってるって」

「前も言ったけど、デザインのセンスは抜群なのよ」

「仕事も早いんでしょ」

「そうそう。バイトをはじめたのは一昨年の夏からなんだけど、メキメキ腕をあげていってさ。一年くらいして、試しに三軒茶屋《さんげんぢゃや》にあるカフェのロゴにメニュー、チラシのデザイン一式任せたら、めちゃくちゃ評判よくてね。デザインの専門誌でも紹介されて、彼女ご指名で仕事がきたりするんだ。イヤんなっちゃうよ」

凪海は大きく吐息をついた。秀子に詫びていたはずが、愚痴になりつつあるのに、本人は気づいていないらしい。もんじゃ焼の土手は完成した。きれいな円形である。さすがデザイナーと感心してしまう。そう褒めたら、関係ないよと凪海は笑った。まん丸な土手の中へ、彼女はもんじゃ焼の出汁《だし》を注ぎこんでいく。じゅわじゅわじゅわという音とともに、湯気が立ち、いい香りが鼻をくすぐる。

アヒルバス本社は月島にあるものの、秀子はもんじゃ焼の店を滅多に訪れない。バスガイドとしてツアー客や修学旅行生を案内するくらいだ。近場にいくらでもあるせいで、いつでも入れると思っていたからだろう。プライベートで訪れるのは、決まって凪海とふたりだ。できればそのうち、カレシときたいと思わないでもなかった。

「頭のデキがちがうからかな。あの子、国立大なのよ。就職先なんていくらでもあるだろうに、凹組がいいんです、社員にしてくださいって、せっつくように言ってさ。ほんともう、ぼやぼやしてると、あっという間に追い抜かされちゃいそうで、マジ焦るわ。ゆとり世代のくせしてさ。もっとゆとれっつうの」

「わかるよ、その気持ち。わかる、わかる」

秀子は何度も頷き、焼酎《しょうちゅう》が空になっているので、追加注文した。凪海からちっこいヘラを受け取る。もんじゃ焼を食べる際に使うそれを『はがし』という名称だと知ったのは、バスガイドになってからだ。月島を案内すると、さも昔から知っていたかのように、説明をする。

「ウチの会社も、後輩の企画したツアーが、つぎからつぎへと採用されてってからさぁ。しかもどれもけっこう人気なんだよねぇ」

とくに平成二十年入社の五人の躍進は目を見張るものがあった。おかっぱ左門を含め、秀子がはじめて新人研修の教育係を務めたときのバスガイド課の子達だ。西暦だと二〇〇八年なので、社内では華のゼロハチ組と呼ばれている。

店員が運んできた焼酎を受け取り、ジョッキにどぼどぼ注ぐ。

「デコちゃん、呑むピッチ早すぎない？　つうか、それ、ホッピーじゃなくて、焼酎のロックになってるよ。明日、仕事でしょ。午後のツアーなの？」

「朝一だよ。『東京で森林浴！　パワースポットもいっちゃお！　癒し&御利益で人生ステップアップツアー』っつってね。朝九時に上野《うえの》に集合、明治神宮《めいじじんぐう》や等々力渓谷《とどろきけいこく》、府中《ふちゅう》の大國魂神社《おおくにたまじんじゃ》って、けっこうな移動距離で、ふたたび上野に戻るのは夜七時と丸一日かかるんだ。これまた後輩バスガイドの企画でゴンス」

華のゼロハチ組のひとり、平和鳥だ。秀子がつけたあだ名である。平和鳥は、ガラスのフラスコに鳥の顔が付いており、そのクチバシで水を入れたコップを、延々と突きつづける玩具だ。めっきり見かけなくなったが、秀子の実家にはまだある。後輩バスガイドは背がすらりと高く、そのうえ頷く際に首のみならず、上半身を前後に揺らすクセがあり、その動きたるや、まさに平和鳥そのものなのだ。

ロハス好きのOLやマダム向けのツアーで、企画した平和鳥自身もその傾向が強かった。火・土の週二回、はじめのうちは定員三十名のところ、半分も埋まらなかった。いい加減打ち切ろうかというときに、突然、満席になった。それも一度きりではない。何度もつづいてである。しまいには二ヶ月先まで予約が埋まった。

参加者はキャバ嬢を中心とした水商売のひと達ばかりだった。なんでもこのツアーに参加したあと、入店一ヶ月なのに、歌舞伎町《かぶきちょう》でナンバーワンになったキャバ嬢がいたらしい。その噂を聞きつけ、いままでは日本各地からキャバ嬢が訪れた。おかげでバスの中は化粧と香水の匂いで充満し、数日間残る。ツアーにご参加の際は化粧・香水はお控えくださいとサイトで呼びかけようかとバスガイド課と企画課の合同会議で、真剣に話しあわれたほどだ。ただしその案は敢えなく却下、いまだ匂い地獄はつづいており、明日のことを思うとげんなりしてくる。

この他にも平和鳥が企画したツアーは、他のと毛色がちがう。森林浴はまだふつうで、『これぞオトナ女子の嗜み！　お一人様堪能ツアー』、『東京都内で富士山にお詣《まい》りしちゃう富士塚巡り』、『趣味を広げたいあなたに！　変わり種博物館七連発！』とタイトルからして、なんだこれはと首を傾げるものばかりだ。

もっとも特殊なのは『穴穴探検隊』だろう。二ヶ月にいっぺん実施されるのだが、行き先は毎回ちがう。これまで都内であれば奥多摩町《おくたままち》にある日原鍾乳洞《にっぱらしょうにゅうどう》や、あきる野市の三《み》ツ合《ごう》鍾乳洞、おなじくあきる野市の大岳《おおたけ》鍾乳洞、世田谷区の玉川大師の地下霊場、小平市のふれあい下水道館、環七地下調節池、幻の新橋駅ホーム、近郊だと埼玉県比企郡《ひきぐん》の吉見百穴《よしみひゃくあな》、神奈川県川崎市の恩廻《おんまわし》公園調節池などへ赴いていた。つまりは自然にしろ人工にしろ『穴』に入りにいくのだ。まさに探検である。

特殊なのは行き先ばかりではない。このツアーは会員制というか隊員制だった。申し込むと、入隊を勧められるのだ。入隊金は千円（税込み）で、隊員証と隊員バッチが貰える。まだ特典がある。参加費は行き先によって変わるが、昼食の弁当付きで八千円前後が、隊員だと千円引きとなった。しかも六回参加すれば、一回分タダ。

そうすべきと平和鳥に言ったのは秀子だった。アヒルバスには『これであなたもオタクになれる？　メイドにフィギュア、声優さん超濃縮体験ツアー』なるものもあるのだが、それよりもさらに特殊で狭い客層を狙うしかなく、ならば最初からリピーターになるようしむけたほうがいいと考えたからだ。

そんなに特殊ですかねと平和鳥は首を傾げていたが、これが見事成功した。いまや隊員は百人以上となり、必ず六十人以上は参加者がおり、バス二台で繰りだす。

このツアーのみ平和鳥はバスガイドではない。『隊長』だ。アヒルバスの制服ではなく、探検家っぽい格好でガイドをおこなう。『副隊長』はそのときどきでちがうが、秀子はこれまで二度務めていた。車中でのガイドはするものの、現地につけば、あとは平和鳥の独壇場だった。薄暗いどころか、ときには真っ暗な『穴』の中で、彼女は嬉々としていた。顔ははっきり見えないが、声が弾んでいるのでわかるのだ。

「ポンコツなのも困るけど、デキる後輩も考えもんだよねぇ」

凪海がぼやくように言う。それもよくわかる。華のゼロハチ組だって、当初はとんだポンコツ軍団だった。新人研修の際には、あり得ない失敗やとんでもないミスを連発し、戸田課長に怒鳴られたり、中森亜紀にピコピコハンマーで引っ叩かれたりしていたものだ。その頃の彼女達のほうが、いまよりも百倍可愛かった。だからと言って、昔みたいにポンコツに戻ってもらっても困る。

「ナミちゃんはまだいいってば。あたしなんか追いあげてきたと思ったら、知らないうちに抜かされて、いまや周回遅れのビリッケツよ。その差は縮まることなく、距離はどんどん離されていくばっかだわさ」

「そんなことないってば。デコちゃん、がんばってるじゃん」

そのがんばりが実を結ばないのだ。結果がだせない。余計、情けなく惨めだった。焦げてパリパリになったもんじゃ焼をはがしで剝がし、口に入れる。ジョッキが空だ。ホッピーと焼酎を頼みかけると、凪海が制した。

「あたしが頼んどいた」

すかさず店員が運んでくる。「あたしのほうに」と受け取ったのは凪海だ。

「デコちゃん、自分でつくるとホッピー0・5に焼酎9・5とかにしちゃうから、あたしがつくってあげる」

「気が利くなぁ、ナミちゃんは」

「わがままで自分勝手な先輩達に囲まれたせいだよ」

秀子のジョッキを自分の前に持っていき、ホッピーを注ぐ。

「そういえばデコちゃん、だれかにチョコあげた？」

「だれにもあげてないわ」

厳密に言えば、あげてないわけではない。バスガイド課では一律二千円をだして、男性社員に配る義理チョコを購入し、バレンタインデー当日、手隙《てすき》のひとが社内をまわって、配布した。今年はおかっぱ左門と入社二年目の子のふたりだった。

「龍ヶ崎くんにあげなかったの？」

思いもよらぬことを言われ、秀子は面食らった。

「なんであげなくちゃいけないの？」

「なんでってことはないけど」

言い淀む凪海を見て、秀子はさきほど彼女が龍ヶ崎に腕を握られ、赤面していたのを思いだした。

「ナミちゃん、龍ヶ崎くんにあげたの、チョコ？」

「うん、まあ、一応。デコちゃんが会議室にくるちょっと前に。でもあれよ、いっしょに仕事してるからさ、礼儀みたいなもんで」

仕事するようになってから毎年あげているのだという。

「ほんとに礼儀だけ？」

「いやあ」凪海はデヘへと笑った。「ちょっとはなんかあるかもとは思ってるよ。でも五歳も年下だしね。そもそもあんなイイ男、世間が放っとかないし。いっしょに働いて拝むだけでもじゅうぶん」

ふうとため息をつくと、凪海はひどく冷めた声でこう言った。

「山田のヤツ、カレシがいるんだ」

学校のクラスだったら二番手には可愛いらしいお嬢さんだ。カレシがいたって少しもおかしくない。

「小学校の同窓生で、彼が引っ越しちゃって、全然あってなかったのが、去年の夏に同窓会で再会して、むこうからコクられて、正式におつきあいをはじめたんだって。なにそれ？　そんなロマンチック、許されていいと思う？」

凪海はジョッキを秀子の前にどんと置いた。

「断固許すまじきだよ」

「でしょ？」

「でも羨《うらや》ましい」

「だよねぇ」

世の中で許せなくて羨ましいのは山田だけではない。アヒルバスの社内にもいた。秀子にちょっかいだしていたのもいまは昔、運転手の小田切は合コンで知りあった十歳も年下の看護師と結婚し、三年前には一児のパパとなった。好きでもなんでもなかったが、ひとのものになると惜しい気がした。取り残されてしまったようにも思う。同期の中森亜紀が結婚したときも、おなじ心持ちになった。こちらのほうが小田切よりもショックがデカかった。亜紀のお相手はバーテンダーだ。彼女はその店の常連で、秀子も何度かいったことがある。

デコをはじめて連れてったときには、もうつきあっていたよ。

そんな昔からとは、秀子はついぞ気づかなかった。元々、そういうのは鈍いタイプなのだ。

凪海がつくってくれたホッピーを、秀子は喉の音をたてて呑む。だいぶ薄めだがやむを得ない。

「どいつもこいつもうまいこと、やりやがって」

「ほんと、ほんと」

秀子の意見に合いの手よろしく、凪海が頷《うなず》く。

「バスガイドになって十二年、ずっとカレシなしよ。初詣にいく度に、今年こそはカレシができますようにと願っているのに、叶いやしない。どういうことよ」

「まったくだぁ、まったくだ」

「仕事がうまくいかなくっても、プライベートがよけりゃいいけどさ。あたしのプライベートなんて、ないも同然だよ」

「ない、ない」

「テレビドラマや映画だったら、ヒロインは必ず恋に仕事に大忙しになるじゃない？

なのになんなのさ。いつまでたっても仕事で大忙しじゃん」

「おっしゃるとおり、そのとおり」

「アヒルバスに革命、起こしてる場合じゃなかった。あたしに革命を起こさなきゃ」

「どうやって？」不意に凪海が訊ねてくる。

「そいつがわかってりゃ」秀子は半分以上残っていたホッピーをぐびぐび呑み干し、
ジョッキをテーブルにがんと置いた。「いまこうしてナミちゃんと呑んでないってば」

3　カンバンボーイ

♪ごあぁあんなぁいいたしますぅ
お客様をのっせってぇえ
るんるん今日も走りますぅ
飛ぶがごとく走りますぅ
あなたのつばさになりたいのぉ
アヒル　アヒル　アッヒイッルゥウ
アヒルバスは今日もはっしぃるぅう♪

世界一冴《さ》えない歌を口ずさみながら、秀子は階段をあがっていた。風呂上がりで濡れた頭をバスタオルで巻き、浴衣《ゆかた》に羽織といういでたちだ。ちなみに浴衣の下はヒートテックを着ている。
あっぶね。

足元がふらつき、一段踏み外したのだ。慌てて手摺《てすり》に摑まる。まだお酒が残っているにちがいない。

けっこう呑んじゃったもんなぁ。

凪海とふたり、月島のもんじゃ焼屋には三時間弱いた。店をでて、彼女と別れたあとだ。秀子が愛車のボヤッキーでよろよろとむかったのはアヒルバスの独身寮である。バスガイド専用で、秀子も十八歳から十年近く暮らしていた。

正しくは元独身寮だ。一昨年の十月、主に外国人観光客向けの旅館となった。元々、江戸前旅館という旅館だったのを、アヒルバスが買い取り、ほとんどそのままで独身寮として利用していた。部屋の入口には番号ではなく、名前の札が掲げてあり、秀子は穴子の間だった。

三階建てで十八室あり、各部屋ともつくりはほぼおなじだ。八畳あるいは十畳の畳敷に床の間、大きめの押し入れ、窓際は板の間があるものの、部屋には台所も風呂もない。食事は一階の食堂で食べ、風呂は地下の大浴場に入っていた。

つまりは元に戻ったわけなのだ。どこかにしまっていたらしい江戸前旅館の看板を引っ張りだし、見栄えをよくして玄関に飾ってあった。正式名称は『江戸前ハウス』で、経営はアヒルバスがおこなっている。

♪ごあぁぁんなぁいいたしますぅ

夢と希望をのっせってぇぇ
るんるん明日も走りますぅ
風より早く走りますぅ
あなたの思い出になりたいのぉ
アヒル　アヒル　アッヒイッルゥウ
アヒルバスは明日もはっしぃるぅぅ（はいっ）
グワワァ
グワワッワァ
グワグワグワグワグワワッ（もう一回）
階段をのぼりきり、一階に辿《たど》り着く。そして秀子はアヒルバスの社歌を唄いつつ、腰にあてた両手をパタパタさせ、中腰で歩きだした。アヒルの真似だ。三十路の女がすることではない。たとえ人目がない夜中の旅館であってもだ。まだ酔っ払っている証拠だと自分でもわかっている。
「スミマセェエン、チョットイイデスカァ」
アヒル歩きでフロントを抜けて食堂へ入ろうとしたときだ。裏口へむかう廊下から声がした。アヒルの格好のまま立ち止まり、そちらへ目をむけて、秀子はビビった。廊下の端に男性が四人、屯《たむろ》っていたのだ。いずれもガタイがよく長髪だった。短くても肩まで、長いのは腰のへんまで伸ばしている。室内だとはいえ二月のなかばなのに、みんなTシャツだ。その姿たるや、遠目で見るかぎり四人ともナマハゲみたいだった。

もしも町中で夜の十一時に、こんな連中に声をかけられたら、そそくさと逃げていただろう。でも彼らはここに宿泊しているにちがいない、大事なお客様だ。旅館のスタッフではないにせよ、アヒルバスの社員としては丁重に扱わなければなるまい。彼らが秀子をアヒルバスの社員かどうかわからなくてもだ。

「どうなさいました？」

言葉の調子をバスガイドモードに切り替え、四人にキビキビとした歩きで寄っていく。近くで見てもナマハゲにそっくりで、角が生えていないのが不思議なくらいだ。

「コレ、ウゴカナイ」

マッサージチェアのことだ。廊下の窓際に設置してあるそれは、骨董品一歩手前の年代ものだった。いまどきのスマートなのとは全然ちがう。ゴツくてやたらとでかい。そして背もたれにはヘッドフォンに似た丸いクッションが二本、突きでていた。

「ナゼデショウ？」

片言でも日本語がしゃべれるのは助かる。秀子は英語がからきし駄目なのだ。英語だけではない。日本語以外すべてだ。日本語だって覚束《おぼつか》ないことがある。

「お金は入れました？　百円なんですけど」

マッサージチェアは有料なのだ。左の肘掛けの外側に、四角い銀色の箱がついており、そこに百円を入れると、五分間動くようになっていた。

「イレマシタ。デモピクリトモシナイネ」

だとしたら。

「失礼しますね」

秀子はマッサージチェアの真正面に移動する。大股に足を開いて、腰を落とす。そして胸の前で、両腕を構えた。その姿勢のまま、大きく息を吸って吐いて、もういっぺん吸って息を止め、瞼《まぶた》を閉じる。一、二、三と数えたのちだ。

「ティヤァアァアッ」

かっと瞼を開き、背もたれの真ん中へ右の拳を突き入れる。鈍い音を立てながら、マッサージチェアが動きだした。

「オォォオオォォオ」

ナマハゲ達が一斉に感嘆の声をあげた。

「イマノハ、カラテデスヨネ」

「はい」嘘である。このマッサージチェア、調子が悪いときはどこを叩いても動きだす。空手っぽくやってみせたのは、四人を喜ばすサービス、ではない。秀子が酔っ払っているだけだ。

「どうぞお座りになってください」

秀子と会話を交わしていた男が腰を下ろす。左右どちらの腕にも、なにやら描かれている。『プリキャラ』だ。女の子向けのアニメで、女子中学生のなかよしふたり組が主人公である。半袖から剝きでた右腕には、プリキャラピンクこと御花畑《おはなばたけ》いずみが、左にはプリキャラグリーンこと大草原《だいそうげん》しずくが、にっこり微笑《ほほえ》んでいたのだ。どうやら刺青《いれずみ》のようだ。

「カワイイデショ」

「べ、ベリープリティ」

秀子はどうにかそれだけ言えた。

「アナタ、ウタッテタ、ウタ、ヨカッタ」

べつのナマハゲが言った。

あの世界一冴えない歌が？

「モイチド、ウタッテクダサイ」さらにべつのナマハゲがスマートフォンを取りだす。

「ロクオン、シテモイイデスカ？」

独身寮を旅館にしようという言いだしっぺは、秀子の後輩、おかっぱ左門の同期入社、つまりは華のゼロハチ組で、バスガイド課だったお手玉パティだ。お手玉が得意なのと、そばかすだらけの顔で、スヌーピーの漫画にでてくるパティによく似ており、おかっぱ左門や平和鳥とおなじく秀子は胸の内で彼女をそう呼んでいた。

お手玉パティが自らの考えを開陳したのは五年前のこと、バスガイド課の新年会だった。場所はいま秀子がいる食堂である。

バスガイド達が呑んでいたその席に、我らがアヒルバスの社長がひょっこりあらわれた。バスガイド達の呑み会に顔をだすのは珍しくはないが、このときは役員などの取り巻きはおらず、ひとりきりだった。どこかで一杯呑んできたとかで、梟《ふくろう》に似た顔をほんのり赤くさせ、バスガイド達の前で社長はこう言ったのだ。

今日は無礼講です。会社に言いたいことがあれば、なにを言っていただいてもかまいませんぞ。

社長の言葉に従い、だれもが好き勝手なことを言いだした。制服のデザインがダサい、新卒の若くてイケメンの運転手をもっと雇ってほしい、化粧代を経費で落とせるようにしてもらいたい、会社で整体師を雇えないのか、給料を倍にしてくれ、ボーナスを年三回にしろ、休みを増やせ、金持ちの男を紹介しろなど際限がなく、どれも実現にはほど遠いどうでもイイ意見だった。社長も社長で、よしよしわかったわかったと適当な返事しかしていなかった。そんな中だ。

この寮を取り壊す話はほんとですか。

秀子が訊ねたらしい。らしいというのは、秀子自身、記憶にないからだ。寮で呑むと帰る心配がない、しかもその頃は寮ではいちばんの年長者で、酔い潰れたとしても後輩バスガイドが面倒を見てくれたので、へべれけになるまで呑むのが常だった。翌日が午後出勤や休日であれば尚更だった。

築地にある独身寮は時が経つにつれ、入居者が減る傾向にあった。そもそもがアヒルバスでさほど多くバスガイドを採らなくなったのである。多い年でも三人、ここ三年はゼロだった。なおかつ新人でも寮暮らしを嫌がる子ばかりで、五年前でも独身寮に住んでいたのは秀子を含めて五人、ぜんたいの三分の一も埋まっていない状態だった。社内ではいっそ取り壊して、土地は売ったらどうかという話も、ちらほらではじめていた。

あたし、この寮が好きなんです。できればずっと暮らしたいんだ。それが駄目なことは重々承知しているだぁ。だけんどせめて建物だけは取り壊さないでおくれよぉ。おねげぇします、シャチョーサマァ、おらぁ、ここが好きなんだぁ。

秀子は懇願しながらも、社長の胸倉を摑んで、前後左右に揺らしたらしい。まったく記憶がない。戸田課長が秀子を社長から引き剝がしたあと、お手玉パティがこう言ったそうだ。

この建物をリノベーションして、より有効な使い方はできないものか、以前から考えていたんです。聞いていただけますか、社長。

それこそが旅館に戻すアイデアで、アヒルバスで運営していくことまで提案したという。お手玉パティが熱弁を振るっているあいだ、秀子は酔い潰れ、熟睡していた。

『旅館プロジェクトチーム』なるものが、社内で結成されたのは、それから二週間後のことだった。経理や営業、企画などの課から五人が引き抜かれていった。もちろんお手玉パティもだ。そして社長室の隣の第一会議室が、そのチームの部屋となった。

すべては梟に似た社長の命令だ。鶴の一声ならぬ梟の一声である。

チームの五人は自分の課の仕事もしつつ、旅館プロジェクトも進めなくてはならない。となればおなじ課の者に自分の仕事を手伝ってもらうなり、任せるなりすることになる。

お手玉パティもそうだ。バスガイドとしての仕事を二割減らすよう、バスガイド課に社長より直に指示があった。ちょうどその頃、どのツアーをどのバスガイドが担当するかの割振りを、戸田課長から秀子が引き継いだばかりで、お手玉パティが抜けた分をどう穴埋めしたらよいものか、頭を痛めたものである。

結局は秀子自身が休日を返上し、その代わりを務めることにした。可愛い後輩のためならば一肌でも二肌でも脱いでこそ先輩である。

それでもお手玉パティはひっきりなしに働いていた。バスガイドの勤務をおえてから、旅館プロジェクトの仕事をこなさなければならず、独身寮に戻ってくるのが、夜中の一時をまわるのはザラだった。休日でも旅館経営のセミナーに参加したり、評判の旅館を一泊してきたりと大忙しだった。

バスガイドの仕事ははじめのうちこそ二割減だったのが、三割四割と一ヶ月毎に減らさざるを得ない状態になった。だいじょうぶです、あたしできますとお手玉パティ本人は訴えるように言う。しかしバスの中でガイドをしている最中に、立ったまま眠るという笑い話のような失態を犯す始末だった。

バスガイドの仕事が遂に八割減となったとき、旅館プロジェクトチームは『旅館準備室』と名称が変わり、五人のメンバーは正式にそこへ異動を申し付けられた。お手玉パティに至っては最年少で当時は二十歳を過ぎたばかりにもかかわらず、副室長となった。社長が室長なので実質、トップである。それでもしばらくはバスガイドに戻りたいと、夜中に秀子の部屋にきてはグズっていたものの、やがてそれもなくなった。

まわりはぜんぶ男、いちばん歳が近くても一回りは上、自分の父親より年上もいた。しかしお手玉パティは気負いもせず、陣頭指揮を執り、独身寮を旅館にするがためのプロジェクトを進めていった。

やがて独身寮に住むバスガイドは引っ越しを命じられた。改装工事をはじめるためだ。秀子はおなじ築地にマンションを借りた。キッチン三・五帖、洋室七帖の１Ｋの部屋だ。独身寮の部屋よりもだいぶ狭い。築地と会社がある月島のあたりで手頃な物件を探すとそこしかなかったのだ。これで家賃は八万三千円である。会社が三万円も負担してくれているが、それでも月々五万三千円の出費は痛い。痛過ぎる。寮で暮らしていたときは光熱費込みで、三万円で済んでいたのだ。

準備万端で覚悟もしていた。しかし思い出が詰まった寮を去る段階で、寂しくてたまらなくなり、玄関で声をあげて泣いてしまった。すると寮母のモモさんが声をかけてきた。慰めてくれるのかと思いきや、まるきり反対だった。

なに泣いているんだい、デコちゃん。たとえ旅館にならなくたってだよ。うちの寮は七、八年も暮らせば独身でもでていくってのが暗黙の了解なのにさ。あんたときたら、なんやかんやで十年近く、住んでたんじゃないの。さっさとでておいき。

モモさんは独身寮の寮母で、八十歳は越えているはずだ。ただし秀子がアヒルバスに入社したときから、少しも変わっていない。彼女は江戸前ハウスでも『スーパーアドバイザー』なる肩書きで働いていた。それも毎日だ。休日でも愛車のミゼットⅡに乗ってやってきては、宿泊客の世話をしていた。これはお手玉パティが本人にそうお願いしたのである。

やってることは寮母の頃と、ちっとも変わらないわよとモモさん本人がうれしそうに話すのを、何度となく聞いている。片言の英語とともに、ジェスチャーやイラストを描いて、外国人の宿泊客と見事にコミュニケーションを取っているのだから驚きだ。

一昨年の十月に旅館がオープンした際に、『旅館準備室』は『旅館部』となり、『旅館経営課』と『旅館運営課』のふたつの課に分かれ、お手玉パティは運営課の課長を仰せつかった。彼女は旅館にほぼ常駐し、接客をはじめ、旅館業に追われる毎日を過ごしている。部下は正社員七名、契約社員五名、パート従業員十二名、そしてスーパーアドバイザーのモモさんだ。

だれもお手玉パティを課長とは呼ばない。女将《おかみ》だ。最初にそう呼んだのは秀子に他ならなかった。旅館がオープンした当日である。

勘弁してくださいよぉ、デコさん。

お手玉パティ自身は嫌がっていたものだ。しかしそれが次第に浸透していき、いまでは社長さえもそう呼んでいる。宿泊客達もだ。訪れた外国人の客が、お手玉パティの写真をフェイスブックかなにか、ネット上にアップして、『ＯＫＡＭＩ』と紹介したのだという。女将の意味を知ってなのか、それともお手玉パティの名前をＯＫＡＭＩと勘違いしたかまではわからない。

本人も受け入れ、近頃ではすっかり女将さん然としている。なにせ毎日、着物だ。

アヒルバスには『着物でキメる！　着付け教室＆江戸下町そぞろ歩き』という十年以上つづく定番ツアーがある。午前中に銀座の着付け教室で、バスガイドも参加者といっしょに着付けを教わりつつ、着物に着替えたあと、バスで移動し、根津《ねづ》や谷中《やなか》をそぞろ歩く。夏場ともなれば、浴衣バージョンもあった。おかげでバスガイド達は全員、着物をひとりで着ることができた。

まさかこんなカタチで役立つときがくるとは思ってもいませんでしたよ。

OKAMIとなったお手玉パティが秀子にそう言ったことがある。二十代なかばの彼女が着物を着ると、五歳は年上に見えた。わざとそう化粧を施しており、そばかすは見事に隠されているのが、秀子としては残念でならなかった。そばかすこそが、彼女のチャームポイントだと思っていたからだ。

旅館のプロジェクトが動きだしてから、お手玉パティは英語の勉強をはじめていた。帰国子女のクウのように流暢《りゅうちょう》ではないにせよ、いまでは江戸前ハウスを訪れる外国人観光客と日常会話は交わせるほどだ。どうすればそこまで話せるようになるのか、お手玉パティに訊ねたら、ガイドを覚えるよりもラクチンですよと言われてしまった。

食堂は非常灯しか点《つ》いていない。まずは厨房《ちゅうぼう》に入り、大型の冷凍庫を開くと、その片隅にあるピノを取りだす。もんじゃ焼屋からここまでくる道すがら、コンビニで買い求め、入浴前にしまっておいた。期間限定で、森永製菓のチョコとのコラボのも惹かれたが、バニラにチョコレートを被せた、最もスタンダードな六粒入りだ。

食堂に戻り、天井の灯りを窓際の三分の一だけ点けた。その下の席のひとつに腰を下ろし、ピノの箱を開く。

「あぁあぁあ。ないかぁ」

中を見て、ひとり大きなため息をついた。ピノはふつう、円錐《えんすい》台のカタチをしているのだが、ごく稀《まれ》に星形があった。食べれば願いが叶う『願いのピノ』だ。昔は時折でて、勿体《もったい》ないのですぐ食べず、冷蔵庫の冷凍室に取っておいた。五つ貯まった際、まだ新人だった華のゼロハチ組に振る舞ってしまった。それから八年、まったくお目にかからなくなった。最低でも週に一回は買っているのに、どうしたのだろう。噂ではハート形の『幸せのピノ』というのもあるらしい。こちらなど一度も見たことがない。自分が運から見放された気すらした。

ともかくピノを一粒、口に含む。うまい。風呂上がりとなれば格別だ。できれば身体がポカポカのうちがベストだったが、ナマハゲ達の相手をしていたぶん、体温が下がってしまったのがまったくもって惜しい。でも、うまさに変わりはない。

ときどきこうして古巣を訪れ、大浴場に入っている。1Kの部屋はユニットバスで、体育座りをしなければ入れない狭さだった。その不便さと惨めさを、同期の亜紀や後輩バスガイド達に訴えていた。するとある日、本社で会ったお手玉パティに呼び止められ、旅館の大浴場、お使いになりませんかと言われたのだ。

秀子は素直に甘えることにした。週一はぜったい、多いときは週三で、夜の十時以降に訪れる。宿泊客の邪魔にならないよう心がけていると言えば聞こえはいいが、大浴場を独り占めしたいだけだ。

今日も秀子ひとりだった。昔は大理石造りだったがいまはちがう。湯船も貝殻のカタチではなくなった。よく言えばスタイリッシュ、はっきり言って無味乾燥で面白味のない内装にリノベーションされてしまったのが、残念でならない。当然ながら湯船の真ん中で壺を抱えていた人魚も消えた。彼女の行方がいまでも気になる。

いつもであれば、広い湯船をクロール、平泳ぎ、背泳ぎ、バタフライと泳ぎまくるのだが、酔っ払っていたのでやめておいた。なおかつ今日はこのまま泊まっていく。江戸前ハウスはオープン以来、順調だ。平日でも十八部屋すべて埋まるのは珍しくない。今日も空室は二部屋だけだ。そのうちのひとつは、秀子が十年近く暮らしていた穴子の間だった。泊まっていいかとお手玉パティに手をあわせてお願いしたところだ。

戸田課長にはバレないようにしてくださいよ。

そう言いつつ鍵を貸してくれた。ほんとにイイ奴だ。持つべきはＯＫＡＭＩになった後輩である。これまで数回、こうして泊まったことがあった。だれもいないマンションの一室に帰るのが寂しくてたまらないのだ。

明日は六時に起きて、一旦マンションに戻り、着替えてから出社する。江戸前ハウスの朝食は七時から九時だが、起きてすぐ食堂へいくと、厨房でモモさんとパートのオバサン数名が朝食の準備をしており、おはようございますと声をかければ、モモさんがおにぎりを三個こしらえてだしてくれた。申し訳ないと思いつつ、ありがたく戴くのが毎回のことだった。

「デコッ」

食堂にカオルが入ってきた。戸田課長の一人息子である。ランドセルを背負っているが、だいぶ違和感があった。小学六年生にしてはデカいのだ。今年の四月には中学生だが、しばらくしたら、秀子は追い抜かされていることだろう。両手に紙袋をぶらさげている。ひとつは三越で、もうひとつは松屋だ。

「風呂、入ってきたんだ。そんなことしてると、母さんにまた叱られるぜ」

憎たらしいことを言う。しかし事実だ。

「課長、いるの？」秀子はピノを片手に腰を浮かせる。

「慌てなくても平気さ。あと三十分は迎えにいけないって、さっき連絡があった」

戸田課長は今夜、『ディープな東京でドキドキ！　旦那様にはナイショでナイト』のガイドだった。ツアーがおわって、月島の本社に着くのは十時前、そのあと課長としてのデスクワークもこなさねばならないから大変だ。

「ひとりで帰ればいいじゃない」

自宅は勝どきの賃貸マンションで、帰れない距離ではない。築地のここから歩いて二十分ばかりである。旦那さんは八年以上前に、大阪に転勤になったきりだ。旦那さんとしては家族三人、大阪で暮らしたいが、戸田課長はバスガイドをやめる気はさらさらなく、話しあいは平行線のまま、いまに至るという状態なのだ。

旦那さんは二週間に一度、東京を訪れていた。そして学校が長期休暇の際は、カオルが大阪へ何泊かしているという。夏のおわりになると、彼から大阪土産を貰うのが、ここ何年か、恒例になっている。

「夜道は危険だから駄目だって母さんが言うから、仕方がないじゃん」

たしかにそうだ。小学生が出歩く時間ではない。それでも秀子は「過保護なのね」とからかい気味に言った。

「わかっちゃないな、デコは。親の言うことを聞いてあげるのは、親孝行のひとつなんだよ」

生意気言って。

保育園に通っていたカオルは小学校にあがると、放課後は必ずアヒルバスの独身寮を訪れていた。モモさんが面倒役を買ってでたのである。旅館に改装中は学童保育所に通っていたが、江戸前ハウスになってからは、ふたたびここに日参している。一応、戸田課長が社長に許諾は得ていた。カオルくんになにかあっても、アヒルバスは責任を取らない約束の元だ。

　独身寮だった時分からカオルは玄関や廊下などを掃除したり、庭の手入れをしたり、食堂で食事を運んだり、食器を洗ったりしていたが、いまもおなじことをやっている。宿泊客に声をかけられれば気軽に話す。昔から人懐っこくて、分け隔てなくだれともなかよくできる性格なのだ。外国人観光客相手でも少しも臆することない。カオルから話しかけることもままあった。

　そうこうしているあいだに、自然と英語力を身につけた彼は、旅館の中についてのみならず、築地および月島周辺のことも、外国人観光客に英語で教えてあげられるようになっていた。

　モモさんは宿泊客にアイ・アム・カンバンガールと言い、ヒー・イズ・カンバンボーイとカオルを紹介していた。

「いままで事務室で宿題やってたら、廊下からデコの声が聞こえたからさ。だれと話してた？」

「旅館のお客さん。マッサージチェア、動かしてあげたのよ」

　カンバンボーイは年季の入ったランドセルを降ろし、紙袋とともにテーブルに置いてから、秀子の真向かいに座った。

「大荷物じゃない？　紙袋ん中、なにが入ってるの？」

「チョコ」

バレンタインデーのか。今日ではない。昨日の日曜だ。

「三越と松屋、どっちも?」

「紙袋は事務室にあったのを借りたんだ」

「今日、学校でもらってきたわけ?」

「学校は勉強に関係ないものを持ってったら、先生に取りあげられちゃうからね。女子同士で話しあって、ぼくにチョコを渡すのは、今日の放課後って決めてたみたい」

抜け駆け厳禁と女子のあいだで、協定を結んだのだろう。それだけカオルは女子に人気なのだ。まるっこかった顔は小学校にあがる頃から縦に伸びていき、細面になっている。目元は戸田課長にそっくりだ。母親のほうはそれが吊り目で、常に怒っているようだが、カオルはおなじ目の形でもいわゆる切れ長である。それが十二歳らしからぬニヒルさを醸しだしていた。テキパキ話して、テキパキ動くところも、戸田課長によく似ている。昔はちがった。舌ったらずで、いかがなすったとか、そうでござるなぁなどと、時代劇口調でしゃべっていたのが懐かしい。

「食べる、デコ?」

カオルはチョコを一個、さしだしてくる。手作りで、可愛くラッピングされていた。

「いらないわ。あたし、ピノ、あるし。それにきみを思ってつくったんだから、きみが食べなさい」

「だけどこんなに食べらんないって」

贅沢《ぜいたく》な悩みだ。他の男が言えば、自慢に聞こえるだろうが、カオルはほんとに困っていそうだった。

「だったらこれ、ピノと取っ替えっこしない？」

カオルが松屋の紙袋から無作為に取りだしたのは、ゴディバだ。ピノはうまい。最後の晩餐《ばんさん》にはぜひともピノを食べたいとさえ思っている。しかしゴディバを目の前にだされると、秀子の心は揺らいでしまう。

秀子の視界に半裸で笑うお坊さんが入った。ほんとにいたら困る。絵だ。墨で描いてあり、文人画ではないかというひともいる。入社してすぐ、八王子に住む祖父が、秀子宛に送ってきた掛け軸だ。くずし文字で数行なにか書かれていたが、秀子にはチンプンカンプンで、祖父も読めないらしい。

以前は秀子の部屋（穴子の間だ）の床の間に吊るしていたのが、引っ越し先には置き場所すらなく、八王子に送り返すつもりだった。外国人観光客に受けるかもしれない、いっそみんなが見ることのできる場所に飾ろうと提案してきたのはモモさんだ。そしていま食堂の壁に額縁に入れ、掲げてある。いささか風情に欠けるが、直接触れられても困るし、劣化も最小限に抑えられるので、こうするほかなかったのだ。

八年前、半裸のお坊さんが掛け軸から抜けでてきたことがあった。それこそ新人だった華のゼロハチ組が実技演習をおこなう前の晩である。自らをピノの神様と名乗り、貯めた『願いのピノ』を彼女達にあげるように言ったのだ。

この話をひとにしたことはない。だれも信じないとわかっているからだ。秀子自身、やはり夢だったのだと思うし、それ以降、ピノの神様が絵から抜けでてもいなかった。

カオルがハート型の箱を無造作に開ける。十個ほどのチョコのどれもが、おなじハート型だ。それをテーブルに置いてから、カオルはピノを一粒摘み、口へ放りこむ。

「やっぱ、うまいなぁ、ピノは。ほら、デコはそのチョコ、食べなよ」

「じゃあ、一個だけ」

どんな思いで、こんな高級ブランドチョコを買ったのか、見ず知らずの女子の気持ちを考えると、心が痛む。

でもうまいよぉぉ。口の中で蕩《とろ》けていくよぉ。たまらんよぉ。ごめん、見ず知らずの女子。申し訳ない、ピノ。おまえもたしかにおいしい。でも相手が悪過ぎる。

半裸の坊さんが視界に入らないよう、窓の外をむく。

「ピノ、まだ食べていい？　そのチョコ、なんだったら箱ごとあげるから」

さすがにそこまではと思いつつ、二個目に手を伸ばしていた。

「お待たせ」

慌てて手を引っ込める。戸田課長があらわれたのだ。

「早かったね、母さん」

「デコもいっしょになって、なにやってたの」

「バレンタインデーのチョコを処理するの、デコに手伝ってもらってたんだ」

「こらっ」戸田課長は息子の頭を軽く叩く。「処理だなんて、チョコをくれた女の子達に失礼でしょ。彼女達の立場になって考えなさい」

お客様の立場になって考えなさいとは、戸田課長が日々口にする言葉だった。

「もしもあなたがプレゼントしたモノを、受け取った相手が他人にあげていたら嫌な気分になるでしょ」

「わかれば嫌だけど、わからなければべつに、痛っ」

息子に最後まで言わせず、戸田課長はふたたび彼の頭を叩いた。強さが増している。なかなかのスパルタ教育だ。秀子としては大変、気まずかった。ゴディバを一個食べてしまったからだ。断ればよかったと後悔する。しかもどこをどう見ても風呂上がりの格好だ。ここは三十六計逃げるに如かずである。秀子はピノを持って腰を浮かした。穴子の間に泊まるのも諦めたほうがいいかもしれない。1Kの部屋に我が愛車、ボヤッキーを漕いで帰るとしよう。寂しいが仕方がない。

「待って、デコ」

あちゃあ。呼び止められちゃったよ。

この状態で逃げおおせると思った自分が浅はかだった。叱られると覚悟したが、戸田課長の口から、意外な言葉がでた。

「あなたにお願いがあるの」

浮かした腰を元に戻さざるを得なかった。なにしろ戸田課長は『エイリアン』シリーズでエイリアンと戦うシガニー・ウィーバーや『ターミネーター2』でT－1000に挑むリンダ・ハミルトンよりも強そうで迫力があるのだ。

「な、なんでござんしょう？」

昔のカオルみたいな口調になってしまう。

「急で申し訳ないんだけど」

戸田課長もまた息子とおなじく大荷物だった。ぱんぱんに膨らんだショルダーバッグを肩から外し、右手に持っていた紙袋ともどもテーブルに置き、秀子の隣に座った。紙袋はプランタン銀座のだ。新品ではなく、少しくたびれている。なにかのときに、と戸田課長は自分のデスクの下に、紙袋やコンビニ袋を保存してあった。そのうちの一枚だろう。中身まではわからない。

「明日、『TOKYO　OTAKU　TOUR』、やってもらえないかしら？」

ほんとに急だ。

アヒルバスでは以前から外国人観光客が、ツアーに参加することはままあった。でも外国人限定ツアーをスタートしたのは三年前、この四月で四年目になる。

当初は『これはお得！　東京名所ぐるり旅』という、皇居や都庁、東京スカイツリーに浅草などを巡る、ノーマルでスタンダードなツアーを外国人向けバージョンにした『ＴＯＫＹＯ　ＯＭＯＴＥＮＡＳＨＩ　ＴＯＵＲ』のみだった。そして昨年の四月より、もう一コース増えた。それが『ＴＯＫＹＯ　ＯＴＡＫＵ　ＴＯＵＲ』だ。

「でもあたし、明日は森林浴ツアーですけど」

「いまさっき」戸田課長はアヒルバスを寿退社して、現在パートのバスガイドの名を言った。「彼女に代わりを頼んで、オッケーしてもらったわ」

それってもう、あたしがＯＴＡＫＵツアーをガイドするの、前提じゃん。

つまりはお願いでもなんでもない。命令だ。歯向かう勇気はない。相手はシガニー・ウィーバー＋《たす》リンダ・ハミルトン＞《より》戸田課長なのだ。

外国人限定ツアーがはじまる三ヶ月前に、バスガイド課に『通訳ガイドチーム』が結成された。とはいっても当初は正社員ひとりとパート三名のみだった。

正社員は山中空《やまなかそら》ことクウである。華のゼロハチ組のひとりだ。帰国子女で英語がペラペラの彼女は、観光庁が実施する国家試験に難なく合格し、通訳案内士、いわゆる通訳ガイドの資格を得た。その後、中国語と韓国語を勉強しており、ガイドをする分には問題がないのだからたいしたものだ。

通訳ガイドチームは年々増員していき、いまはクウを含めて正社員三名、パート八名となった。クウ以外の通訳ガイドはバスガイドとペアで、ツアーをまわる。添乗業務が覚束ないからだ。パートのみならず正社員ふたりもである。どちらも去年の春に入社したてなのだ。

OTAKUツアーはもともと日本人向けで、ルートがまるでおなじの『これであなたもオタクになれる？　メイドにフィギュア、声優さん超濃縮体験ツアー』が、いまも毎週土曜に実施されている。定員三十名がいつも満席だ。こちらのガイドを秀子はちょくちょくしていた。つい二日前にもしてきたばかりである。できなくはない。戸田課長もそれを見越しているはずだ。

外国人限定ツアーは通訳ガイドがメインで、バスガイドはサポート役だ。旅程管理を主におこない、あとは事故やトラブルが起きないように目を光らせながらも、ニコニコと笑顔を絶やさなければいい。だれがどのツアーを担当するかを割振るのは秀子の係だが、戸田課長と相談したうえで社歴の浅い後輩バスガイドに任せていた。自分自身、まるまる二年していない。しかもOTAKUツアーははじめてだ。

「明日のOTAKUツアーって、ほんとはだれが？」

「山中さんよ。ほんとは彼女だけで、ガイドを務めるはずだったのを、あなたと通訳ガイドのひとりに代役をしてもらうってわけ」

「どうしたの、クウちゃん?」

訊ねたのはカオルだった。クウも寮に暮らしていたので、顔なじみなのだ。

『ディープな東京でドキドキ!　旦那様にはナイショでナイト』から帰ってきた戸田課長が、制服を着替えようと更衣室に入ると、クウが制服のままで床に倒れていたのだという。

「意識はあったのよ。でもひどい高熱で、立ちあがることができなくてね。今日のツアー、運転手が小田切くんだったんだけど、彼にお願いして山中さんを運んで、私の車で夜間病院に連れていったの。そしたらおたふく風邪だって」

「それ、ぼくが昔、かかったヤツじゃない?」

「小一のときよ」

「おとなのおたふく風邪って、大変だって聞いたことありますけど、だいじょうぶなんですか、クウ?」

「ベッドが空いてたんで、今夜は一晩、その病院に泊まることになったわ。明日はウチに帰れたとしても、復帰するまで時間がかかるはずよ」戸田課長は大きくため息をついた。「そうなったらデコ、悪いんだけど、あなたに代役を頼むことが多くなると思うの。だいじょうぶかしら」

「ノープロブレムですよ。休日返上しても、かまいませんので」

休日は昼過ぎまで寝ているだけだ。だったら働いていたほうがマシだった。少なくともひとりきりではない。

「よろしく頼むわ。それじゃ、デコ、今日はここに泊まっていきなさい」

「いいんですか？」思わず聞き返してしまう。

「だってそのほうがいいでしょ。明日のツアー、この裏の駐車場から出発なんだし」

「でもあの、制服が」

戸田課長がプランタン銀座の紙袋を指差す。中をのぞけばバスガイドの制服だった。

「あ、ありがとうございます」

「それとこれ」ぱんぱんに膨らんだショルダーバッグから、透明ファイルに挟んだ紙を取りだした。「OTAKUツアーの参加者リストね。定員三十名で満席よ」

名前と年齢、性別、そして国籍が明記されていた。アメリカ、フランス、オーストラリア、中国、フィリピン、フィンランドなどぜんぶで十二カ国だ。

日本人向けだと男性が圧倒的に多く、二十代から三十代が中心なのに対して、明日のツアーは男女の比率はほぼ半々で、年齢の幅は広かった。いちばん下が十八歳で、上は九十歳である。

ん？　九十歳？

「やだもう、明日になるわ。帰るわよ、カオル」

「がんばってね、デコ」

戸田課長とカオルが帰りかける。

「すみません」秀子は確認したいことがもうひとつ、残っていたのだ。「通訳ガイドはどなたなんです？」

戸田課長は言い淀む。彼女にしては珍しいことだ。しかも秀子を見る目ときたら、申し訳なさそうで、憐《あわ》れんでもいるようだった。

「まさか」

嫌な予感が走る。幸せの予感よりも嫌な予感のほうが、これまでの人生において的中率が圧倒的に高かった。そして損な役回りが自分のところに回ってくることも他人より二倍から三倍は多い。

そのふたつを併せて鑑《かんが》みるに、自ずと答えがでた。

4　コール・ミー・デコ

「オーライオーラァイ」

バスガイドの制服に身を包んだ秀子は、高らかに声をあげてバスを誘導した。ここは江戸前ハウスの裏の駐車場だ。端っこに秀子の自転車が置いてある。バッタモンの引け目からか、どこか心許ないように見えた。ただの気のせいだけど。

アヒルバスでは昨年夏に最新型のバスを二台購入し、今日のＯＴＡＫＵツアーに使うのはそのうちの一台である。現在二十台あるバスにはすべて鳥の名前がついていた。パートを含めた全社員から募集し、その中から梟社長が選んで、命名するのが慣《なら》わしだった。いま誘導しているのは十姉妹《じゅうしまつ》号だ。ちなみに最新型のもう一台のほうは駒鳥《こまどり》号である。

「ストォォオップ」

秀子の指示通り、十姉妹号が停車する。時刻は七時四十五分。九時出発だが、八時半から受付開始なのだ。

昨日までは三月下旬のポカポカ陽気だったのに、今日はいつもの冬に戻ってしまった。寒さ予防にヒートテックを着ていても肌寒いくらいだ。バスのドアが開き、男性が下りてくる。運転手の小田切ではない。本多だ。

「おう」

秀子にむかって手を挙げる。あれが挨拶のつもりなのか。しかも突っ立ったままだ。いつもどおりのヤサぐれっぷりである。やむなく秀子から駆け寄っていかねばならなかった。

去年の四月、入社した通訳ガイドのうちひとりは旅行・観光の専門学校を卒業したばかりで社会人一年生の女子、そしてもうひとりは、こののっぺりとした顔の本多光太だ。三十八歳の彼は、中途入社だが、アヒルバスに採用されるまで、会社勤めの経験がなく、十年以上、東南アジアの各国でコーディネーターをフリーでしていたという。バスガイド課で開いた歓迎会で、本人に聞いた話である。英語はもちろん、中国語に韓国語、タイ語、ベトナム語と様々な国の言葉をしゃべることができた。つまりアヒルバスとしては即戦力として雇ったのだ。梟社長など本多を紹介する度に、我が社の救世主とまで持ち上げていた。そしてまた社内では、本多の給料は課長クラスだと噂がたった。

新人バスガイドは五月に実技演習をおこない、六月に現役バスガイドとともに現場へ、七月後半にようやくひとり立ちとなる。しかし即戦力にして救世主の本多は、新人としての研修を三日で済ませ、ゴールデンウィーク前からツアーを任されていた。

結果、どうだったか。

ヒドいの一言に尽きた。本多と組まされた後輩バスガイドからは不平不満の嵐だった。通訳ガイドチームのクウのところだけでなく、秀子の元にも泣いて訴える後輩があとを立たなかった。秀子が相手をする場合は、更衣室か女子トイレだ。

第一にだれもが口を揃えて言うのが、態度の悪さだ。本多は総じてバスガイドはワンランク下に見ていた。英語がしゃべれないとなれば、さらにランクが下がる。

ツアーを回っているあいだ、学校でなにやってたんだ、よその国じゃ母国語と英語のバイリンガルがふつうだ、これからの国際社会やっていけない、英語どころか日本語もマトモにできないのかなどなど、嫌味と皮肉と説教を綯《な》い交ぜにした言われ方をされるらしい。いつまでバスガイドをやっているつもりなのか、英語もできないヤツはそのうち用なしになる、さっさといい相手見つけて寿退社したほうがいい、専業主婦だったら英語ができなくてもできる、早くに子どもを生むべきだ、そのほうが国のためだぞと、こんこんと言い募るのだから、たまったものではない。

おかげで夏前には、あのオジサンとは二度と組みたくない、だったら会社をやめると言いだす後輩が続出する始末だった。翌日、本多と組むのが嫌でたまらず、仮病ではなくほんとに具合が悪くなる子も少なくなかった。あるいは本多の話を真に受け、このままバスガイドをつづけていいものかと悩みだす子までいた。

本多による被害はバスガイドだけに留まらず、ツアー客にまで及んでいた。

後輩のひとりに聞いた話はこうだ。移動の車中、英語でガイドをしているあいだ、マイクを口から遠ざけ、顔を横向きにするなり、クソッタレとか、ウッセェバカとか、ガタガタ抜かすなとか、中坊レベルの悪口を吐き捨てるように言うらしい。隣のバスガイドに聞こえる程度のボリュームではあるにしてもだ。もっと過激な差別用語も飛びだしたこともあった。さすがに注意したものの、わかりゃしないさと、にやつくだけで聞く耳を持たなかったという。

かと思えばOTAKUツアーでは、ガイドの真っ只中に、なんの前触れもなく、アニメや漫画だけを日本の文化だとは思わないでくれと言いだしたこともあった。日本にはもっと他に見るべきもの、体験すべきものがあるとまで言い、ツアー客からブーイングが起きたらしい。自分の趣味嗜好を否定されたのだ、当然である。

梅雨明け頃には社内ぜんたいで本多のことが問題になりだした。ツアー客からも本多に対して苦情が寄せられていたからだ。後日、本社宛にメールや手紙が届けられることもあれば、ツアー直後に江戸前ハウスの女将であるお手玉パティに言うひとも少なくなかった。

なんでよりによって、あんな厄介《やっかい》なひと、会社は入れちゃったんだか。この旅館で至れり尽くせりのサービスをしたところで、あのひとの心ない一言が、ぜんぶオジャンにしてしまうんですからね。ほんと、許せません。

憤懣《ふんまん》やるかたないとばかりに、お手玉パティに言われたことがある。まったくそのとおりだ。

ツアーの最中、本多本人に直接言うひともいて、サポート役のバスガイドが平謝りに謝ったこともあった。しかしとうの本多はと言えば、そのときばかりはおとなしく頭を下げはするものの、べつの日に性懲《しょうこ》りもなく、似たトラブルを繰り返し起こす。

後輩バスガイドの話を聞いていると、外国人観光客にも問題がなくはなかった。道端にポイ捨てしたり、くわえ煙草で買い物したり、コース以外の場所にいって遅刻したりするひともいるからだ。だが本多はそういうひと達を頭ごなしに叱りつけ、結果、相手を余計に怒らせてしまう。

会社としては雇った人間を早々クビにもできない。そこで、本多がガイドをする場合、お目付役としてクウが同行することになった。彼の無礼な発言や行動に目を光らせ、事細かに注意もする。

おかげでここ最近はだいぶマシになったもののだ。会社としては、本多ひとりにツアーを任せ、さらにはツアーの数も倍に増やすつもりでいた。ところがとてもそうはいかなくなった。入社してじきに一年が経つのに、本多はまるで戦力にならず、救世主どころか疫病神と化していた。この先、彼をどう扱えばいいのか、戸田課長やクウも頭を痛めているというのが現状なのだ。

「おはようございます」

「どうも」

秀子が挨拶しても、本多はまともに返さなかった。面倒くさそうに会釈するだけだ。注意してやろうかと思ったものの、「おはようございます」とふたたび丁寧に挨拶をしてみた。後輩バスガイドならば、これで自分の失態に気づき、ちゃんと挨拶をし直す。しかし本多はそうはいかなかった。

「なんで二回繰り返して言ったんだ？　聞こえてるぜ」

ぐぎぎぎぎぎ。秀子は奥歯を嚙みしめる。

「挨拶は心のパスポートです。なんでもない日常の挨拶こそが、ひととひとの心を繫ぎ、お互いの関係を豊かにするんですよ」

戸田課長からの受け売りだ。新人研修のときに聞いて、なに言ってんだかと思ったものである。いまだって心のパスポートだなんて、自分で言ってムズムズしてしまう。だけど挨拶を交わせば、相手との壁が一枚取っ払われるのはたしかだ。

「カァンベェンしてくれよぉ」

本多が言った。それもあくびを嚙み殺しながらである。人差し指で目ヤニを取ってもいた。秀子は呆気にとられ、言葉を失った。

「今日、俺、休みのはずだったんだぜ。それが昨日の夜、急に戸田課長に命じられてよぉ。一年目のペイペイにすりゃ、上の命令はぜったいだからおとなしく従うけどな。そのうえ朝から説教なんて、冗談じゃねぇや」

がぐぐぐぐ。

「本多さんがおはようと一言言えば済むことです」

フツフツと沸き起こる怒りをどうにか塞ぎこみ、嚙んで含むように秀子は言った。

「オハヨーゴザイマス」

九官鳥みたいな甲高い声で言い、本多は深々とお辞儀をした。はたしてこれがお辞儀と言えるかどうか。額が膝に当たるほど、身体を半分に折り曲げたのだ。まるで器械体操だ。

「これでご満足いただけましたでしょうかね」

顔をあげ、にやつきながら訊ねてくる。

んごごごご。

思った以上に強敵だ。おなじバスガイド課だが、本多は通訳ガイドチームだし、いままで仕事で絡んだことは一度もなかった。会社で顔をあわせても、満足に言葉を交わしたことはない。それが会ってすぐタメ口で文句を並べ立てられるとは。

馴れ馴れしいのとはちがう。太々《ふてぶて》しいというべきだろう。

これが原因で戸田課長には年中、叱られている。梟社長をはじめ、目上のひとにも、いまと変わらぬ喋り方で話すからだ。だれにでも公平な態度を取るのが、俺の流儀だと言い返し、戸田課長のさらなる逆鱗《げきりん》に触れていた。さすがに最近は言葉遣いこそ改まったものの、太々しさは抜けないままでいた。

「高松さんって、歳、いくつ？」

「三十歳です」今年で三十一歳だ。

「イイ歳こいてるんだ」

余計なお世話である。

「バスガイドはじめて何年？」

「十二年経ちます」

「十二年？　子どもだったら生まれて今度の春に中学生になってるぜ」

言われないでもわかっている。なにせその実例が身近にいた。カオルだ。

「そんな長いあいだ、この仕事してて、やんならない？」

「他にできること、ありませんから」

嘘ではない。秀子が持っている資格は英検四級にソロバン五級だけだった。

「さっさといい相手見つけて、寿退社しちゃえばいいじゃん。専業主婦だったら、資格なくてもできるんだしよ。それに早いとこ、子どもを生まなきゃまずいって。高齢出産はキツいぜ」

いきなりなんだ。先制ジャブのつもりか。へらへら笑っているが、悪意むきだしである。腹立たしい。だがそれ以上に不思議に思えてならなかった。今日一日、いっしょに働く相手を不快な気持ちにしてどうしようというのだろう。

「高齢出産は三十五歳以上ですよ」

口にだして言ったのは小田切だ。開けっ放しのドアのむこう、運転席に座ったままで秀子達の様子を窺っていたのだ。

「なんでそんなこと知ってる？　そっか、きみの奥さん、ナースだもんね」

「べつに妻がナースだからって」

「やっぱなに」小田切の言葉を本多は遮った。「奥さんに健康管理とかしてもらってるわけ？」

「健康管理っていうほどではありませんが、栄養のバランスがとれた料理は食べさせてもらってます」

「羨《うらや》ましいねぇ」

本多は独身なのだ。十何年ぶりに戻った新小岩《しんこいわ》の実家に暮らしているという。家族についてはだれも知らない。だれも興味がないので、それ以上訊いていないのだ。本人が話したこともないらしい。

「今日のツアーについて、軽く打ちあわせをしておきたいのですが」

「その前にションベンいかせて。会社でするつもりが小田切くんに急《せ》かされちゃったもんでね」

本多は話をしている途中から、江戸前ハウスの裏口へと駆けだした。

「急かしちゃないぜ、俺」

小田切が帽子を脱ぎ、頭をゴリゴリ掻いている。短髪でさっぱりしている。結婚してからこうなった。似合ってはいるが、独身だった頃のファンキーな髪型を懐かしく思うときもある。

「デコ、本多さんと組むのはじめてだよな」

「あ、うん。そうだけど」

「頼むぜ、デコ」

小田切にそう言われ、秀子は面食らった。

「頼むってなにを？」

「あのオッサンが妙なことしでかしたら、ガツンと言ってやってくれよ」

「なんであたしが」

「バスガイドばかりか若い社員のあいだじゃ、頼り甲斐のある先輩だって評判だぜ」

「嘘。そんな評判、聞いたことないよ」

「本人に直接は言いづらいもんさ」

どうも信じ難い。からかわれているようにしか思えなかった。

「よく考えてみろ。ただ単にクウの代理ってことなら、他のバスガイドでもよかったんだ。それこそこのツアーの日本人向けのを企画した」小田切はバスガイドの名前を言った。華のゼロハチ組のひとり、女おすぎである。女性だが、話し方がおすぎに似ているのだ。これもまた、秀子が胸の内でそう呼んでいるだけだ。『これであなたもオタクになれる？　メイドにフィギュア、声優さん超濃縮体験ツアー』の発案者である。「彼女が最適のはずだろ。でも戸田さんはデコを選んだ。こりゃあ、本多のオッサンをおまえがなんとかしてくれるはずだって、期待してるからに他ならないだろ」

ガツンと言えるかどうかは置いておくとしてだ。

参加者全員がご満足いただける快適なツアーをおこなえるよう、心がけねば。

それがバスガイドとしての役目だ。ニコニコと笑顔を絶やさなければいいだなんて、気楽なことは言っていられない。

秀子はポシェットから三十センチほどの棒を取りだし、旗を広げた。ツアーのときに掲げて歩く旗だ。そこにはアヒルバスのマークであるアルヒくんが描かれている。どこへいくのか足取りは軽やかだ。少しとぼけた横顔がいい。右に左にと振って、ひらひらさせた。風に揺れるアルヒくんは気持ちよさそうだった。いつもであれば、このくりっとしたかわいい目を見ているうちに、幸せな気分になれた。場合によっては励まされもする。しかしいまはちがった。

本多のこともある。だがそれとはべつに、アルヒくんを見ているうちに、小会議室で開いたグッズの打ちあわせを思いだしたからだ。次回までに新たなグッズを考えねばならない。ところが考えようとすると、山田の射るような目を思いだし、先に進まなくなってしまう。

どんなグッズであってもだ。「駄目です」「ぜったい売れません」「ありきたり」「面白味がない」「だれにむけてつくっているのですか」「この程度しか思いつかないなんて」「所詮、片手間ですね」「あんた莫迦《ばか》？」などと山田に言われるのではないかと想像するだけでげっそりしてしまう。実際はげっそりしない。却ってストレスが溜まり、大食いをして太りそうだった。

「デコッ」

小田切に呼ばれ、秀子は慌てて顔をあげた。

「あのオッサン、トイレにしちゃあ、長くねぇか」

スヌーピーの時計で時刻をたしかめた。本多がいなくなってから十分は経っている。なにやってんだか。

旗を丸め、ポシェットに突っ込む。

「あたし、見てくるよ」

裏口でスリッパに履き替え、右手の廊下を進んでいくと、途中に男女のトイレが並んでいる。本多がいるとすればここだが、中に入って確認するわけにはいかない。名前を呼ぶのも躊躇《ためら》われた。従業員専用ではなく、宿泊客も使うトイレなのだ。だれかに頼んで、見てもらおっかな。

江戸前ハウスではアヒルバスの男性社員も働いている。いい具合に通りかかったりしないかしらと思ったものの、廊下は社員どころか客さえ歩いていない。昨夜、パンチを入れて動かした年代もののマッサージチェアがあるだけだった。

ロビーにいけばお手玉パティがいるはずだ。彼女に相談してもいいが、そのあいだに本多がでてきてしまうかもしれない。どうしたものかと困っていると、男子トイレからひとがでてきた。本多ではない。金髪のイケメンくんだ。うっかり見蕩《みと》れていたところ、目があってしまった。そのうえだ。

「グッモーニン」

挨拶とともににっこり微笑《ほほえ》みかけてきた。なんと魅力的な笑顔だろう。青というよりも緑の瞳で秀子を見つめている。どことなく、昔のレオナルド・ディカプリオを思わせる風貌だ。『ロミオ＋ジュリエット』の頃だ。

「グ、グッドモオニング」

金髪のイケメンくんは、なおも話しかけてきた。困ったことに英語だった。一言も理解できない。全身にじんわり汗が滲みでてくる。英語ができないことを言うべきだが、イケメンくんが淀みなく話しつづけるので、どうしても切りだせなかった。

「ドゾ、ヨロシク」

両手を胸の前であわせ、イケメンくんが頭をさげた。

「こちらこそ」

なにをよろしくされたのかはわからない。

どうしよ。

内心焦っていると、男子トイレからまたひとがでてきた。これまた本多ではない。

「オゥ、カラテガール」

昨夜、マッサージチェアが動かないと、秀子に助けを求めたナマハゲ達が、ぞろぞろ列をなしてでてきた。今日も四人ともTシャツ一枚だ。揃って地が黒で、白抜きの日本語が胸に縦書きしてある。『家内安全』、『無病息災』、『森羅万象』と三人までは四字熟語だ。プリキャラの刺青をした彼だけ、『混ぜるな危険』と書いてあった。

ウケを狙っているのか、それとも天然なのか。

「アナタ、ガイド、ダッタデスカ」

「あ、はい」

混ぜるな危険に訊かれ、コクコク頷く。ディカプリオ似の彼は他のナマハゲ達に「グッモーニン」と挨拶をして、親しげに話をはじめている。

「今日ノ、オタクツアー、ガイドスル?」

「します、します」

「俺達四人、オ世話ニナルヨ」

プリキャラの刺青をしているのだ、オタクツアーに参加して当然にちがいない。

「彼モネ。イッショニ、ツアーイクヨ」金髪のイケメンくんのことだ。「ココデ知リアッタ。オタク仲間ヨ」

こんなに素敵な笑顔のディカプリオ似の男子がオタクとは。世界は広い。あるいは変わったか。

あっ。

ナマハゲ達の隙間にとうの本多が見えた。廊下をこちらにむかって歩いてきたのだ。スマートフォンを耳にあて、どこの国だかわからない言語で、勢いよく話している。

「本多さんっ」

名前を呼ぶと、本多はぴたりと立ち止まった。口を一文字に噤《つぐ》み、彫の浅いのっぺりとした顔を秀子にむけ、眠たげな目でじっと見ている。

「なかなか戻ってこなかったものだから、様子を見にきたんです」

「待ってくれ」

ふたたびどこの国のかわからない言葉を早口で捲《まく》し立て、最後に「バァイ」と言い、スマートフォンを耳から放す。

「トイレでてからプライベートの電話がかかってきちゃってよ。さっさと済ませるはずが、話が長引いちまったんだ。許してくれ。な?」

秀子に近づきながら、本多が詫びた。こちらが許すのを前提とした物言いに、秀子は腹立たしくて、たまらなかった。しかしナマハゲ達とイケメンくんがいては注意することもできない。彼らは本多を見ている。

「彼もあの、ガイドです。本多さん、この方達、今日のツアーに参加なさるそうで」

「オタクさん達ね」

その言葉には刺《とげ》があった。侮蔑しているふうにも聞こえる。しかし五人は気づかなかったようだ。本多は作り笑顔以外なにものでもない笑顔で、彼らに英語で挨拶をした。秀子はスヌーピーの腕時計に視線を落とす。受付開始まで三十分を切っている。

「ツアーについて打ちあわせを」

「忘れちゃないさ。さっさとバスに戻ってやろうぜ」

なんだ、えらそうに。


みんなが言うほどヒドくはない。かと言ってよくもなかった。点数を付けるとしたら五十五点といったところだろうか。デコ、甘いわよと戸田課長に叱られるかもしれない。赤点スレスレよ。

本多のガイドのことである。

十姉妹号は予定どおり、九時ジャストに江戸前ハウスを出発した。遂に『TOKYO OTAKU TOUR』のはじまりだ。最初の目的地、秋葉原までは十五分程度かかる。そのあいだ、本多は今日のツアーのスケジュールや見どころ、注意事項などを説明しなくてはならない。もちろん英語でだ。

秀子は彼の斜めうしろに立ち、その様子を見つめていた。英語はわからなくても、日本人向けのガイドはいつもしており、基本はその英訳だし、ところどころ日本語の名詞が飛びだすので、いまなんの話をしているかはぼんやり理解できた。

英語がわからなくとも、本多が早口なのはわかる。新人のバスガイドが、おぼえたことを吐きだすのが精一杯で、早口になってしまうことはよくある。ただし本多の場合、事情がちがう。まず彼は少しも緊張していなかった。それはいいのだが、リラックスを通り越して、惰性でやっているようにしか見えないのはマズい。言葉の端々がぞんざいで、参加者達に伝える意志がまるで足らないのである。言っとくことだけは言っとくといった感じで、面倒くさそうなのだ。しかも声が小《ち》っちゃい。いくらマイクがあるとはいえ、小さ過ぎだ。さらににこりともせず無愛想ときている。

やっぱ赤点スレスレだよね。

東南アジア各国でコーディネーターをしていたらしいが、その頃もこんな調子だったのか。よくもまあ、十年以上もフリーでやってこられたものだ。結局はやっていけずに、日本に戻ってきたのかも。社内でそう噂《うわさ》するひとも少なくなかった。

だとしたらウチの会社、とんだハズレくじを引いちゃったんじゃない？

とは言うものの参加者達はべつだん本多の態度に、不平や不満はなさそうだった。そもそも彼の話を満足に聞いていないのだ。終始ザワザワしていた。

だれもが白い羽根を付けている。乗車前に配ったのだ。長さは二十センチほどで、先端が針のように尖《とが》っており、ツアーのあいだは目立つところに付けてもらう。たいがいは左胸ではあるが、肩や帽子、鞄に付けているひともいた。ツアー後はお土産に持って帰ってもいいし、いらなければバスガイドに返してもらってもいい。

　これはクウのアイデアだ。外国人限定のツアーのみで実施している。先が尖ったモノを配るのは危険だ、とケチをつける輩《やから》が社内にいた。しかしはじめてから二年、参加者には好評で、尖った先で怪我をしたと文句を言うひとはいまだかつていない。

　ツアー客の中に、秀子がどうしても目がいってしまうひとがいた。前から二列目、秀子から見て右の通路側に、男子トイレの前で会ったディカプリオ似の青年がいる。その美しい面相もじっくり眺めていたいとは思うが、いまはちがう。彼の隣、窓際に座る女性だ。

　白髪というより銀髪で、巨大なサングラスをかけ、巨大なイヤリングを両耳につけている。バスに乗りこむ際、手元を見たところ、その指には巨大な宝石がついた指輪を左右あわせて六つ塡《は》めていた。首には何本かネックレスをかけていたものの、数えられなかった。肩にかけたハンドバッグはルイ・ヴィトンだ。杖をついていても動きは機敏で、矍鑠《かくしゃく》としている。背丈は百五十五センチくらいで華奢《きゃしゃ》だった。

　彼女こそが今日のツアーの最高齢だ。リストに明記された九十歳はまちがいではなかったのである。ディカプリ似オ（と秀子は彼を命名した）とおなじ名字だ。祖母と孫、あるいは曾祖母と曾孫だとしても、おかしくないように思えた。

「高松さん」本多だ。マイクを秀子にさしだしている。「自己紹介。日本語でいいぜ。

俺、通訳してやっからさ」

　してやっから？

　秀子はカチンときた。顔にだすヘマはしない。お客様の前ではいつも笑顔。バスガイドの鉄則だ。

　こんチクショーめ。外国語がしゃべれるからってチョーシんのるんじゃねぇぞ、オッサン。

　本多からマイクを奪うようにして取る。参加者のうち、こちらを見ているのは半分もいない。鼻で息を吸いこみ、お腹にためていく。満タンになった途端だ。

「グッモォォォオニィイングッ、エブリバディィィッ」

　手に握ったマイクを口から離し、息を吐きだしつつ、うしろの席まで聞こえる地声で言った。ざわついていた車内がしんと静まり返り、三十名すべての目が秀子に集中している。

「マイ・ネーム・イズ・タカマツヒィデェコォ。コール・ミー・デコ」

「グッモーニング、デコォ」

　応えてくれたのは混ぜるな危険だ。すると他のナマハゲ達もつづけて「グッモーニング、デコ」と挨拶をしてくれた。そんな彼らに秀子はにっこり微笑みかけ、「ヒュバーフォメンタ」と手を振った。ナマハゲ達は驚きに目を開いてから、うれしそうに

「ヒュバーフォメンタ」と言った。フィンランド語なのだ。つづけて秀子は右側の最前列に座る三十歳前後のカップルに、「ブォンジョルノォォ」と言った。

「ブォ、ブォンジョルノォォ」

意外そうな顔つきでカップルが挨拶を返す。ふたりはイタリア人なのだ。ただし秀子がイメージするイタリア人とはだいぶちがう。幸が薄そうで、『昭和枯れすすき』をデュエットしたらピッタリな、イタリア版さくらと一郎だ。

「ツァオシャンハオ」

今度は中国語だ。さくらと一郎と通路を挟んで反対側にいる中国人留学生達に挨拶する。乗車手続きの際は、三人とも流暢《りゅうちょう》に日本語を操っていた。でもいまは秀子にあわせて、「ツァオシャンハオ」と声を揃えて応えた。

「マガンダンウマガポ」

「マガンダンウマガポ」

ひとのよさそうな笑顔を浮かべ、フィリピン人の青年ふたりが頭を下げる。どちらも雪の結晶にトナカイのカタチを織り込んだ、いわゆるノルディック柄のセーターを着ており、ベースの色がひとりは赤、もうひとりは白である。

「ボンジュゥゥウゥルゥ」

フィリピン人のうしろから、ひょっこり顔をだし、秀子よりも先に挨拶をしたのは、もちろんフランス人だ。ドレッドヘアで肌の色が黒い女性である。その陽気で、変なテンションの口ぶりに、参加者達からは好意的な笑いが起きた。そしてまた、ドレッドヘアの彼女が持つインスタントカメラが、秀子は気になった。

ピンク色のチェキだ。昔、チェキを持って、バスツアーに参加した女子高生がいた。その春に彼女はアヒルバスに入社し、バスガイドになった。おたふく風邪でダウンした山中空だ。あれからもう、八年以上の歳月が流れているのか。

そりゃ、あたしも三十路になるわな。

「アンニョハセヨ」

「アンニョハセヨ」

韓国人は男性三人女性ふたりのグループで、年齢は二十代から五十代とバラバラ、そしてなぜだかみんなスーツ姿だ。しかも五人ともきりりとひきしまった顔立ちを一瞬たりとて崩そうとしない。企業戦士と言うのがぴったりの趣《おもむき》で、遊びや観光ではなく、視察とか研修にきているようだった。

その後も秀子は各々の国の「おはよう」で挨拶をつづけた。昨夜、戸田課長に参加者リストをもらったあとだ。泊まっていいと許可が下りた穴子の間で、スマートフォンを駆使して、「おはよう」の他にもいくつかの挨拶を調べ、頭に叩きこんだ。たかが十二カ国、ツアーのガイドを暗記するのに比べればお茶の子サイサイである。

とはいえ、覚えにくくて危うい国の言葉は、左手首の内側に、小さな文字で書いてはある。だれがどの国かは、みんなが乗車する際にチェックしておいた。

ナマハゲ四人組がフィンランド人なのが意外だよ。

ムーミンの国からきたとは思えない風貌である。しかも腕にプリキャラの刺青だなんて。せめてスナフキンにすればよかったのに、と余計なことを思ってしまう。

「おはようございます」

十二カ国すべての「おはよう」を言いおえてからだ。秀子は日本語で言ったあと、右耳に手をあて、それを参加者達にむけた。

「オハヨ」「オハヨゴザイマス」

小声で何人かが応えただけだ。すると秀子は肩をすくめ、眉間に皺を寄せた。それこそ外国人がよくするポーズを必要以上に大げさにやってみせる。そして頭をゆっくり横に振ると笑いが起きた。

よしよし。いい兆候だぞ。

「リピート・アフター・ミー。オッケー?」

マイクを口に寄せ、一同を見回す。

「オッケー、デコ」返事をしたのは混ぜるな危険だ。

「おはようございます」

「オハヨウゴザイマス」

ばらついてはいるものの、ほぼ全員がリピート・アフター・ミーしてくれた。でもまだまだだ。

「ベェリィィナァァイス。ワンモア・プリーズ。オーライ？　おはようございます」

「オハヨウゴザイマス」

「ベリベリナァァイス」大受けだ。つかみはオッケー。「レッツ・エンジョイ・OTAKUツアー・ウィズ・ミイィィィッ」

つい熱が入り、秀子はアントニオ猪木よろしく右腕を天に突きあげていた。

「イェエェスッ」

ふたたび混ぜるな危険だった。彼を含め、残りのナマハゲふたりも秀子とおなじポーズを取っている。あとのひとりは両手の人差し指と中指を口に咥《くわ》え、笛のごとく鳴らす。これもまた参加者達に大受けだった。

十姉妹号は銀座を抜け、秋葉原を走っている。目的地まではじきだ。

「わかった？」

マイクを本多に返す。なるべくドヤ顔にならないよう注意しながらだ。

「なにがだ？」

「挨拶は心のパスポートってこと」そして秀子はわざと乙に澄ました言い方でつづけた。「なんでもない日常の挨拶こそが、ひととひとの心を繋ぎ、お互いの関係を豊かにするんですよ」

「客を手懐《てなず》けるのがウマいだけだろ」

んぎぎぎぎぎぎ。

怒りを抑えるため、秀子は奥歯を嚙み締めた。

5　魔法の力

「お帰りなさいませ、ご主人様、お嬢様ぁあぁ」

エレベーターのドアが開いた途端だ。二十人はいるメイド達が出迎えてくれた。

「ワァオッ」

エレベーターの中でだれかが言った。他のツアー客達も驚きを隠しきれず、目を白黒させている。黒目ばかりではないので、白青とか白茶とか白緑とかもいた。メイド達、正しくはいわゆるメイド服と呼ばれるコスチュームに身を包んだ若い娘達に、気《け》押《お》されているにちがいない。

エレベーターから店の入口まで五メートルばかし距離があり、そのあいだを彼女達が左右に並んでいるのだ。日本人向けのツアーの場合もおなじことをしているので、秀子は見慣れていた。それでも圧巻だった。さらにはだ。

「どうぞ、わたくし達のあいだをおくぐり遊ばせ」メイドのひとりが言い、「おくぐり遊ばせ」と他のみんなが声を揃える。そして左右むきあう者どうしが、頭より上に腕を伸ばし、両手を繋ぐ。メイドのトンネルである。

「開くのボタンを押しとくので、本多さん、先陣を切っていってください」

「お、おう」

さすがの本多も素直に従った。メイド達のつくるトンネルをくぐるには、こうべを深く垂れ、しゃがんだ格好で歩かねばならない。

「お帰りなさいませ」「お帰りなさいませ」「お帰りなさいませ」

くぐってゆくひとりひとりに、メイド達が挨拶をしているのだ。ナマハゲ達はどれだけ身体を丸めても、メイド達のトンネルをくぐるのはとても厳しがった。いっそ這《は》ってしまえばと思ったくらいだ。

エレベーターが空になると、秀子は開くのボタンから閉めるのボタンに指を移す。

メイド喫茶の名前は『ぴゅあはぁと』といい、秋葉原電気街の南西端、昌平橋《しょうへいばし》に程近い雑居ビルの四階にあった。築四十年だか五十年の建物で、エレベーターはちっこくてオンボロなのが一基のみ、おかげで三十名のツアー客を三回に分けて載せていかねばならなかった。

秀子がはじめてここにきたのはオタクツアーの下見で、女おすぎに連れられてである。二年以上昔のことで、メイド喫茶なる場所に足を踏み入れたのも、そのときが最初だった。秋葉原自体、ツアーバスで通るだけで、車窓から、メイドの格好をした女の子がチラシを配るのを見かけたことはよくあった。よもや外国人観光客を引き連れてくる日が訪れようとは、夢にも思っていなかった。

じつはあたし、この店の卒業生なんですよ。

『ぴゅあはぁと』に連れられてきたとき、女おすぎがそう言った。なんのことやらと思ったのだが、要するにアルバイトをしていたのだ。高校三年の夏休みからほぼ半年、なんとアヒルバスに入社する前日までだ。

最後の日には店内で、メイド仲間や常連さんで送迎会をしてくれましてね。

スマートフォンに保存してあった写真を、女おすぎは見せてくれた。ツインテールに猫耳のカチューシャをつけ、ばっちり化粧をした彼女がそこにいた。もちろんメイド姿だ。まるで別人だった。

人生いろいろだわさ。

オタクむけのツアーをやりたいのですが、と女おすぎに相談されたときには、ピンとこなかった。どういった場所をまわるのか、彼女の説明を聞いても首を捻《ひね》るばかりだった。

メイド喫茶はまだよしとしよう。お台場に聳《そび》え立つ実物大ガンダムの立像前での記念撮影もいい。だけどフィギュアの製作現場やアニメの録音スタジオなどを見学したところで、なにが面白いのか、秀子には理解できなかった。

それでも女おすぎには「ぜったいイイよ、イケるイケる」と言い、企画部との合同会議には、女おすぎを援護すべく、オタクの経済効果について一夜漬けで勉強し、みんなの前で熱弁を振るった。すべては可愛い後輩のためである。クールジャパン、クールジャパンと連呼し、外国人観光客向けにおこなうべきだとまで言ったのだが、まさかその意見まで採用されるとは思ってもいなかった。

秀子自身、アニメをよく知らない。子どもの頃はさておき、大人になってからはスタジオジブリのだけ、それもテレビで放映していたのを途中から見はじめて、思わず引きこまれ、最後まで見たといった程度にすぎない。

ガンダムもエヴァンゲリオンも、まともに見たことがなかった。エヴァンゲリオンの監督が、ゴジラの映画をつくるとか、ガンダムがいまもまだシリーズがつづいていて、地上波で新作が毎週放送されているとか、女おすぎから聞き、驚いたものである。

ただしアニソンには滅法強い。『翔べ！　ガンダム』は三番までソラで唄えるし、『残酷な天使のテーゼ』はカラオケにいくたびに唄って、しばしば高得点をだしていた。八王子の実家に住んでいた頃は、家族だけでなく、近所に住む親戚ともカラオケボックスへいくことが多かった。おかげで昭和の歌謡曲が得意なのだが、さらには父親よりも十歳年下の叔父さんに教わり、さらに古いアニメ、たとえば『鉄腕アトム』や『マジンガーZ』、『バビル2世』に『ルパン三世』、『オバケのQ太郎』、『サイボーグ009』などの歌も唄える。

これだけにはとどまらず、最近では女おすぎから情報を仕入れ、最新アニメの歌も唄えるようにしていた。いまやアニソンのレパートリーは百曲に近い。日本人向けのオタクツアーではバスの中で参加者からリクエストを募り、何曲か唄うのが常だ。べつのツアーや修学旅行などで披露することもあった。

「萌えまぜ、萌えまぜ、萌え萌えまぜまぜ、魔法のスプーンでまぜまぜ萌え萌え、カフェオレさん、おいしくなってちょうだいね。ポヨンポヨロンポヨロロロォン」

三十センチは優にある柄の部分に、彩り鮮やかな装飾が施されたスプーンで、マグカップの中をかきまぜながら、メイドの子が呪文を唱えていた。

あれは魔法のスプーンなどではない。呪文だって出鱈目《でたらめ》だ。なにゆえメイドが呪文を唱え、魔法をかけるのか、設定自体に無理がある。

『ぴゅあはぁと』はさほど広くない。天井は低く、窓はベニヤ板だかで覆い隠してあった。おかげで朝の十時前にもかかわらず、煌々《こうこう》と灯りが点いている。参加者三十名とメイド二十名弱でテーブルはすべて埋め尽くされていた。

午前九時三十分から一時間、ＯＴＡＫＵツアーの貸し切りである。日本人向けもおなじ時間帯だ。店の営業は午前十一時からで、女おすぎとともに店のオーナー（四十代後半の女性）に交渉をした際、営業時間外であればという条件付きだったのだ。

店内には何枚も連なった色とりどりの三角旗が吊るされており、旗の文字をつづけて読むと、『12ｔｈ ａｎｎｉｖｅｒｓａｒｙ』だった。メイド喫茶としては老舗《しにせ》と言っていいだろう。

メイドの子達はところどころ英語を使うものの、ほぼ日本語で通している。その声ときたら、妙に甲高かったり、舌足らずだったり、鼻にかかっていたり、甘ったるかったりといわゆるアニメ声だった。喋り方もアニメに登場する美少女キャラそのものだ。語尾ときたら「ですわ」「ですのよ」「でぇえす」「なんだぞ」あたりはまだしも、「だにゃ」「なのら」「なによ」「ぴょん」なんて子もいた。

秀子は店の片隅でレジを背に、なにをするでもなく突っ立っている。客が日本人でもじゅうぶん非日常的なのが、輪をかけて不可思議な光景だった。異文化交流といえばそのとおり、しかしその言葉では要約しきれないなにかが、ここにはあった。

あたしにすりゃあ、お客様に満足いただけるだけでじゅうぶんなんだけどね。

お客様の喜びはバスガイドの喜びだ。事実、秀子ははしゃぐ外国人達を見て、頬を緩ませていた。

これが自分の企画したツアーだったら、なおのことうれしいのになぁ。

客のニーズがこの数年でだいぶ変化してきた。なにを見るかではなく、なにをするか、つまりは体験型のツアーが人気を得るようになった。

料理に陶芸、ヨガ、そば打ちといったところからはじまって、着物着付けに茶道、華道がほんのちょっとだけ学べたり、フラワーアレンジメントやオリジナルキャンドル、ステンドグラスなどをつくることができたり、ボルダリングやロッククライミング、パラグライダー、カヌーなどのスポーツにチャレンジしたり、写生や写真撮影、牛の乳搾りや田植え、稲刈りができたりと、秀子もありとあらゆる企画を提出し、多いときには一年に十本も採用されたうえに、利用客にも好評を博し、利益もきちんとだして、ボーナス時にでる社長賞を連続五回もらっていた。まさにアヒルバスの革命における寵児《ちょうじ》として、ずいぶんともてはやされたものだった。

ところがこの二年近くはさっぱりだった。大袈裟に言えば、凋落《ちょうらく》の一途を辿《たど》っている。過去に採用された企画のツアーのいくつかも、次第に客が減っていき、去年のうちにほとんどが打ち切りの憂き目にあっていた。いま残っているのは、秀子の実家がある八王子《はちおうじ》を地元の芸者衆と巡るツアーのみだった。

秀子の企画は『ストレス発散！　日頃の憂さを晴らす気持ちスッキリ旅』なるツア

ーが最後だ。しかしこのツアー、去年の夏に実施するはずが、ゴールデンウィーク中から募集を開始したものの、初日に一名だけ、その後はまるで客が集まらなかった。二ヶ月過ぎても一名のままだったので、遂に七月のアタマに中止が決まった。

その翌日、社長室に呼びだしをくらった。叱られるのかと思いきや、そうではなかった。梟社長は落ち込むことはありませんと秀子を慰め、この教訓をつぎに活かすのですよと励ましてもくれた。

いまだにその『つぎ』は訪れていない。秀子が企画をだしていないのだ、くるはずがない。あれこれ考えてはいる。何度か企画書にまとめてもいた。だがどうしても提出することができなかったのだ。

以前はネットや雑誌で調べて気になったところをチェックしたり、タレントが町歩きをする番組を録画し、就寝前に早送りで見つつ、メモったりするのが日課だった。休日ともなれば後輩バスガイドのだれかしらを誘い、ときには戸田課長の一人息子、カオルくんを連れて、そうしたツアーに使えそうな場所を巡ったり、どこかいいところはないかと探しまわったりしたものだった。

いまはちがう。休日はたいがい昼過ぎまで寝てしまう。そのままウチからでないこともよくある。企画が通らなくなってからは、一層だ。そのくせ焦りは感じている。たぶん人一倍だ。

後輩達の企画したツアーのガイドをするのだって、口にこそださないがわだかまりはある。しかし仕事は仕事。けっして疎《おろそ》かにはしない。

企画を考えて提出すれば、わだかまりも解けるかもしれない。だがまたボツになったら？　そう考えると怖くてならなかった。無駄な苦労だ、やめようとも思ってしまう。まったくもって、そんな自分が不甲斐ないが、どうすることもできなかった。

「ユカポンが心をこめて魔法をかけたから、このカフェオレさん、十倍はおいしくなったにょら。ワッチユアネーム？」

ユカポンのむかいにはノルディック柄のセーターを着たフィリピン人がふたり、並んで座っている。そのうちのひとりが「カ、カルロス」と答えた。

「カルロスさん、飲んでみるにょら？」ユカポンは魔法のスプーンでカフェオレをすくい、カルロスの口元近くまで持っていく。「あぁぁんしてにょら。あぁぁぁん」

「アァアァアァン」

カルロスは戸惑いながらも、大きく口を開いた。そこへユカポンは魔法のスプーンを入れる。

カルロスだけではない。他のテーブルでもおなじことがおこなわれている。魔法のスプーンのみならず、魔法のフォークや魔法のお箸で、ドリンク以外にもケーキや和菓子を、外国人達がメイドにあぁぁんしてもらっていた。男女問わずだ。中国人の女子大生達などはきゃあきゃあ声をあげ、はしゃいでさえいた。イタリア版さくらと一郎も明るい。ある意味、魔法のおかげだと言えなくもない。

そんな中、韓国人の企業戦士軍団だけはちがった。彼ら彼女らも、まわりのみんなとおなじことをメイドにしてもらっている。しかし五人とも、きりりとしたままだ。メイドや店内の写真を撮っているのだが、記念撮影ではなく、資料や参考のためのようだった。

ピロポロリン、プロロロロン、ピュユユュィィン。

プリティフォンの音がした。御花畑いずみと大草原しずくがプリキャラに変身をする際に用いる道具だ。混ぜるな危険の手にそれがあった。もちろん子ども向けのおもちゃである。つづけて彼はすっくと立ちあがり、ぶっとい腕をくるくる回しながら、野太い声でこう言った。

「青キ空ヨ、ワタシニ聖ナルパワーヲ与エタマエ」

御花畑いずみがプリキャラピンクへと変わっていくときの台詞《せりふ》だ。最後の最後にバンザイして、左脚をくいっとあげた。

「ソォオォキュウゥゥトォ」「台詞もポーズもパーフェクトですぅう」

ナマハゲ四人を相手にしているメイド達が絶賛し、パチパチ拍手をしている。

「アリガトゴザイマス」

混ぜるな危険は両手をあわせ、ペコペコ頭をさげながら、腰をおろした。キュートかどうかはさておき、台詞とポーズが完璧だ。混ぜるな危険は本気でプリキャラが好きなのだろう。

「ワッチュアネーム?」

巨大なサングラスをかけたオバアサンに、メイドが訊ねた。連れのディカプ似オがはしゃぐ隣で、置物のごとくじっと座る彼女こそ、魔法のひとつでも使えそうだ。

「バタフライ」

少し間があってからオバアサンが答えた。バタフライが蝶々なのは、英語ができない秀子でもわかる。でもそれが名前って。

「アイムマダムバタフライ」

つづけてそう言うと、彼女はくくくと喉の奥で笑った。なにがおかしいんだか、秀子はポカンとしてしまう。そういえば『蝶々夫人』っていうお芝居があったっけ、と思いだしたものの、どんな内容かまでは皆目見当がつかない。

「オゥ、マダムバタフライ。プリティィネームッ。フェアアーユーフロォム?」

「ロサンゼルス」

「フェンディッヂューカムトゥジャパン?」

「サタディーナイト」

蝶々夫人の英語はわかりやすかった。メイドに聞き取りやすいように、言ってくれているのかもしれない。

「なあ」本多が声をかけてきた。

あんたがいたの忘れていたよ。

「俺、ここにいなきゃ駄目か」傲慢《ごうまん》な物言いだが、懇願しているように聞こえたのは、苦渋に満ちた表情だったからだ。「ネーチャン達の声を聞いてるだけで、頭がクラクラしてきちまうんだ」

気持ちはわからないでもない。秀子もこのツアーのガイドを担当した当初、おなじ症状に見舞われ、慣れるまで三ヶ月はかかったものだ。後輩バスガイドであれば、ここはあたしに任せて、外の空気を吸ってらっしゃいとでも言っているだろう。

でもコイツはべつだ。

「駄目です」秀子はきっぱりと言った。「なにかあったとき、英語が堪能の本多さんがいなくては困ります」

「殺生《せっしょう》なこと言うなよぉ」

本多が横目で睨《にら》みつけてきた。しかし秀子は相手にせず、そっぽをむいた。

「アンタ、バカァ?」

フランス人のドレッドヘアちゃんだ。彼女は台湾とオーストラリアの男性に挟まれ、座っていた。この三人でツアーに参加しているのだ。みんな二十代前半らしいが、共通点はその他になさそうだった。見た目からして全然ちがう。台湾の彼は背が高いマッチョ系で、レスリングでもやっていそうだ。オーストラリアの彼は対照的に、細身で肌が青白くて神経質っぽい。昔で言うところのもやしっ子だ。三人はフェイスブックを通じて知りあい、各々の国から訪れ、成田空港ではじめて直に会ったのだという。今回の旅行がオフ会になるわけだ。さきほどまでドレッドヘアちゃんがメイドに話していたのが、自然と耳に入ってきたのである。

「イイ線、いってますよ。あと少しです。いいですか。あんた、ばかぁ？」

「アンタ、バカァ？」

この三人の席にはふたりのメイドがいた。そのうちのひとりが、ドレッドヘアちゃんに『エヴァンゲリオン』のアスカの真似を教えているのだ。その様子をもやしっ子がピンク色のチェキで撮っている。

「あんた、ばかぁ？」

「アンタ、バカァ？」

「あんた、ばかぁ？」

「アンタ、バカァ？」

「莫迦莫迦《ばか》しい」

本多がぼそりと呟《つぶや》き、舌打ちまでした。どのテーブルからも離れているので、だれの耳にも入らなかっただろう。それでもマズい。秀子は注意を促そうと口を開いたが、本多に先を越されてしまった。

「遠路遥々《はるばる》安かない旅費を払って日本まできて、なんであんなことしてるんだ？　信じられん」暴言も甚だしい。癇癪《かんしゃく》を起こした子どもと変わらない。本多は客席には聞こえぬよう、声を押し殺していた。「これが日本の文化だっていうのか？　冗談言うな。なにがクールジャパンだ、ふざけるにもほどがある」

「やめなさい」

秀子はぴしゃりと言った。まるで戸田課長みたいにだ。他人を叱るときはどうしてもそうなってしまう。彫の浅い能面によく似た顔が秀子のほうをむく。まだなにか言いたげだが、つぎの瞬間、彼は背をむけ、歩きだした。

「どこへいくのっ」

「ションベン」

本多はそう言い捨てると、壁に沿ってトイレにむかった。ションベンは逃げるときの口実なのだろう。

やれやれ、まったく。

クールジャパンは経済産業省の商務情報政策局クリエイティブ産業課およびメディア・コンテンツ課の両課によって、推進されている国家事業です。第二次安倍内閣にはクールジャパン戦略担当大臣も置かれ、戦略産業分野である日本の文化・産業の世界進出促進、国内外への発信などの政策を企画立案及び推進しており、官民の資金を集めて、海外需要開拓支援機構、いわゆるクールジャパン機構が設立されています。

どうして秀子がこんなことを知っているかと言えば、日本人向けのオタクツアーで、ガイドをしているからだ。これを息もつかずに一気に言うと、「おおお」と歓声があがり、拍手ももらえた。

とはいえメイド喫茶がクールジャパンで、戦略産業なのかどうかまでは、秀子だって首を傾げてしまう。日本人向けのオタクツアーでガイドをするにあたり、女おすぎから昨今のオタク事情をときどき仕入れているが、どれだけ聞いても理解できない部分が多々ある。

たとえばバーチャル・シンガー、あるいはボーカロイドなるものが、秀子にはよくわからない。女おすぎのパソコンで、アヒルバスの社歌のメロディーを打ち込み、歌詞を入力してボカロ（ボーカロイドの略だ）に唄わせたこともあった。思ったよりも手軽で面白かった。でも自分でそのソフトウェアを購入する気は起こらなかったし、投稿動画で他人がつくったのをいくつか見たものの、秀子にはピンとこなかった。後日、ボカロのコンサートがあるのでいきませんかと、女おすぎに誘われたときには、なにをたわけたことを、と信じなかった。

軍艦を萌えキャラに擬人化したキャラクターなんていうのも、いまだにナンノコッチャだ。女の子が変身して軍艦になるの？　と女おすぎに訊ねたところ、そうではないと言う。『カーズ』や『きかんしゃトーマス』のように車や列車がおしゃべりをするのともちがうらしい。なにせ軍艦のカタチを少しも留めていない、ただの女の子達なのだ。女おすぎに話を聞けば聞くほど、謎は深まるばかりで、この先も理解できるとは到底思えなかった。

日本人向けのオタクツアーのガイドをはじめた頃は、本多ほどではないにしろ、どうしてこんなモノに熱中するのだという気持ちはあった。

それが幾度もこなしていくうちに、秀子はオタクツアーの参加者達が次第に羨《うらや》ましくなってきた。なんであれ熱中できるものがあるのはいいと思うようになったからだ。その日会ったばかりなのに、瞬く間に意気投合し、旧知の友のごとく語りあうツアー客達を見ると、その思いはより深くなった。

秀子にはそこまで熱中できるものはない。

バスガイドはあくまで仕事だしなぁ。熱中しているかどうかも怪しいところだ。

「デコ様っ、だいじょうぶですか」

メイドのひとりが、心配げに近寄ってきた。日本人向けのツアーで通っているうちに、顔なじみになったヨハネちゃんだ。ここでは古株で、メイドのリーダー的存在である。身にまとう服も他の子達は淡いピンクだが、彼女は紫色だった。

「なにが?」

「なにがっていま、カオナシさんと喧嘩なさっていたではありませんか」

カオナシは『千と千尋《ちひろ》の神隠し』にでてきた化け物にちがいない。言われてみれば本多はカオナシによく似ている。

「カオナシってあだ名、ヨハネちゃんが付けたの?」

「だれともなく、自然にみんなでそう呼んでいましたわ。もちろん本人に言うような、はしたない真似はだれも致しませんことよ」

要するに陰口だ。ヨハネちゃんのみならず、この店の子達のだれもが本多を快く思っていないらしい。秀子はこんな質問をぶつけてみた。

「彼、この店の子になんか迷惑かけた?」

ヨハネちゃんは真正面から秀子を見据えてくる。彼女の目尻に小皺が目立つ。二十歳過ぎだと思っていたが、二十代なかばかもしれない。

「ここだけの話だとお約束してくださいますか、デコ様?」

「約束する。するよ、するする」

「マジうぜえ野郎で、いけ好かねえったらありゃしませんよ。アヒルバスの社員さんじゃなきゃ、とうにシメてるとこッスよ」

ヨハネちゃんが声を潜めて話しだす。がらりと変わったのは口調だけでない。声質もだ。アニメ声が酒焼けをしたハスキーボイスになった。

「カオナシのヤツ、仕事じゃなしに、プライベートで、きたことあるんスけどぉ」

「いつの話?」

「二週間前、ひとりでノコノコやってきて、平日の昼間だっつうのに、酒呑んでて、顔真っ赤にしてやがってさぁ。席に座るなり、女の子の名前を五人挙げて、自分とこに連れてこいって言うわけ。ウチはキャバクラじゃねぇっつうんだよ。キャバクラだって、五人も指名できっこないし。でもまあ、そこはほら、ウチらも、取引先とはなかよくやっていかなくちゃ、いけないし、五人のうち三人はいたんで、カオナシの野郎んとこに、いってもらったんスよ。なにかあったらあたしが助けるからって約束して。ったらアイツ、三人になにしたと思います?」

「手でも握った?」

「もっとムカツクことッスよ」

「キスを迫った?」ヨハネちゃんが首を横に振る。「メアドを聞きだそうとした?」

ハズレ。「猫耳のカチューシャをくれと言った?」

「ちがいます」

「じゃ、なに？」

「説教ッスよ、説教。なんでこんな店で働いているんだっていうところからはじまって、日本人は黒髪がいちばん似あうのに、どうして髪を染めているとか、いくらじょうずに化粧をしたって、俺には素顔がわかるんだぞとか、そんな服を着てて恥ずかしくないのかとか、イイ歳こいて舌足らずでしゃべるなとか、魔法なんてほんとに効くわけないだろとか、延々と二時間ッスよ」

　最悪だ。

「どうやって追い返したの？」

「そのうちおとなしくなったと思ったら、鼾《いびき》かきだして、寝ちまったんスよ。揺すっても叩いても起きなくて、いっそのこと、外にほっぽりだそうかとも思ったんスけど、そうもいかないんで、そのまま寝かしてたら、一時間くらいでむっくり起きあがって、何事もなかったようにでていきました。金ぇ払わずにッスよ」

「本人には言った？」

「言ってません。っつうか、カオナシとは口ぃききたくないんで」

「ごめんね。ほんと迷惑かけちゃって。その代金、あたしがいま払うから」

「悪いッスよ、そんなの。できればデコ様からカオナシのヤツに一言、ビシッと言ってやってください」

ガツンのつぎはビシッとか。

「わかった」

「ぶっちゃけ、ツアーんときもカオナシにはここにきてほしくないんスよね。ウチらのこと、見下すっつうより、蔑《さげす》む目で見ていやがってさ。何様だっつうの」

「すみません、あの」

そこへべつのメイドが訪れた。蝶々夫人の相手をしていた子だ。きれいに整えた細い眉を八の字にしている。

「なにかあって?」

ヨハネちゃんは言葉遣いと声をすかさず元に戻した。

「あちらのお歳を召されたお嬢様が、煙草をお吸いになりたいとおっしゃるのです。どういたしましょう?」

朝の陽光に川面がきらきらと輝いている。秋葉原を流れるこの川が、神田川《かんだがわ》だと知ったときは首を傾げたものだ。秀子は家族とカラオケボックスへいくおかげで、昭和の歌に強く、かぐや姫の『神田川』も、母がときどき唄うので知っていた。歌のイメージだと川幅がせいぜい三メートル程度の小川だと思っていたからだ。

しかしいま眼下に見える神田川は川幅が二十メートルは確実にあった。おなじく視界にある昌平橋が長さ二十二・七メートルなのだ。ちなみにおなじく神田川に架かる万世橋《まんせいばし》は長さ二十六メートルである。ガイドで説明するので、おぼえているのだ。

秀子がいまいるのは非常階段だ。雑居ビルに外付けされたもので、『ぴゅあはぁと』の厨房《ちゅうぼう》をでてすぐのところだった。

『ぴゅあはぁと』はフロアばかりか、事務所や厨房まで禁煙だった。ここを教えてくれたのはヨハネちゃんだ。きっと彼女自身がいつも使っている場所なのだろう。

ついてこようとしたディカプ似オくんに、蝶々夫人は諭すようになにか言い、その場に留まらせた。かといってツアー客をひとりにするわけにもいかず、秀子がお伴することにした。店の椅子を一脚運びながら、蝶々夫人とふたり、でてきて五分も経っていない。

ドアのむこうから、歌が漏れ聞こえてくる。『プリキャラ』の主題歌、『モットモットプリキャラ』に他ならない。

『ぴゅあはぁと』には通信カラオケの機械が設置されており、月に何度かカラオケデーがあった。そのための小さなステージまであり、メイドとアニソンを唄えた。ツアーの場合も参加者の要望に応えることがある。

いま唄っているのは、ひとりではない。大人数だ。合唱といってもいい。野太い男の声もあった。それこそ『プリキャラ』の刺青をした混ぜるな危険ではないか。決め台詞に変身ポーズがあれだけ完璧なのだ。主題歌が唄えても不思議ではない。

秀子の前を煙が流れていく。蝶々夫人が燻《くゆ》らす煙草の煙だ。彼女の座る椅子は、座面も背もたれもクッションがたっぷりなので、小柄な身は埋もれているようだった。うまそうに煙草を喫《す》っている。巨大なサングラスに顔半分が隠れてはいても、満足げなのははっきりと伝わってきた。長年の喫煙家なのだろう。その姿はサマになっており、イカしていた。

朝陽にきらめく神田川を見下ろしていると、蝶々夫人が鼻歌を唄うのが聞こえてきた。歌詞はまるで聞き取れないが、秀子はそのメロディーに聞き覚えがあった。だけどなんの歌だったかが、どうしても思いだせずにいた。

なんだっけかなぁ。

するとなぜだか晴子《はるこ》を思いだした。大学受験に失敗したあと、地元八王子で芸者になった従妹である。美むらという源氏名で、座敷にあがっていた。彼女に協力してもらい、芸者衆と八王子を巡るツアーは、月にいっぺんだが、いまだにおこなっていた。でもなんでこのタイミングで、晴子のことを？

蝶々夫人をちらりと見る。

わわわ。

秀子は焦ったのだ。目があってしまったのだ。巨大でレンズの色が濃いサングラスで、蝶々夫人の目は隠れているが、秀子に顔をむけていた。なにか話すべきだと思っても、全然思い浮かばない。英語となれば尚更だ。ヤバい。気まずいことこのうえない。

「デコ」

「は、はいっ」

驚いた。コール・ミー・デコとバスの中で言ったのは、秀子本人だ。しかし彼女がきちんと聞いていたのが、意外だったのである。

「イズ・ザット・カンダガワ?」

「はい。いえ、あの、イエスッ。イエスッイエスッイエスッ。ディス・イズ・カンダリヴァ」

「イズ・ザット・マンセバシ?」

「ノー。ノーノーノー、ノーマンセブリッジ」オバアサンが指差しているのは昌平橋だ。「ザット・イズ・ショウヘイブリッジ」

「オウ、ショウヘイバシ」

なんで相手が『川』に『橋』と言っているのに、『リヴァ』と『ブリッジ』ってわざわざ言い直してるんだ、あたし?

それより気になるのは蝶々夫人が神田川や万世橋、昌平橋などを元から知っているらしいことだ。見るとはなしにその顔を見る。巨大なサングラスのせいで表情を読み取ることはできない。煙草を銜《くわ》えた口元があがっている。笑っているのか。それにしては寂しそうだった。

『プリキャラ』の歌がおわっていた。スヌーピーの腕時計は十時二十二分を差していた。ここをでるまで十分もない。そろそろいかねば。蝶々夫人に声をかける寸前にドアが開いた。ヨハネちゃんか本多だと思いきや、ディカプ似オだった。

ディカプ似オが支えようと手を差し伸べても、蝶々夫人は手を振ってそれを断った。そして杖を突きながらも、しっかりした足取りでドアにむかい、自らの手でノブを握る。

そのあいだ、彼女はさきほどとおなじ鼻歌を唄っていた。しかしなおもまだ、秀子はなんの歌だかがわからない。ふたたび、晴子を思いだす。着物姿の晴子は、座敷で三味線を奏でながら、なにやら唄っている。ツアーで、参加者は芸者遊びを体験することができた。小唄などを習う場合もある。ばたんとドアが閉まり、秀子はひとりきりになった。

そっか。あれは『よりを戻して』だ。

よりを戻して逢う気はないか

未練でいうのじゃなけれども
鳥も枯木に二度止まる
チト逢いたいね

秀子も唄えた。晴子に習った小唄だったのだ。間違いない。椅子の背もたれに手をかけたまま、秀子は声をだして唄う。ぜったいそうだ。

いや、でもさ。

なんでアメリカ人の彼女が小唄を唄えるわけ?

6 四人はハラキリズ

まずい、まずい。

秀子は焦った。涙が溢れでそうなのだ。

十姉妹号は秋葉原から中央通りを北へ、外神田五丁目を右に折れ、蔵前橋通りに入ってまっすぐ、つぎに蔵前一丁目を左に曲がって江戸通り、一般のコースであればこのまま浅草へむかうところを、左手に雷門がちょろりと見えただけで通り過ぎた。そして隅田川のむこうには、青空を突き刺すがごとく、東京スカイツリーがそびえ立っている。涙の原因はこれだ。東京スカイツリーを見ると、三原先輩を思いだしてしまうのだ。

おなじバスガイドで、秀子が新人の時分には、手取り足取りいろいろなことを教えてくれた。いまの秀子が曲がりなりにもバスガイドとしてやっていけているのは、三原先輩のおかげだと言って、過言でなかった。

しかし先輩はもうアヒルバスにはいない。八年前の春を迎える前に、北陸の鉄道会社に転職し、トレインアテンダントとして働いている。それでも秀子にとって先輩といえば三原先輩しかいなかった。遠距離恋愛ならぬ遠距離先輩後輩だ。ときどきラインでやりとりをするのだが、秀子が先に呼びかけることがほとんどだった。会うのは一年に一度あるかないか。たいがい秀子が三原先輩の元へいく。

先輩が最後に上京してきたのは、六年前の七月最後の土曜日だ。浅草からこの辺りまで歩いた。小学生になったばかりのカオルもだった。

まだ半分ちょっとしかできていない東京スカイツリーの下、一眼レフを抱えたアロハシャツのオジサンに声をかけられた。いわゆるタブロイド紙の記者で、『マチナカ美人』なるコーナーに載せるので、「写真を撮らせてほしい」と頼まれたのだ。はじめは浴衣姿の秀子だけのはずが、「もしよろしければ、お姉さんもいかがです?」と三原先輩も撮ってもらった。

うれしさのあまり、八王子の実家をはじめ、方々に言いふらしたところ、思いもよらぬ事態に見舞われた。『マチナカ美人』には三原先輩しか載らなかったのである。アロハシャツのオジサンからはアヒルバス宛にお詫びの手紙と、プリントアウトした秀子の写真が送られてきただけだった。悔しかったけど三原先輩を恨むような真似はしなかった。ほんとはちょっと憎く思った。それでもいまとなっては、よき思い出だ。

三原先輩の写真が載った『マチナカ美人』は切り取って持ち歩いていたが、なくしてしまいそうなので、こじゃれたフォトフレームに入れ、ウチに飾ってある。東京スカイツリーを見ると、当時のことがしきりに思いだされ、胸に熱いものが込みあげてくるのだ。パブロフの犬状態だ。一時はそうでもなかったが、近頃またぶり返してきた。

この近辺は最近でも週に一度はツアーで必ず訪れる。東京スカイツリー自体へいくこともよくあった。その場合は予《あらかじ》め、気持ちを準備しておくので、泣いたりしない。せいぜい目頭が少し濡れたり、洟《はな》がでたりするあたりで留まる。

しかし今日はしくじった。本多がきちんとガイドをしているかどうか、気を取られていたせいだ。相変わらずのやる気のなさに、秀子はイライラが募った。ツアー客の反応も鈍い。それを本多がまるで気にしていないのも、はらわたが煮えくり返った。赤点スレスレは甘過ぎだと反省さえする。英語ができれば、マイクを奪って代わりにガイドをしたいところだ。

だったら英語ができないあたしも駄目ってことだよな。

中学高校の六年間、ロクに英語の勉強をしなかった自分を恨むばかりだ。いまからだって遅くはありません、お教えしますから勉強しましょうとクウには事ある毎に誘われている。しかしなんやかんやの口実をつけて逃げていた。本多に対して怒りが増していくのと比例して、自分の駄目さ加減が身に沁みていく。そこへ突然、東京スカイツリーが視界に入ったのがいけなかった。腰に巻いたポシェットから手拭いをだす。ハンカチは小さすぎる。といってタオルをいれておくとポケットはもちろん、容れ物もかさばる。持って歩くなら手拭いがいちばんよ。

三原先輩の教えだ。そう言って秀子がバスガイドのデビュー前夜に、ウサギ柄の手拭いをプレゼントしてくれた。十年以上経ったいまは、さすがに色褪《あ》せ、ボロボロになったが、いまも大事に取っといてある。

いかん、いかん。

また涙が溢れでそうになる。湊もグズグズしてきた。

「どうした、デコ」

小田切が声をかけてきた。ミラーに映る秀子を見て、心配になったのだろう。家庭を持ってからの小田切は、ほんとに気が利くようになったものだ。

「だいじょうぶ」

「花粉症だろ」決めつけるように言ったのは本多だ。ガイドが一通りおわり、十姉妹号は言問橋《ことといばし》西を右に折れ、隅田川を渡って向島《むこうじま》に入っていた。あと五分もしないうちに目的地に着く。「俺、いい薬知ってるんだ。漢方薬でな。値段は張るけど効き目は抜群だぜ。なんだったら分けてやろうか。もちろんタダってわけにはいかねぇが」

「けっこうです」

「なんだよ、ひとが親切心で言ってるのによぉ」

その顔つきは親切心どころか、儲《もう》け損ねて悔しがっているふうにしか見えなかった。

「ウエルカムトゥビビットォ・コォムゥ」

三十人の外国人を引き連れ、ビルに入った途端だ。横一列に並んだひと達が出迎えてくれた。魔法使いにお姫様、王子様に騎士、武術の達人、海賊にサムライまで、有名どころのアニメの登場人物が勢揃いなのだ。プリキャラもピンクとグリーン、ふたりともいる。

ツアー客にはナイショにしてあった。ちょっとしたサプライズなのだ。メイド喫茶以上にテンションがあがっている。口々になにか言っているのだが、秀子がかろうじて聞き取れたのは「オゥマイゴット」だけだった。口笛を吹き鳴らしたり、ぴょんぴょん飛び跳ねたり、天を仰ぎ見たり（室内なので天井だけど）、自分の頬を叩いたりと喜びをからだで表現するひとも少なくない。ナマハゲ達はなぜだか頭を上下に振っている。フィンランドではこれが喜びの表現なのだろうか。中国人留学生の子達などおいおい声をあげて泣きだしていた。

周囲の狂乱ぶりに引き気味の客もいなくはない。フィリピンのノルディック柄コンビや、イタリア版さくらと一郎などはそうだ。韓国企業戦士軍団は眉毛ひとつ動かさない。はしゃぐディカプ似オの隣で、蝶々夫人も首を傾げていた。だがだれよりも苦い顔をしていたのは、秀子の隣に立つ本多だった。

ここはフィギュア製作会社、『ビビット・コム』の本社だ。東京スカイツリーにほど近い、なんの変哲もない四階建てのビルで、玄関前でツアー客を下ろした十姉妹号はべつの場所で待機する。

日本人向けのツアーでも、このサプライズはあった。パーティーグッズのごとき安物の衣装ではない。どれもしっかりしたつくりだ。メイクもばっちりである。この中の幾人か、秀子は素顔と名前を知っていた。なにせコスプレを身にまとう男女はみな、ここの若手社員なのだ。龍ヶ崎もいた。どのキャラに扮《ふん》しているかも知っているのだが、まったくもって、見事な化けっぷりだ。とても同一人物とは思えない。なにしろ、女性のキャラのコスチュームを身にまとっているのだ。果たして彼を男だとわかる人間が、ツアー客の中にいるかどうか。

そんな中、完璧とは言えない男性がいた。『ドラゴンボール』の悟空《ごくう》のはずが、寸足らずでお腹がでているため、サモ・ハン・キンポーにしか見えない。コスプレではその人物の強烈な個性を隠しきれないというか、隠すのを諦めているようだった。他のみんなより、倍は歳を取っているのはあきらかで、動きの切れも悪い。

サモ・ハン・キンポーが一歩前にでて、深々とお辞儀をした。しばらく頭をあげない。そのあいだにテンションがあがりっぱなしだったツアー客は、次第に口数が減っていく。

「マイネームイズ、イッペイオガタ。アイムアプレジデントオブディスカンパニー」

そうなのだ。彼こそがこの会社の代表取締役であり、創立者の緒方一平だった。年齢は秀子よりも二十歳近く上だ。

「オォォオオ」

ツアー客から感嘆の声があがった。緒方がどんな人物か知っているにちがいない。彼自身がフィギュアの原型師で、その世界では知る人ぞ知る人物なのだ。いま声をあげたのは『その世界』の住人にちがいない。女おすぎもそうだ。アルヒくんのグッズをビビット・コムで製作している話をしたところ、マジですかと悲鳴に近い声をあげたものだ。彼女がオタクツアーを企画したのは、これがきっかけでもある。

アルヒくんのフィギュアの原型ははじめ、凪海の上司、つまりは凹組のひとがつくった。しかし商品化してきちんと売りだすのであれば、俺のではなく、ビビット・コムの緒方に原型を任すべきだと、凹組のそのひとに紹介してもらったのだ。

八年前、緒方の会社は埼玉のはずれにあった。凪海とお願いしにいった。最寄り駅からタクシーで三十分以上かけてむかうと、あたり一面が荒れ果てた畑にプレハブの平屋がぽつんとあった。まさかと思ったが、出入り口のドアの横には、社名が掲げられていた。中は雑然というか混濁というかグチャグチャというかゴミ屋敷一歩手前で、凪海といいなければ、さっさと逃げだしていただろう。そんな中で緒方を含め、七、八人のスタッフが机にむかい、黙々と粘土をいじくっていた。天井に並んだ蛍光灯の一本が切れかかって、チカチカと点滅していたのを、なぜだかわからないが、鮮明におぼえている。

当時はまだ有限会社だったのが、それから三年もしないうちに株式会社となり、さらに一年後、向島に移転してきた。

アニメや特撮のキャラクターをメインに、その他にゆるキャラやお笑い芸人、妖怪、珍獣、深海生物のフィギュアなども製作している。最近のヒットは昨年春に発売したツノゼミシリーズで、会社のサイトによれば売上累計百万個を突破したらしい。社員は百人近くおり、上海《シャンハイ》と台湾に支社もある。この不況の最中、よくもこれだけ急成長できたものだと感心してしまう。ちなみにアルヒくんグッズの中で、いまもフィギュアだけが順調に売上を伸ばしているのは、緒方が原型を製作したからに他ならない。

緒方の挨拶がおわり、お辞儀をする彼にツアー客から拍手が起きた。おざなりではない、敬意を表した力と心がこもった拍手だった。蝶々夫人もである。秀子もしながら、後ろ手を組んだままでいた本多を肘で突ついてやった。

「なに？」

「拍手したらどう？」

「どうして？」小莫迦《こばか》にした口ぶりに、秀子はイラッとする。さらに本多はこう言った。「英語だったから、高松さん、わかんなかったかもしれねぇけど、あのオッサン、たいしたこと言っちゃなかったぜ。それにあんなカタカナ発音の英語じゃ、ろくに通じやしないっつうの」

「でもみんな、拍手してるわ。言葉は通じなくても、心は通じたのよ」

「でた、でた」本多は鼻で笑った。「英語ができねぇヤツに限ってそういうんだよ。いいか。心が通じるためには、言葉が通じなきゃ意味ねぇんだよ」

うっせっ。

まだ拍手は鳴り止まない。緒方は額に滲みでた汗をハンカチでゴシゴシ拭っている。どうしても緊張が解けないらしく、頬を強ばらせたままだった。

アルヒくんがいた。

萌《も》えキャラのフィギュアに囲まれ、居心地が悪そうだ。秀子が近づいていくと、くりっとした目をきょろきょろさせ、喜んでくれる。いまにもケースから飛びだし、ひょこひょこ歩きだしそうでもあった。

〈デコさん、ひさしぶりぃ〉

アルヒくんが話しかけてきた。両手を、ではなく両翼を振るわんばかりだ。

〈なにいってるの。こないだ会ったばかりじゃない〉

三日前の土曜、日本人向けのオタクツアーで、秀子はビビット・コムを訪れていた。

〈でへへ。そうだっけね。だけど今日のツアーは外国人さん向けで、ガイドはクウちゃんのはずじゃない？　なんでデコさんなの？〉

〈クウ、おたふく風邪なんだって〉

〈そうなんだぁ。残念〉

〈なによ。あたしじゃ不満？〉

〈ちがうって。嫌だなぁ、デコさん。なんか最近、ひがみっぽくなってない？〉

アルヒくんに言われ、ドキリとする。もちろんアルヒくんがほんとにおしゃべりをするはずがない。これは秀子の脳内アフレコだ。自問自答であり、自分自身に指摘したのである。

いまいるのは二階だ。フロア丸ごとぜんぶつかって、ビビット・コムが製作した二百点余りのフィギュアが陳列してあった。どれもガラスケースに入っており、さながら美術館か博物館である。ただし撮影はフリーなので、フィギュアを写真におさめるひともいるが、それよりもコスプレ社員と撮影するひとのほうがずっと多い。彼ら彼女らは撮られ慣れており、ツアー客に失礼がないよう、きちんと対応ができていた。ポージングもサマになっている。

秀子はシャッターを押す係を進んで買ってでた。混ぜるな危険のスマートフォンで、ナマハゲ四人組とプリキャラふたりを撮ってあげた。そのあとすかさず、ドレッドヘアちゃんに頼まれ、彼女とマッチョくんともやしっ子三人とプリキャラをピンクのチエキで代わる代わる撮っていく。またすぐ韓国人の企業戦士軍団といった具合につづき、プリキャラ専属になってしまった。コスプレ社員の中でも、彼女達の人気がいちばんだったのだ。ツアー客のほぼ全員が、ふたりとおなじフレームにおさまったにちがいない。あの蝶々夫人も孫のディカプ似オに連れられ、いっしょに写っていた。

コスプレ社員との撮影も一段落つき、残り二十分もしたら、四階の会議室で昼食だ。そのあとおなじ四階の作業室へ移動し、フィギュア原型製作体験を正味一時間ほどで済ませ、午後二時には出発、つぎの目的地へむかうスケジュールとなっている。

「当社が製作しましたのは、こちらの1／8スケールでして」

緒方の声が聞こえてきた。彼はケースの中にいる一体のフィギュアを指差していた。バニーガールのごとき耳をつけ、露出の多い服を着た髪の長い女の子だ。高さは三十センチないだろう。その横にはからだじゅうが大砲のロボットらしきマスコットがいた。

あれこそが『軍艦を女の子に擬人化したキャラクター』だ。緒方はその説明をしている最中なのだ。挨拶とちがって日本語で、プリキャラピンクに扮した社員が英語に訳し、韓国の企業戦士軍団が真剣な面持ちで耳を傾け、それぞれが手帳にメモっていた。傍で見ていると、シュールな光景だ。じきに他のツアー客も次第に集まりだすと、緒方の説明は熱がこもり、遠目からでも彼の額に汗が滲みでているのがわかった。

そういえば。

秀子は展示室を見まわす。

本多がいないのだ。どこへいったのだろう。一階からあがってきたときにはいた。そのあとがわからない。シャッターを押すので忙しかったからだ。

「どうなさいました？　高松さん」

秀子がキョロキョロしているのが気になったのか、近くのコスプレ社員が声をかけてきた。腰まである長くて青いではなく蒼いと書いたほうがぴったりな色のツインテールの髪に（もちろんカツラだ）、上はノースリーブ、下は膝上どころか太腿の半分までのミニスカート、まさに人気のボーカロイドそのものだ。目の色が髪とおなじ蒼いところもだ。もちろんカラーコンタクトである。華奢《きゃしゃ》で手足に毛がなく、ツルツルの肌で、仕草もそのものだ。声もそっくりにしゃべることができた。しかし本物とは決定的にちがう点がひとつある。扮しているのは男性なのだ。営業部グッズ課で、アルヒくんグッズ担当の龍ヶ崎である。

「ウチの通訳ガイドが見当たらないのよ」

「本多さんですよね。ぼく、いるとこ、知ってますよ」

どこ？　と秀子が聞き返す前に「こっちにいらしてください」と龍ヶ崎は歩きだした。慌ててそのあとを追う。

「あそこです」

窓際に張りつくように立ち、龍ヶ崎が表を指さす。その先に秀子も目をむけた。ここを訪れた際、バスを止めた二車線の道路を挟んでむかいのコンビニの中に、イートインができるカウンターがあった。その端っこに本多が座り、缶コーヒー片手に雑誌を読んでいたのだ。

秀子は我が目を疑った。ツアー客がなにかしらを見学している最中、休憩をとる場合もなくはない。でもいまはちがう。秀子はつぎからつぎへとツアー客に頼まれ、写真を撮るので大わらわだった。そのあいだずっと、本多はあそこで寛《くつろ》いでいたのか。

「お客さんをここに案内すると、さっさといなくなって、ランチタイム直前まで、あそこにいるんです」

先日、アヒルバスの小会議室で、本多の声が聞こえてくるなり、渋面になったが、いまもまるきりおなじ顔つきだ。

「ごめんなさい」秀子は謝らないではいられなかった。

「いいんですよ、べつに。あのひと、いてもぼうっと突っ立ってるだけで、なんの役にも立ちませんし」

遠慮がないというより容赦ない。龍ヶ崎が本多を快く思っていないのはぜったいだ。

秀子は『ぴゅあはぁと』のヨハネちゃんから聞いた本多の話を思いだし、こう訊ねた。

「彼、なにか迷惑をかけていないかしら」

コンビニにいる本多は、雑誌の袋とじを開くのに手間取っている。

「これ、言っちゃっていいのかな」

龍ヶ崎が小首を傾げ、口をすぼめた。あまりの愛らしさに、男であることを忘れてしまいそうだ。

「言っちゃいなさいよ」

わざとくだけた物言いで秀子は言う。

「ぼく、誘われたことがあるんです、本多さんに」

「へ?」予想外の告白に、秀子は目が点になった。

「本多さんがここへくるようになってすぐ、紙に書いたスマホの番号を渡されたんです。よかったら連絡をくれって。一応、お断りをしておきますが、この格好してるときにですよ」

つまり本多は龍ヶ崎を女性だと勘違いしたわけだ。

「シカトするつもりだったんですが、そのあともしつこく誘われましてね。それでまあ、ぼくから電話して、銀座で会う約束をしました。そして待ちあわせ場所にはスーツでいったんですが、まるで信じてくれませんでね。ふざけたことを言うな、おまえはあの子のカレシだろとか言いだすんですよ。仕方がないんで、その場でキャラクターの声をだしたら、ようやく信じてもらえましてね。これは参った、騙されたと笑って許してくれて」

なんだ。秀子は拍子抜けした。ところがまだつづきがあった。

「奢《おご》るから一杯つきあいたまえと、有楽町《ゆうらくちょう》のガード下にある焼鳥屋に連れていかれて、ビールを二、三杯呑んで、ハイボールに切り替わってから、本多さん、目が据わってきたんですよ。そしたら男のくせして女の格好してなにが面白いんだって絡んできたんです。日本男子として恥ずかしくないのか、親にどういう教育を受けてきたんだ、大人をからかうのもいい加減にしろと散々言われたんですよ」

本多が酔い潰れ、テーブルにつっぷして眠ってしまった隙に、龍ヶ崎は店を逃げだした。店員やまわりの客にそうしなさいと促されたのだという。メイド喫茶で晒《さら》した醜態とまるきりおなじではないか。

「ごめんなさいね」

本多の代わりに詫びるのはこれで二度目だ。

「ぼくも悪いんです。もっと早くに男だと白状すればよかったんですよ。からかってやろうと思っていたのも事実ですし。いい社会勉強になりました」

爽やかな口ぶりでも、青いカラーコンタクトを入れた目で、眼下の本多を睨みつけている。

「その翌日に、本多さん、ぼくに電話をかけてきて」

俺とふたりで会ったことはだれにも話すんじゃないぞ、と口止めをしたのだという。

「それもえらく威圧的にですよ。笑っちゃいません？　何様だっつうんですよね」

コンビニを見下ろせば、本多はまだスマートフォンを耳にあてている。ぜったい私用だ。すぐさま彼の元へいき、耳を引っ張って連れ戻したい。しかしアヒルバスのツアーで、アヒルバスの人間がだれもいなくなってしまうのは、いくらなんでもまずい。

「本多さんって、ちょくちょくスマホで、だれかに電話してますよね。それも必ずどっか、よその国の言葉で」今朝もそうだった。「こないだなんか、フィギュア製作体験のあいだに、ずっと電話してたんですよ。はじめは部屋の片隅で、遠慮がちに呟《つぶや》くように話していたのが、相手と喧嘩してたっぽくて、次第に声が大きくなっていったんです。バスガイドさんが注意しても全然駄目、そしたらウチの社長が本多さんの襟首を持って、部屋の外に引っ張りだしたんです。ああ見えて社長、やるときはやるんです」

ふたたびコンビニを見下ろしたところ、本多の姿が消えていた。表にでて、信号待ちをしていたのだ。スマートフォンを耳に押し当てたままである。もう片方の手で、頭を掻きむしっていた。苛《いら》ついているように見えるがどうだろう。

「みなさん、ハラキリズさんですよね？」

「ワタシタチヲ、ゴゾンジ？」

「ご存じどころか、おとついの高円寺《こうえんじ》のライブいきました。サイコーでしたっ」

嬉々として話しているのは緒方だった。だれと話しているのかと、秀子はそちらへ顔をむける。相手は混ぜるな危険をはじめとしたナマハゲ四人組だった。

「あのひと達、やっぱりハラキリズだったんですね」

「ごめん、あたし、知らないんだけど。なに、それ？」

龍ケ崎に言われ、秀子は聞き返した。

「フィンランドのヘビメタバンドですよ。日本が大好きで、日本のアニソンをヘビメタにアレンジして演奏することもあるんです。オリジナルの曲も日本語で唄ったりして」

「フィンランドのヘビメタ？」

ムーミンの国なのに？

「ヘビメタって北欧が本家本元らしいですよ」

「緒方さんは彼らのファンだったわけ？」

「ええ。いまの話も社長から聞きました。見た瞬間にわかってたはずなのに、話しかけちゃいけないって耐えてたのが、我慢できなくなったんでしょうね」

「い、いっしょに写真撮ってもよ、よろしいでしょうか」

緒方の声は上擦っていた。いい年をしたオッサンがガチガチだ。

「ヨロコンデェ」

ナマハゲ四人組ことハラキリズは声を揃えて、居酒屋の店員のような返事をしていた。

7　アッパレちゃん参上

「ウェイトミニッツ。ドント・オープン・ランチボックスよ」

そう言ってから、モモさんは会議室をぐるりと見回した。四角に並べた長テーブルにはツアー客が並んで座っている。秀子と本多もその端っこにいた。

モモさんは会議室の真ん中で、腰に手をあて立っている。手拭いを姉さん被りにして、作務衣《さむえ》といういでたちだ。独身寮の寮母だった頃は上下ジャージに割烹着《かっぽう》だったが、江戸前ハウスのスーパーアドバイザーになってから変えたのだ。その立ち姿はなんとも勇ましい。

ツアー客と秀子達の前には、弁当箱とお椀に茶碗が置いてあった。お椀には豆腐とわかめのおみおつけ、茶碗には静岡の一番茶が湯気を立てている。いずれもモモさんと秀子、本多の三人で準備したばかりだ。

弁当箱は使い捨ての折り箱ではあるものの、じょうぶなうえに高級感があり、蓋《ふた》にはアルヒくんの焼き印が押してあった。食べおわったら捨ててもいいのだが、たいがいの客は持って帰っていく。

「リピート・アフター・ミー」モモさんが言った。八十過ぎとは思えぬ張りのある声だ。「いただきます」

「イタダキマスッ」

「オープン・ザ・ランチボックス」

モモさんの掛け声で、みんなが弁当箱の蓋を開く。その途端だ。

「ワァオ」「ワンダフルッ」「ソォキユゥウト」「カワイイ」

秀子にわかったのは短めの英語と片言の日本語だけだが、ツアー客のだれもが歓喜の声をあげているのは、間違いなかった。

弁当箱の中にネコバスがいた。こちらを見て、にやりと笑っている。頭と胴体は大つきめのお稲荷さんだ。スライスチーズと海苔で目と口を、胴体の窓はかまぼこでつくってある。足はミニウインナーだ。『となりのトトロ』に登場するネコバスは足が十二本である。しかしたくさんだと見栄えが悪くなるからだろう、六本だけだった。それでもきちんと歩いているがごとく盛りつけてあるから、たいしたものだ。

要するにキャラ弁なのだ。ツアー客は、まだ箸をつけていない。スマートフォンやデジタルカメラなどで撮影しているからだ。そんな彼ら彼女らを見ながら、モモさんは満足げにしている。

「コレ、モモサン、ツクッタ?」

質問をしたのはドレッドヘアちゃんだ。

「あたぼうよ」

「アタボウ?」

「アタボウ・イズ・オフコース。アンダスタンド?」

「ウイウイ」

緒方がハラキリズの四人と写真を撮り、サインまで貰っているあいだに、本多が展示室に戻ってきた。さすがにスマートフォンは耳に当てていなかったものの、掻きむしった頭はぐしゃぐしゃだった。

それがちょうど正午で、緒方が立ち去ったあと、ツアー客達を四階の会議室まで誘導しなければならなかった。ビルにはエレベーターがなく、階段をのぼっていかなければならない。だれよりも心配だったのは蝶々夫人だ。なんだったら手を貸そうかと思い、秀子はそばに寄ったものの、彼女は杖を突いていながら、ひとよりも速い速度で階段を駆けあがっていった。

会議室にはモモさんが待ち構えていた。江戸前ハウスのスーパーアドバイザーにして、カンバンガールだ。ツアー客のために彼女手作りの弁当を運んできたのである。

日本人向けのオタクツアーの企画が通ったあとのことだ。代金をより安くするにはどうしたらいいだろうと、秀子と女おすぎで話しあい、仕出しの弁当にする方向で話がまとまりかけた。そのときだ。

なんだったら、あたしがつくってやろうか。

モモさんが口を挟んできた。秀子達は江戸前ハウスができたばかりの頃、その食堂で打ちあわせをしていたのである。モモさんはつづけてこうも言った。

ここでだす食事とまとめて材料を買えば、原価が安くすむしね。三十人分くらいだったら、パートのひと達に手伝ってもらえば、どうってことないよ。

なるほどたしかにそうだと、お願いすることにした。モモさんが凄いのはこの先だ。果敢にもキャラ弁にチャレンジしたのである。

記念すべき第一号はザクだった。より正しく言えば、その頭だけのおにぎりだ。シャア専用ザクはケチャップご飯、量産型のザクは茹でてしんなりさせたレタスで白飯を包み、それぞれおにぎりにして、細く切った海苔を巻き、その上に薄く切ったソーセージを載せてあった。むろんこれだけでは足りないので、唐揚げや卵焼きなどふつうのおかず付きだった。

いかがなものかと秀子は心配だったが、なんとツアー客には大受けだった。出来云々《うんぬん》よりも、モモさんのようなお年寄りがつくった事実を面白がってもらったらしい。

その後、モモさんは毎週、ちがうキャラクターに挑んだ。おなじくガンダムだけでも、ガンダム本体のみならず、シャアやアムロなどもあった。他にもエヴァンゲリオンに進撃の巨人、ワンピース、ドラゴンボール、ポケモン、妖怪ウォッチなどのキャラクターを、チーズやかまぼこ、カニカマ、海苔、紅しょうが、さくらでんぶ、ふりかけ、油揚げなどなど、あらゆる食材を駆使して、弁当に仕立て上げていった。

これが評判を呼んだ。その場で写真を撮って、ツイッターやフェイスブックなどに載せるツアー客があとを断たなかった。遂には女おすぎが『モモさんのキャラ弁教室』なるブログを開始し、作り方を公開しはじめた。いまやそのレシピは百を超えている。

モモさんは江戸前ハウスの朝食あとに、キャラ弁をつくりだすので、昼時にモモさん自身がミゼットⅡで運んでくる。弁当だけではなんだからと、みそ汁その他、スープの類《たぐ》いもだ。わざわざそのためにＩＨヒーターとそれに対応できる二十リットルで、蓋にロック付の寸胴《ずんどう》鍋を購入したのだ。

外国人向けのＯＴＡＫＵツアーでも、ランチはもちろんキャラ弁だ。日本人よりも喜んでもらえると、モモさん自身も満足そうだった。彼女が弁当をつくってくれることで、べつの利点もあった。苦手な食べ物や、宗教上の理由などで食べられないモノなどを、予め《あらかじ》申告しておけば、そうしたひと達にあった料理をつくってくれるのだ。

秀子もツアー客とおなじように、スマートフォンをネコバスにむける。撮影してから、その写真を三原先輩とふたりだけのラインのトークに貼付けておいた。そしてスマートフォンを置き、さぁ食べようと箸を手にしたときだ。

ずず。ずずずずずずず。ずず。

本多だ。おみおつけを啜《すす》っているのだが、やたらに音がでかい。つづけてお稲荷さんを一口かぶりつくとだ。

くちゃぴちゃくちゃくちゃぴちゃぴちゃぴちゃ。

咀嚼《そしゃく》音も半端ではないデカさだった。しかも下品極まりないときている。隣にいて食欲を失うほどだ。わざとかと思い、本多の横顔を見てしまう。

「なんだよ」

「もっと静かに食べられませんか」

その口ぶりに、ムッとした秀子はつい言ってしまう。

「なんにも」んちゃんちゃ。「しゃべっちゃねぇだろ」

「食べるときの音です」

「癖なんだ」くちゃくちゃ。「気になるんなら、よそで食えよ。隣に座ってくれって、頼んじゃねぇぞ」

コンビニにいたことに関しては、まだ注意していない。これまでそんな余裕はなかったのだ。いまは駄目だ。ツアー客の前で揉めるわけにはいかない。秀子はぐっと堪え、そのまま弁当を食べはじめた。席を移ったら、本多に負ける気がしたからだ。

「それよりよぉ。さっき、展示室の窓際でここの社員としゃべってたろ。男のクセして女のコスプレしたヤツ」

あたしが見ていると知ってて、隠れもしなければ、戻ってこようともしなかったのか。ナメられたもんだよ、まったく。

「アイツからなんか聞いたか」

「なんかってなんです？」

女と勘違いしたあんたが、彼を誘ったことですか。

とは言わない。その代わり、意味ありげににんまりと笑ってみせる。するとその彫の浅い薄っぺらな顔が赤らんだ。羞恥《しゅうち》なのか怒りなのか、読み取ることはできなかった。秀子の問いかけに答えず、本多はネコバスの頭を口に放りこんだ。んちゃくちゃんちゃくちゃ。咀嚼音がさらに耳につく。

「アイツ、こないだ、本社の小会議室にいたよな」

「アルヒくんのグッズについて、打ちあわせをしていたんです」

秀子のほうを見ずに、本多は言った。顔の赤みはすでに引いている。

「あんなグッズ、買うヤツいんの？」あきらかに小莫迦《こばか》にした言い方に、秀子は頰を引きつらせる。しかもそれだけではおわらなかった。「いねぇよな。その証拠に利益でてないし」

この野郎っ。朝に年齢についてあれこれ言われたことよりもムカついた。秀子は箸を置き、右手をぎゅっと握りしめる。顔面に一発、お見舞いしてやろうか。

「およしなさいよ」

モモさんだ。テーブルを挟んで秀子のむかいに立っていたのだ。本多を殴ろうとしていたのを察し、止めに入ってきたのだろうか。いやいや、モモさん、いくらなんでもお客様の前ではそんな無茶しませんよと思っているとだ。

「俺、べつになんもしてませんけど」

モモさんは本多を見ていたのだ。それもどういうわけか、憐《あわ》れむ眼差しでだ。これには本多も困惑を隠しきれず、モモさんを気味悪がってもいるようだった。

「ひとの弱点を見つけちゃ指摘して、相手が嫌がる顔を見て悦に入ったりしなさんなって、言ってるの」

「俺はそんな」言い返そうとする本多を遮り、モモさんはさらにつづけた。

「そうやって他人よりも優位にいないと不安でしようがないんだろ。小心者にもほどがあるよ」

朝から会うひと毎に本多の悪口を聞かされてきた。だがいまの言葉がいちばん強烈だ。パンチが効いている。そのパンチを顔面にもろに食らった本多は、ノックダウン寸前だった。なんとも情けない顔で、なにも言い返せずにいる。

さすがモモさん。

「ついでだから教えてあげるよ。デコちゃんもさっき指摘してたけど、あんた、モノ食べるとき、くちゃくちゃくちゃと音たててるでしょ。いいオトナがみっともないよ。直したほうがいいって」

「だ、だからこれは癖で」

「口にしまりがないからさ。このへん」とモモさんは自分の口のまわりを人差し指でくるりとした。「口の輪っかの筋肉で口輪筋っていうんだけどね。こいつを鍛えると直るよ。咀嚼音だけじゃなくて、口元の弛《たる》みやほうれい線の予防にもなるんだ」

「どうやって鍛えるんです？」

訊ねたのは秀子だ。口をついてでてしまった。ほうれい線の予防というのが、気になったからだ。

「口を大きく開いて、舌を強く前に突きだして、くるくる回転させるだけさ」

早速、秀子はチャレンジする。

「肝心のあんたがやらなくてどうするの」

モモさんに促され、本多もやりはじめた。間抜けなことこのうえない。

だけどあたしもおんなじ顔なんだよね。

食事中だったツアー客の幾人かが、何事かとばかりの顔つきで、自分達を見ているのに気づき、秀子は舌を引っこめた。

「これをつづけて五十回、一日二回しなさい。いいわね」

「はい」

「デコちゃんはいいのよ。本多さん、わかった？」

「やってはみる」

素直とはちがう。そう返事をしなければ、この場がおさまらないと仕方なく言ったふうにしか聞こえない。するとテーブルの上でスマートフォンが唸《うな》った。本多のだ。しかし彼より先にモモさんが奪うように取った。

「なにするんだよっ」

「ツアーのあいだに、年がら年中、私用の電話をかけてるらしいわね。バスガイドの子達から聞いてるわよ。今日もそうだったんじゃない？　どう、デコちゃん」

「してました」

「いまはメシの時間だろが」

本多の抗議にモモさんは耳を貸さなかった。

「デコちゃん、このスマホ、今日のツアーがおわるまで預かっといて」

受け取ったスマートフォンを、秀子は自分のポシェットにしまいこむ。

「ちっ」本多は舌打ちをして、恨めしそうな顔をするだけだった。奪い返そうとしたらどうしようと思ったものの、さすがに場所を弁《わきま》えたらしい。「勝手にしろ」


「さきほどはありがとうございました」

ミゼットⅡの荷台に、空となった寸胴鍋を、ミゼットⅡに入れてからだ。ドアを閉じ、運転席に乗りこもうとするモモさんに、秀子は礼を言った。

「なによ、改まって」

「本多さんのことです」

「ああ、クチャ・クチャ男《お》ね」モモさんはにやりと笑った。クチャが名字でクチャ男が名前のようなイントネーションだ。「礼なら戸田さんに言ってちょうだい」

戸田課長に？　どういうことだろう。

「クチャ・クチャ男のせいで、デコちゃんが迷惑を被っていたら、助け舟をだしてあげてほしいって、朝に戸田さんからメールで頼まれていたの。あたし自身、前からアイツの態度は腹に据えかねていたし、ちょうどいい機会だったわ。おかげですっきりしたってもんよ。へこたれずに午後もがんばってちょうだい」

「がんばります」秀子はガッツポーズをしてみせた。

「あとさ。今日のツアーで、あたしよりもオバアチャンのひといたでしょ」蝶々夫人だ。「彼女、疲れてない？　平気そう？」

「ええ」本気で案じているのが、モモさんの表情から察することができた。

「ご飯のあと、ちゃんと薬、飲んでた？」

「お孫さんに一錠ずつもらって飲んでいました」

ぜんぶで七、八錠はあっただろう。面倒くさそうにする蝶々夫人を、ディカプ似オはなだめすかしていた。そのあとモモさんの片付けを手伝う直前に、会議室とおなじ階の喫煙スペースへ蝶々夫人を案内している。

「孫じゃないわ。曾孫よ」モモさんはきっぱり言い切る。「彼がいればだいじょうぶだろうけど、注意してあげてちょうだい。それじゃあね」

駐車場をでていくミゼットⅡを見送ったあと、秀子はビルに戻り、四階まで階段をのぼっていく。

なんでモモさんは蝶々夫人のこと、あんなに心配してたんだろ。

たしかに蝶々夫人は高齢だ。モモさんが心配するのもわからないでもない。しかし秀子はちょっとひっかかった。

ランチタイムはおわったが、フィギュア原型製作体験まで、まだ少しだけ時間があった。準備が出来次第、社員のだれかが呼びにくるので、それまでツアー客は食休みも兼ね、会議室で待機してもらわねばならなかった。

三原先輩からライン、きてるかな。

廊下で足をとめ、スマートフォンを確認する。きていた。三原先輩のランチはかき揚げそばとお稲荷さんだ。ラインの返事が届き、そこに写真が貼付けてあった。

『立ち食いそば屋のだけど、かき揚げはその場で揚げているからサクサクよ』

そのサクサクぶりを表現したかったのか、写真はもう一枚あって、かき揚げにかぶりつく三原先輩が画面一杯に写っていた。わずかに見える背景には電車が止まっており、どうやら駅構内らしい。仕事の合間に食べていたようだ。

だからって四十歳すぎの独身女性が、立ち食いそば屋でランチはどうかと思うよ。

しかもこんな自撮りまでして。

スマートフォンにむかって、ツッコミをいれる。それに応えるかのように三原先輩からラインが届いた。

『あたしもモモさんのキャラ弁食べたいよ』

どうってことのないコメントだ。それでも秀子には三原先輩が、弱気になっているように思えてならなかった。たしかめたところで、そんなことはないわと否定するだけだろう。

そういうひとだからな、三原先輩は。

『先輩のためならモモさん、いつだってつくってくれますって』

暗に東京にきてくださいと言っているのだ。それに気づかぬ三原先輩ではない。

♪かぁわいいだけぇじゃ、ダァメなのぉよぉ（えぇえぇえ？）

つぅよくなくっちゃ、ヤッてけない（ホントにぃ？）♪

秀子は高らかに唄いながら、一回転くるりとまわり、右手の人差し指を頰につけ、首を傾げた。そのあとすぐ、ガッツポーズをとって、腰をふりふり、肩を左右交互にだす。つぎに両手の指先を各々の肩にあて、肘をくっつける。ボックスステップを踏みつつ、左右の腕をぴったりつけ、前にさしだしていく。

唄っているのは『プリキャラ魂《ソウル》』だ。全然ソウルじゃない。バリバリのポップである。

ツアー客の三分の二が声を揃えて唄い、そのうち七人が踊っていた。ハラキリズは四人とも、混ぜるな危険と家内安全、無病息災と森羅万象という組みあわせだ。秀子よりもウケているのが癪《しゃく》だった。意外なのはイタリア版さくらと一郎で、キレキレのノリノリで踊っていた。七人目はドレッドヘアちゃんで、秀子は彼女とペアを組んでいる。

どういう流れで、この七人が『プリキャラ魂』を唄い踊ることになったのか、不在だった秀子には見当もつかない。ドレッドヘアちゃんは相手がいなくてこまっていたので、秀子が買ってでたのだ。彼女がピンクで秀子はグリーンだ。

『プリキャラ魂』は『プリキャラ』の歌だ。朝一番にハラキリズをはじめとしたツアー客が、メイド喫茶『ぴゅあはぁと』で唄っていた『モットモットプリキャラ』はオープニング曲で、こちらはエンディング曲だ。放映時にはこの曲にあわせ、プリキャラピンクとグリーンが踊っていた。カラオケでもその場面がモニターに流れるため、女おすぎとふたり、見よう見まねで踊っていたら、自然と身体が覚えてしまったのだ。

オタクツアーで移動しているあいだ、車中で披露したことは数限りない。ピンクとグリーンのふたり一組で踊るのが基本だが、ひとりでも問題はない。そしてこれが秀子の鉄板ネタだった。プリキャラのふたりは中学二年生にもかかわらずスタイル抜群の八頭身だが、秀子は三十路で樽同然の五頭身なので、そのギャップが大いにウケるのだ。

♪そぉれがトーセツのオンナァノコォ（まぁタイヘン）♪

腰に手をあてるのだが、その際、自分の右腕とドレッドヘアちゃんの左腕を組まねばならない。できた。タイミングもピッタリだ。顔を見あわせ笑う。踊っていようといまいと、唄っていようといまいと、ツアー客のだれもがみな楽しんでいる。お客様の喜びはバスガイドの喜び。

ひとり喜んでいないヤツがいた。本多だ。会議室の端っこで壁にもたれ、窓の外をぼんやり眺めている。モモさんに指摘され、反省しているか。そんな殊勝な人間とは思えない。スマートフォンを取り上げられ、拗《す》ねているだけかも。

顔ははっきり見えない。それでも口が大きく開いているのはわかった。あくび？　ちがう。突きだした舌をまわしているのが、ちょっとだけ見えた。

♪そぉれがプゥリキャァラソォルゥ（ってものよぉ）♪

ラストを唄いあげ、ばっちりポーズを決める。拍手喝采だ。

「高松さん」

龍ヶ崎だ。歌がおわるまで待っていたのかもしれない。彼もまた拍手をしていたのだが、素顔にスーツ姿、しかも丸坊主だった。ツアー客の中に彼がボーカロイドだったと気づくひとはいないだろう。本多が信じなかったのもよくわかる。

「準備できましたのでどうぞ」

その部屋には、畳一畳分は優にある木製の作業台が縦横三台ずつ、計九台並んでいる。まるで学校の美術室だ。部屋の広さもだいたいおなじくらいのように思う。独特な匂いもそっくりだった。

真ん中の作業台にビビット・コムの社員が、男女がむきあって座り、忙しく手を動かしている。いままさにフィギュアの原型を製作中なのだ。

ビビット・コムには原型師が二十人前後いる。ツアー客の面倒を見てくれるのは、当番制でいつもは緒方を含め四人だが、今日は三人だ。

そのうちのひとりは女性でエプロンをかけていた。胸元にアルヒくんが呑気な顔でひょこひょこ歩いている。この会社でつくったアルヒくんグッズのひとつだ。ふだんから使っているらしく、汚れが目立つ。

彼女は割り箸の先に刺さったおっきめの飴玉ほどのサイズの粘土を、フィギュアの顔に仕立てあげていた。とはいっても秀子が立っているのは、原型師ふたりを取り囲むツアー客のうしろなので、直では見ることはできない。女性の手元に、WEBカメラがむけられていた。これがおなじ作業台の両脇に一台ずつ置かれたモニターと繋がっていて、その画面に彼女の作業が大きく映しだされているのだ。

「粘土はスカルピーと言いまして、これ自体さまざまな種類があるのですが、今日のはスーパースカルピーのベージュのです」

緒方だ。展示室とおなじく日本語で、女子社員が通訳していた。ほとんどのひと達はフムフムと頷くだけだが、ここでも韓国の企業戦士軍団が五人とも、えらい勢いでメモを取っている。一言も聞き逃すまいという気迫まで感じられた。

「スカルピーの特性は押したら、そのままカタチが残るところですね。彼女がいま、目のまわりを凹ましているちっこいヘラをスパチュラと言います。これまたじつにたくさんの種類がありまして、買うとなるとどれにしたらいいものか、迷うことでしょう。一応、今日みなさんにお使いいただくのは、私のオススメのものを準備しました。もしご自宅でつくる場合、初心者の方であれば、爪楊枝《つまようじ》や竹串でじゅうぶん代用できます」

緒方が説明をつづけるものの五分のあいだに、アルヒくんエプロンの彼女の手によって、まるっこいだけの粘土は、どんどん顔らしくなっていく。あたかも魂を吹き込まれているかのようだ。凄いとしか言いようがない。

つくっているのはアッパレちゃんだ。

アニメやゲームのキャラクターではない。このフィギュア原型製作体験をおこなうのに、既存のキャラを使ったのが知れると、ウルサイところは文句を言ってくる可能性があるかもしれない。そこでビビット・コムで社内コンペがおこなわれた。

だれのが採用されたと思います、デコさん？

アルヒくんのグッズについて打ちあわせをしている最中、龍ヶ崎が訊ねてきたことがあった。

なんとぼくの作品なんですよ。アヒルバスを擬人化したんです。ご覧になりますか。

そして見せてもらったイラストに、秀子はなんとコメントしていいものかわからなかった。バリバリの萌えキャラだったのだ。若草色の髪は三つ編みのツインテールで、顔半分はあるどでかい瞳におちょぼ口、なぜか鼻はない。ぽっちゃりとした体型で、アヒルバスの制服を着ているのだが、スカートの丈が本物よりもだいぶ短い。太腿の半分くらいまでしかないのだ。

超イケてるわ、龍ヶ崎さん。ねぇ、デコちゃん。

いっしょにいた凪海に言われ、秀子は頷くことしかできなかった。

アッパレちゃんという名前は、秀子がその場で命名した。本名は天野晴子、天と晴でアッパレちゃんだ。晴子は八王子で芸者をしている従妹の名前である。イラストを見たときに、彼女を思いだしたからだ。

ところがである。

さらに後日、後輩バスガイド数人で呑みにいったときだった。女おすぎがアッパレちゃんのイラストをみんなに見せてからこう言ったのだ。

この子ってデコさんに似てません？

似てるはずがない。髪の毛は若草色ではないし、三つ編みのツインテールなんて、子どもの頃以来したことがない。目はこんなにでかくないし、口はもっと大きい。鼻はある。似ているのはせいぜい、ぽっちゃりとした体型だけだ。しかしその場にいた後輩バスガイド達はみな、ほんとそっくりと納得していた。

秀子自身はいまだに納得していない。というかぜったい似ていない。しかし日本人向けのオタクツアーでも、ツアー客に何度か言われたことがあった。ちがいますと否定するのもなんだかなと思い、どうですかねぇと曖昧な答えでごまかしている。

「パソコンの前にいる彼もまた、原型をつくっているのですが」

緒方がそう言うと、作業台に置かれたモニター画面が切り替わった。あらわれたのは立体的な頭だ。まだノッペラボウだが、目の輪郭やふっくらとした頰におちょぼ口といった凹凸ができている。

これまたアッパレちゃんだ。

パソコンの前にいる男性は、右手で妙な機械を操作していた。台座に載った球体から関節が二ヶ所のアームがでている。この先に付いたペンらしきものを握り、小刻みに動かすとあら不思議、ノッペラボウのアッパレちゃんの右側に突起物ができていくではありませんか。あたかも画面の中に粘土が存在しているかのようだった。ツアー客の中から「ワオォ」「ヒュウゥウ」「アッメィジング」など密《ひそ》やかな感嘆の声があがる。

「彼がいま使っているこれ、おわかりになる方、いらっしゃいます?」

女子社員が英語に訳すと、「3Dマウス」とドレッドヘアちゃんが答えた。

「そうです、そうです。この3Dマウスと専用3Dソフトを併せて使うことによって、まるで本物の粘土のごとく、3Dモデリングをモニターの画面上で盛ったり凹ませたり削ったりすることができるのです。しかもこの3Dマウスには触覚フィードバックの機能がありまして、3Dモデリングをあたかも触っている感覚で操作できます。この3Dモデリングでカタチをつくり、3Dプリンターで出力すれば原型が完成します。あとでみなさんにお試しいただきますね」

さきほど答えたひと達を含む三分の一は深々と頷き、あとの三分の二はきょとんとしていた。画面では両耳ともできつつある。

オタクツアーの下見で、女おすぎとはじめてこのシステムを見たときの驚きは、いまでも忘れない。自分の知らないところで、科学はここまで進歩していたのかと、秀子は言葉を失った。あたしは知らず知らずのうちに、未来の世界に暮らしていたのねと実感したほどである。

アナログとデジタル、いずれの作業もツアー客に見てほしい。できれば両方、見比べることができるのがいい。秀子が提案すると、女おすぎも同意してくれた。

社員達の作業室はべつにある。三階がまるまるそうなのだ。自社の見学は快く了解してくれたものの、三階は勘弁して戴きたいと社長である緒方直々に断られたのだ。

フィギュアの製作は決定してから発売まで一年を要します。となれば未完成のアニメやゲームのキャラクターをつくることも珍しくありません。その場合、版権元から資料を借りて、製作に取りかかります。もしもその情報が漏洩しようものなら、大問題ですからね。

ビビット・コムではフィギュア製作の講座を開いており、この部屋はそのためのものだった。

緒方の説明がひとまずおわり、しばらくはアナログとデジタルそれぞれの原型師の作業を、ツアー客達が固唾を飲んで見守っていた。

部屋はしんと静まり、聞こえてくるのは空調の音だけだ。咳払いをするのも躊躇《ためら》われるほどの静けさである。比べる意味もないのだが、日本人のツアー客よりも集中しているし、真剣そのものだった。

よくもまあ、この状態で私用の電話ができたものね。

本多のことだ。彼はいま、秀子と少し離れたところに突っ立っている。苦虫を何匹も嚙み潰した顔をしていた。スマートフォンを取り上げられたのが不服で、ご立腹なのだろう。まるきりガキだ。

なんで、あんなヤツ、会社は雇っちゃったんだろ。

改めて思う。本多の評判の悪さといったら尋常ではない。日頃からもそうだが、今日などはたった半日のうちに、小田切にヨハネちゃん、龍ヶ崎にモモさんと四人ものひとから、悪口を聞かされている。アヒルバスに十年以上勤めているが、こうまで嫌われるひととは会ったことがない。人生においてもはじめてと言っていい。同情こそしないが、気の毒には思う。仕事どころか人生も楽しそうにないからだ。

酒呑んで莫迦話をしたり、愚痴を言いあえたりする仲間や友達はいるのかしら。とてもいそうに思えない。そう考えると、可哀想になってきた。

「ではみなさん」緒方がツアー客に呼びかけるように言う。「実際にフィギュアの原型をつくってみましょう」

ツアー客が体験するのはアナログのほうだ。手本とおなじくまるっこい粘土を顔にしていく。目と口、そして耳までつくる。

待ってましたとばかりに「オォォォ」と歓喜の声をあげるものもいれば、この世のおわりみたいな顔になっているひと達も少なくなかった。イタリア版さくらと一郎などはそうだ。いよいよもって昭和枯れすすきだ。原型師の作業を間近に見て、できっこないと尻込みしてしまったのだろう。

「レッツトライッ」さくらと一郎に近づき、秀子は励ましの声をかけた。「エンジョイユアセルフ」

この英語で正しいかどうかわからない。でも通じたらしい。ふたりともコクコクと赤べコのように頷いた。

原型師ふたりがいる真ん中をのぞく、八台の作業台のどこにだれが座るかは、昨夜のうちに秀子が座席表をつくって、江戸前ハウスの事務所でコピーしてきた。これを昼食が済んだあと、各自に配布してある。作業台にはそれぞれ中央に『1』から『8』の数字を書いた紙が貼ってあった。つまり座席表と照らしあわせれば、どの数字の台に座ればいいかがわかる。

それでもまごつくひとがいれば、秀子はそばに寄って、案内してあげた。ところがどうだ。本多ときたら、仏頂面《ぶっちょうづら》でぼんやり突っ立っているだけだった。すぐそばでフィリピンのノルディック柄コンビが、座席表を手にしてうろついているのにもかかわらずだ。

このバカタレが。

「本多さんっ」キツイ口調にならぬよう注意しつつ、秀子は呼んだ。「そちらのふたり、席に案内してあげてちょうだい」

なんで俺が？　とでも言いたげな顔をしたので、秀子はきっと睨みつけてやった。一応、威嚇《いかく》したつもりだ。それが効いたのか、本多はノルディック柄コンビに「メイアイヘルプユー？」と話しかけた。

やればできるじゃないの。

各自の前には、割り箸に刺さったまるっこい粘土とスパチュラが置いてある。見本としてアッパレちゃんの顔面アップのイラストもだ。

実演を見ただけで、素人がたやすくできるものではない。原型師が部屋を回りながら、手伝ってくれる。そのあいだに作業台ごと、３Ｄのほうも順番に触ってもらう段取りだ。

「デコサンモ、シマスデスカ」

混ぜるな危険だ。ハラキリズの四人が座る『５』の作業台のそばを秀子が通りかかったのである。

「あたしは」しませんとつづけようとしたときだ。

本多の不貞腐れた顔が目の端に見えた。その途端、はたと思いついたことがあった。

昔の漫画ならば、頭上で電球が点いただろう。

「オフコォォォォス」

「オォ、アタボウネ」

モモさんとドレッドヘアちゃんの会話を聞いていたらしい。

「おやりになるんですか」

緒方が訊ねてきた。わりと近くにいたのだ。

「いつも見てて、やりたいなぁと思っていたんですよ」まるきり嘘ではない。「駄目ですか」

「とんでもない」緒方は左右に首を振った。それもブンブンと音が鳴るのではというくらいの速さでだ。「粘土と道具、ここに予備のがあるのでどうぞ」

「もう一セット、ありません？」

「と言いますと？」

「本多もやりたいと申しておりますので」

「俺が？　そんなこと一言も」

日本語がわからずとも、本多がなにを拒んでいるのかはわかったのだろう。

「レッツトラァイ」

イタリア版さくらと一郎が声を揃えて言う。そのタイミングのよさに、ツアー客達から笑いが起きた。

「ぜひチャレンジしてみてください」

緒方は笑顔で勧める。

「わかったよ。やりゃあいいんだろ、やりゃあ」

そうだ。やればいいのだ。

やったはいいが、駄目だった。

秀子が、だ。スパチュラをいかに駆使したところで、眼も口もできやしない。まるっこい粘土が歪《いびつ》になっていくだけで、時間が経っていく。ガサツで大雑把な自分が、こんな細かい作業をできるはずないのだと秀子は今更ながら思い知った。全然、クールジャパンではない。

ツアー客の中にだって、秀子とたいして変わらぬレベルはいくらでもいる。そんなひと達には原型師が手伝うというか、ほぼ完成の状態まで仕上げてあげる。ざっと見て、半分くらいはそうだった。秀子のところにも、お手伝いしましょうかと緒方が訪れた。見るに見かねてにちがいない。しかし丁寧にお断りした。ツアー客を差し置いて、バスガイドの自分が手を煩《わずら》わせてはいけないと思ったからだ。

粘土で顔かたちができたあと、作業台の壁際にある電子レンジでチンをしてもらう。そうすることで、粘土が固まるのだ。おなじ作業台のハラキリズはそこまで達して、いまは各々がつくったのを見せあいっこしている最中だった。四人とも原型師の助けを借りていない。なのにどれもまずまずの出来映えだ。ごっつい身体にぶっとい腕で、モンキーバナナの房みたいな手をしているのに、どうしてこんな細かい作業ができるのか、不思議でならない。ちょっと悔しくもあった。

せめて眼と口だけでもわかるようにしたい。なおも粘土をいじくっていると、ハラキリズの面々が自分を見ているのに気づいた。正しくは秀子とアッパレちゃんのイラストを見比べていたのだ。そして混ぜるな危険と目があうと、彼はこう言った。

「アッパレチャンハ、デコデスヨネ」混ぜるな危険、おまえもか。「トテモヨク似テイマス」

あたし、三つ編みのツインテールじゃないし、鼻もあるでしょうが。

とは言えない。いつもどおりの曖昧《あいまい》な答えでごまかそうと口を開きかけたときだ。

「カワイイィイ」

すぐ隣、『4』の作業台から黄色い声があがった。中国人留学生の子達だ。「トテモ上手」「素敵ィ」と絶賛がつづく。横目で様子を窺ってみると、彼女達に囲まれ、本多が満更でもない顔をしていた。彼がつくったアッパレちゃんの出来がよかったらしい。べつの作業台からもひとが集まりだしている。ハラキリズの四人も席を立って、隣の作業台へ移った。できれば秀子も見てみたい。しかしいまだ目すら満足にできていないのに、そんな余裕はない。

留学生のひとりが質問をすると、本多はアッパレちゃんの目元あたりを指差し、なにやらもっともらしい口ぶりで答えていた。それがすんだあとだ。本多が秀子のほうに顔をむけた。笑っている。小莫迦にした嫌な笑い方だ。一時でも彼を気の毒だ、可哀想と思ったのはとんだ間違いだった。

マジ、ムカツク。

だがその反面だ。ツアー客に囲まれ、にこやかに笑う本多を見ていると、これはこれでよかったのだと素直に思う。仏頂面でぼんやり突っ立っているよりもいい。ましてやスマートフォンでプライベートの電話をされるよりはずっとマシである。

「デコさん」

突然の呼びかけに、秀子はドキリとした。龍ヶ崎だ。いつの間にか横に立っていた。

「なんできみがいんの？」

「はじまって、しばらくしてからいました。原型師がひとり足らないっていうんで、急遽《きゅうきょ》駆りだされたんです」

「努力はしているのよ。だけどどうしてもうまくできなくて」

手元の粘土を龍ヶ崎が見ているのに気づき、秀子は慌てて言い訳をする。

「よかったらお手伝いしましょうか」

「でもあの、お客様を優先して」

「みなさん、ほぼおわっています。あとはデコさんだけですから。よく見ていてくださいね」

龍ヶ崎は自分のスパチュラで、秀子が持つ割り箸の先の粘土を軽く触れていく。すると瞬く間に目の凹みができあがった。

「こういうのも得意だったんだ」

「こういうのこそ得意なんです、ぼく」龍ヶ崎は少し力んで言った。「なにせ緒方社長に憧れてこの会社、入りましたから。できれば製作部で働きたいんですけど、なかなかそうはいかなくて」

そうだ。いまこそこのアッパレちゃんが自分をモデルにしているかどうか、訊ねてみようか。

しかしそんな余裕はなかった。

「デコさん、口、つくってみてくださいよ」

「あ、はい」

8 メチャクチャ、あたしのタイプ

見慣れた寺が目の前にあった。たまねぎを縦に切ったような形の屋根は築地本願寺にちがいない。いまは江戸前ハウスとなった独身寮からは歩いていける距離だ。入社以来、バスツアーで案内した回数は八百回をくだらないだろう。その度に伊東忠太《いとうちゅうた》なる人物が設計し、一九三四年、昭和九年に落成した話をしていた。寺自体がインドっぽいのは伊東先生がそのつもりで設計したからだ。

この寺には至るところに動物の彫刻があった。獅子、猿、象、鳩、牛、馬。それをディズニーランドのジャングルクルーズあるいは川口浩探検隊よろしく、ツアー客に紹介するのが常だ。新人研修その他で、後輩バスガイドに教えても、だれもやろうとしなかった。

これはデコさんじゃないと無理ですよ、デコさんならではのモノですから、デコさんの専売特許なんでと後輩みんなが口を揃えて言う。そういうものかと、褒められた気がして悦にいったものである。

ただ最近になって、あれはただ後輩達にいいようにあしらわれただけなのでは、と思うこともあった。そちらのほうがずっと腑に落ちる。なにせ通常のガイドを記憶するのさえ、新人でなくてもイッパイイッパイなのだ。さらに余計なことなど、覚えたくないのはやむを得ない。でもそれならそれで、直接言ってくれてもいいのにとも思う。やっぱ、やだ。直接言われたら泣いちゃう。

築地本願寺は正面からの全景だった。朝陽に照らされているそれは本物ではない。写真でもなかった。アニメーターの手によって描かれた絵が、モニターテレビに映しだされているのだ。

場面が切り替わり、あらわれたのはアッパレちゃんだ。彼女がいるのは築地本願寺の中にある駐車場だった。そこにバスを誘導している最中だった。

「オーライオーラァイ」

その声はアッパレちゃんが言ったにちがいない。しかし聞こえてきたのは、モニターテレビとはべつのところからだった。壁際に立つ秀子の右斜め前、こちらに背をむけた女性が言ったのである。彼女は声優で、アッパレちゃんを演じている最中なのだ。

「オーライオーラァイ」アッパレちゃんが徐々にうしろへさがっていく。するとだ。

「きゃっ」

背中をだれかにぶつけ、その場に転んでしまった。

「いったぁい」

「す、すみません」

男性の声がした。モニターではまだその姿は見えない。実際には、秀子の左斜め前に立つ男性が言ったのだ。だれあろう、なんと本多だ。

「写真を撮るのに夢中だったんで。ほんとにごめんなさい」

男性は一眼レフを首から下げていた。アッパレちゃんはアスファルトの上で転んだままだ。そんな彼女に男性は中腰になって手を差し伸べる。

「だいじょうぶですか」

「は、はい」

つぎの場面はアッパレちゃんが見上げた視線で、男性がイケメンなのがわかる。髪はサラサラ、目はキラキラの王子様タイプだ。一応、ソラオという名前がある。彫の浅い本多とはだいぶ落差があった。

それを言ったら女性の声優も、アッパレちゃんみたいな萌《も》えキャラではない。ウェーブのかかった髪は紫色、虎がこちらを見て吼《ほ》えている服に、豹柄のスパッツと大阪のオバチャン顔負けのいでたちだった。彼女は声を一オクターブあげ、それこそまさに萌え萌えの声でこう言った。

「メチャクチャ、あたしのタイプゥゥウ」

さすが本業。メイド喫茶の子達とは年季がちがう萌えっぷりだ。モニターではアッパレちゃんは頬を赤く染め、ソラオに見蕩《みと》れている。口は閉じたままである。つまりいまのは思いの台詞《せりふ》なのだ。

「だ、だいじょうぶです。ひとりで立てますから」

そそくさと立ちあがったものの、アッパレちゃんは少しよろけてしまう。

「おっと、いけない」

アッパレちゃんが倒れぬよう、彼女の右腕をソラオがぐっと握って支えた。その拍子に顔がぐっと近づく。

「あ」「あ」

ふたりの声が揃う。モニターが真っ黒になり、ツアー客から拍手が沸き起こる。どうしてと思いつつ、秀子も手を叩いた。

ここは恵比寿《えびす》にある録音スタジオだ。アニメやゲームのアフレコのみならず洋画の吹き替え、テレビやラジオの番組あるいはコマーシャルのナレーション、企業VP、WEB動画、ドラマCD、オーディオブックなど、多岐に渡る音声収録がおこなわれている。

ＪＲ恵比寿駅から徒歩五分程度の、十階建てでしゃれたつくりをしたオフィスビルの三階に、そのスタジオはあった。

ビルのエントランスはだだっ広く、サラリーマンやＯＬなどが多く行き交っており、三十人もの外国人を引き連れていくと、さすがに注目を集めた。秀子自身もだ。バスガイド姿にアヒルの旗を掲げているのだから、ある意味、ツアー客達よりもその場にそぐわなかった。

企画の段階では収録の現場を見学するのみだった。だったらいいところがありますよ、と紹介してくれたのは龍ヶ崎である。そしてアニメの収録をしているときに、女おすぎとふたり、下見させてもらった。

十人近くの声優が三本のスタンドマイクを奪うようにして、入れ替わり立ち替わり、台詞を言っていく光景は物珍しかったし、肝心のアニメが完成しておらず、モニターには下書きどころか、丸と点のキャラが右往左往するだけだったのに驚きもした。女おすぎなどは好きな声優がいたらしく、終始、興奮気味だった。

しかし秀子は最初の十分、いや、五分で飽きてしまった。面白いとは思うが、満足度は低いといったところだ。しかもそのあと、スタジオのスタッフと打ちあわせをしたところ、有名なアニメや人気声優の収録は見学できないことがわかった。逆にそういったときはツアーを避けてほしいとまで言われたのだ。

だったらと、秀子はツアー客がマイクの前に立つのは可能かどうか訊ねた。一言二言でいい、少しでも声優気分を味わってもらうためである。フィギュア製作とおなじく、ぼんやり眺めているよりも、自分でやったほうが楽しいはずだと思ったからだ。

　スタッフは承諾してくれた。ただし問題が残った。アフレコをするアニメをどうするかだ。既存のモノは使えないとスタッフに言われてしまった。使ったことが知れたら、ウルサイところは文句を言ってきかねないというのだ。フィギュアのことで、緒方が言っていたのと、まるきりおなじ理由である。

　どうしたものかと女おすぎと悩んでいたところ、龍ヶ崎から秀子に連絡があった。会社に電話があり、折り返ししたところだ。

なんだったら、そのツアー専用にアニメをおつくりしましょうか。

思いも寄らぬ申し出に、秀子は戸惑った。

フィギュアだけでなくアニメもつくれるのですか。

　ぼくがつくるんじゃありません。ウチの社長、新宿にある専門学校の非常勤講師をしてて、フィギュアについて週二回教えにいってるんですよ。そこはアニメ製作や声優のコースもあって、おなじ講師でアニメを教えているひとが、ぼくの描いたアッパレちゃんをとても気にいってて、彼女を主人公にアニメをつくってみたいと言ってくれたそうなんです。一分もあればいいですか？

かくして出来あがったのが、いま流れていたアニメだ。大阪のオバチャンぽい声優は、緒方とおなじ専門学校で講師を務めている。この道云《うん》十年のベテランで、手本があったほうがやりやすいでしょうからと、これもまた龍ヶ崎が緒方に働きかけて紹介してくれたのだ。

ソラオの声も本職の声優のはずだった。ところが別の仕事からの移動中、渋滞にまきこまれ、大幅に遅刻するとのことだった。ここに着いた途端、スタッフに言われ、こまりはてていたところだ。

俺がやってやるよ。

本多が代役を買ってでた。秀子は我が耳を疑った。それはそうだ、これまで彼が積極的になにかをするところなど一度もなかったからである。

本多は本職を相手にどうにかこなしたものだ。お世辞にもうまいとは言えない、見本とは言い難い出来だった。声は上擦っていたし、ペラ一枚の台本を持つ手は震えていたくらいだ。それでもおわった途端に拍手が沸き起こったのは、じょうずにできなくて当然、チャレンジすることに意義があるのだと、みんなに勇気を与えたからだ。本多もそのことに気づいたらしく、照れ臭そうに笑っていた。

ふたたびモニターに築地本願寺の全景があらわれた。そして駐車場。アッパレちゃんの登場だ。

「オーライオーラァイ」

不自然なまでの甲高い声に、ツアー客の何人かがプッと吹きだしてしまう。そればかりか、笑いだすひとまでいた。無理もない。アッパレちゃん役が混ぜるな危険なのだ。

「ストォップゥゥ」

スピーカーから声がした。音響監督だ。アニメの仕事に携わっている本物である。五十歳前後の彼もまた緒方とおなじ専門学校の講師だ。頭に巻いた赤いバンダナは、ジャック・スパロウを意識しているようだが、ラーメン屋の親父にしか見えなかった。彼は分厚いガラスのむこうのミキサー室にいて、そのうしろにもツアー客がずらりと並んでいる。こちらの録音ブースと半々に分けてあるのだ。

「エブリバディ、ドントラフですよぉ」英語と日本語をチャンポンで言う音響監督本人も、必死に笑いを堪《こら》えているのは明らかだった。「もう一回、ワンモア・プリーズお願いしますぅ、ティクツーねぇ」

アフレコ体験はアッパレちゃんとソラオくんの二人一組でおこなう。いっしょにツアーに参加している仲間と組むのがふつうだ。同性同士であれば、声優のどちらかが相手を務めてくれた。

ところがハラキリズの四人は男性ふたりずつで組んでいた。つまり混ぜるな危険の相手役は、おなじハラキリズのメンバー、家内安全なのだ。

「オットォ、イケナアイ」

家内安全が言った。ぎこちないが情感はこもっていた。モニターではアッパレちゃんとソラオが見つめあっている。

「ア」「ア」

混ぜるな危険と家内安全の声がきちんと揃った。

「オッケー。ベリィグッドでぇす」

しばらく間があってから、スピーカーを通して音響監督が言うのが聞こえる。ハラキリズのふたりは胸を撫で下ろす。

「ネクストはどなたぁ。スタンバイ、プリーズ」

二組目、マイクの前に立ったのは、イタリア版さくらと一郎だった。ふたりともモジモジしながら緊張の面持ちだったのが、いざ本番になると見事に演じ切っていた。驚いたのは一郎の声は低音でやたらに渋かったことだ。ソラオのキャラクターには全然あっていなくても、聞きごたえは十分だった。

ちなみに自分の声を吹きこんだアッパレちゃんのアニメは、本人のパソコンあるいはスマートフォンへ、その日のうちに送信していた。

せっかく録音したものを、そのまま放っとく手はありませんよ。なんでしたらぼくが、録音スタジオにかけあってあげましょう。

フィギュア製作体験の打ちあわせを詰めているあいだ、龍ヶ崎がそう言いだし、後日、秀子達と録音スタジオへでむき、交渉してくれた。はじめのうちこそ渋っていたスタッフも、しまいには龍ヶ崎の説得に折れたようなものだった。

オタクツアーは龍ヶ崎がいろいろとあと押ししてくれなければ成立しなかったのは、ぜったいだ。向島に足をむけては寝られない。

ビビット・コム本社で九割九分、龍ヶ崎につくってもらったアッパレちゃんの頭はポシェットの中だ。電子レンジでチンしたあと、割り箸から引っこ抜き、ちょうどぴったりの半透明なケースに収め、ツアー客みんなが持って帰れるのだ。これまた龍ヶ崎の提案だった。

つぎからつぎへと、ツアー客達がアッパレちゃん、あるいはソラオを演じていく。

「メッチャクッチャ、アタシノタイプウゥ」

モニターの中で、アッパレちゃんが心の声を漏らしている。いま演じているのは、韓国人の企業戦士軍団のメンバーだ。情熱的で押しが強い。「萌え」ではなく、「燃え」だ。でもこれはこれでアリかもしれない。

秀子はモニターに目を移す。転んだままでいるアッパレちゃんを見て、自分には似ていないと改めて思う。描いた本人、龍ヶ崎にたしかめればいいだけだ。フィギュア製作体験でその機会はあったものの、結局はできずじまいでおわってしまった。

おなじアッパレちゃんにソラオでも、十人十色というか百花繚乱にして千差万別、演じるひと達によって、まるでちがっていた。日本人向けのツアーでも同様の体験がおこなわれており、秀子は何度となく見ているが、これほどまでバラエティに富んでいない。国がちがうのだから当然にせよだ。

そしてまた個々が好き好きにやっていながらも、ぜんたいの一体感ときたら、ハンパではなかった。同好の士には国境などないも同然なのだ。そんな彼ら彼女らを結びつけているのが、日本のアニメであることに、秀子は喜びを感じていた。なるほど、これがクールジャパンかと納得できなくもない。

前半の十五人がおわり、モニター室と録音ブースのひと達が入れ替わる。そこにようやくソラオ役の声優が到着した。

後半のトップは中国人の留学生だった。三人とも女性なので、ソラオ役は声優にお願いすることになっており、彼はマイクの前でスタンバっていた。ところがだ。

「大変申し訳ないのですが、ひとつ、お願いを聞いていただけないでしょうか」留学生のひとり目が流暢《りゅうちょう》な日本語で言った。「ソラオの役を本多さんにしてもらいたいんです」

「俺？」

壁際に立つ本多が自分を指差していた。突然のご指名に驚きが隠しきれないというより、それをうまいこと演じているふうに見えなくもない。

「ご本人さんさえよければ、いいですけど」

音響監督がそう言う間にも、本多は壁際から前にでてきていた。結局、中国人留学生のお嬢さん方みんな、彼が相手を務めた。三人目ともなると、本多も慣れたものだった。ペラ一枚の台本を一度も見ずに、モニターのほうをむいたままで、ソラオの台詞が言えていた。ガイドをしているときより活き活きとして楽しそうだ。

「どうもありがとうございました」

中国人留学生三人に揃って礼を言われ、にやけるのをこらえている本多を見て、きっとそうにちがいないと秀子は確信した。

お調子者で単純。それを隠そうとしてもこぼれでてしまうところまで、秀子に似ていた。

認めたくないけどね。

「ネクストがラストです。スタンバイ、プリーズ」

モニター室から見て右側のマイクがソラオ役のだ。その前にディカプ似オが立つ。

そしてアッパレちゃん役のマイクまで杖を突きながら、ゆっくりとした足取りで近づいていくのは、蝶々夫人である。

バスの中でだれとペアを組むか、訊いてまわった。するとディカプ似オが隣に座る蝶々夫人を指差したので、秀子はうっかり「リアリィ?」と言ってしまった。ふたりでツアーに参加しているにせよだ。九十歳のオバアサンが萌えキャラを演じるなんて。ツアー客のみならず音響監督をはじめとしたスタッフ達も、ディカプ似オより蝶々夫人に目がいっていた。これからなにが起きるのか、だれも予想ができていないのだろう。固唾《かたず》を飲んで見守っているといったところだ。

とうの蝶々夫人はといえば、マイクの前に立つと、ぴんと背筋を伸ばした。その姿たるや、堂々たるもので、微塵《みじん》も緊張しておらず、威厳すら感じられた。

彼女の背にマイクの高さをあわせた豹柄服の声優に、杖を預ける。そして巨大なサングラスを外して胸ポケットに入れ、首から下げたチェーン付きの銀縁眼鏡に取り替えてから、右手に持った台詞の紙を構え、いつでもどうぞとばかりに、モニター室に目をむけた。その一挙手一投足ときたら、やたら芝居がかっているのに、少しも不自然ではない。

「ス、スタンバイ、オッケーですね。ス、スタートさせていただきます」

音響監督がひとり慌てている。蝶々夫人に気押されてしまったにちがいない。

「オーライオーラァイ」

嘘でしょ。

秀子は息を飲んだ。自分と同様、蝶々夫人の第一声にだれもが驚いているのもわかった。若々しくて愛らしい声だった。

「いったぁい」

「ス、スミマセン。シャシントルノムチューデシタ。ホントゴメンナサイ」

ディカプ似オは片言なうえに棒読みだ。ところどころ台詞がちがい、アニメと全然、口があっていない。でもいまは彼のことなんて気にしていられなかった。

「ダイジョーブカ」

「は、はい」

恥じらいつつ、可憐に答えるその声は、艶っぽさも含んでいる。そしてその直後だ。

「メチャクチャ、あたしのタイプゥゥウ」

直前のとは打って変わり、底抜けに明るい声になった。でもつぎの台詞はまた元の調子に戻る。

「だ、だいじょうぶです。ひとりで立てますから」

メリハリがあるどころか、変幻自在だ。いわゆるアニメ声ではないし、全然萌えキャラでもない。ごく自然体の演技で、アッパレちゃん自身がいまここにいるかのようだった。

そしてなによりも日本語がうまい。うますぎる。中国人の留学生達も流暢なものだった。しかし蝶々夫人は上手に使いこなしている感じがしてならない。

非常階段の踊り場で少しだけ言葉を交わしたときも、神田川や万世橋、昌平橋などを元から知っているようだった。

それにそう、あのとき唄っていた鼻歌。日本人だって知るひとが少ない小唄だった。

このひと、もしかして。

9　すっごくミライ

韓国人の企業戦士軍団五名、中国人留学生三名、イタリア版さくらと一郎、ドレッドヘアちゃんにもやしっ子とマッチョ、ハラキリズ、それからと。

ツアー客が三十名揃っているかどうか、秀子は指折り数えていく。横三列に並び、いちばん前がしゃがんで、真ん中は中腰、いちばんうしろは立ってもらっている。これから集合写真を撮るのだ。

ここはお台場の一角、位置としてはフジテレビ本社の裏手にあたる。秀子の右手には大観覧車が見えた。そしてツアー客が並ぶ背後にはガンダムがいた。

正式名称はRG1/1RX－78－2ガンダムVer．GFTである。「立ちっあっがぁれぇ、ガンダァムゥウウ」という歌どおり、立ちあがっていた。凄い重厚感で、見る者を圧倒する。さすがは1/1だ。ぜんたいに薄汚れているのもいい。リアルさが増して、いつ歩きだしてもおかしくない雰囲気を醸しだしている。ガンダムについて、ほとんど知らない秀子でも、このガンダムを仰ぎ見る度に、テンションがあがった。

ガンダムの背中にそびえ立つのは、ダイバーシティ東京プラザである。二〇一二年四月にできた臨海副都心地区最大級の複合商業施設で、東京の新名所と呼んでいいだろう。八階建てのビルの中には、国内外の人気ブランドが百五十店舗以上も集結、フードコートやレストランも充実しており、ボウリングやカラオケ、ゲームセンターなどまであった。

このOTAKUツアーでは、ガンダム前で集合写真を撮影したのち、六時三十分まで自由行動となる。たぶんツアー客のほとんどは七階にあるガンダムフロント東京へむかうはずだ。

なにしろガンダムシリーズの名場面や新作CGなどが鑑賞できる巨大なドームシアター『DOME-G』をはじめ、『機動戦士ガンダムSEED DESTINY』の主要モビルスーツの1/1サイズの胸像、ファースト・ガンダムのラストシーンを忠実に再現した、これまた1/1サイズの剝きだしのコックピット内部などの巨大展示物、ガンダムシリーズのキャラクターと記念撮影ができるコーナー、絵コンテや原画、資料などの展示などなど、ガンダムづくしの施設なのだ。

ここまで秀子が詳しいのは、日本人向けのオタクツアーでも、ダイバーシティ東京プラザに何度となく訪れており、その説明をうんざりするほど繰り返し披露しているからにほかならない。

ガンダムの立像をバックに集合写真を撮るのは、郷田《ごうだ》写真の三代目である。四十歳そこそこだが、秀子がバスガイドをはじめたときから、風貌は変わっていない。若々しいというか青臭い。

あと一時間もしないうちに陽は沈む。あたりはだいぶ薄暗い。そのため写真を撮るのに、ライトは四灯も必要だった。投光器なるものも一灯、準備してあった。

その郷田は撮影に至る最終確認に追われている。彼ひとりではない。助手がいた。女性だ。郷田の奥さんである。彼もまた数年前、小田切とおなじ頃に結婚したのだ。しかも昨年には四代目も生まれている。

奥さんは郷田写真でアルバイトをしていた女子大生だった。ジーンズ姿でコマメに動きまわるその姿は、人妻で子どもがいるようにはとても見えない。

まったくどいつもこいつも、うまいことやりやがって。

「デコさん、みなさん揃っていますかぁ」

三代目に訊かれた。露出を測るために、ツアー客の間近まで寄ってきていたのだ。

「はぁい、オッケー」

ではなかった。ツアー客は全員揃っている。しかしひとり足らなかった。本多だ。少し離れたところで、ブラついている。

「なにやってんですか、本多さん」

「なにもしちゃねぇけど」

胸張って言うことか。

「集合写真、撮りますよ」

「知ってるさ。ちゃっちゃとやっちまってくれ」

「あなたも入ってください」

「なんで知らないひと達と写らなくちゃいけねぇんだ。意味わかんねぇよ」

いちいち腹立つわぁ。

本多の言うことも一理ある。秀子だってずっとそう思っていた。しかしこれも仕事だと諦め、バスガイドになって十二年、ツアー客と撮った集合写真は千枚を軽く越えている。三代目ができた集合写真をタダでくれるのだ。

寮が旅館になる際に処分するつもりが、新人の頃からのを一枚ずつ見ていると、そんな気はきれいに失せた。築地市場や浅草雷門、東京タワー、東京スカイツリー、新宿高層ビル街などなど、東京のあらゆる場所で撮影している。

秀子自身はいつもいちばんうしろの左端だ。アクビをしていたり、半目だったり、髪の毛がボサボサだったりするときもあるが、たいがいは澄ました顔で収まっており、代わり映えしなかった。一枚一枚に思い出が詰まっているかと言えば、そんなこともない。ただそれでもつづけて見ていくうちに、これぞ自分の生きてきた証《あかし》だと思えてきた。ツアー客にすれば記念だが、秀子には記録だったのだ。

なんて話をいま本多にしている暇はない。したところで、だからなんだと聞き返されるのが関の山だ。説得するにも時間が惜しい。諦めて放っておくか。しかしそれも悔しかった。

「デコさん、撮っちゃいましょうよ」すぐそばで三代目が言った。「いつものことです。今日はまだ、近くにいるだけマシですって。ひどいときなんか、バスガイドさんとぼくに任せて、あのひと、さっさとどっかいっちゃいますからね」

その口ぶりからして三代目もまた、本多にイイ印象を持っていないようだ。こんな彼ははじめてだ。人当たりのよさは抜群で、親の代からのお得意様であるアヒルバスの社員を悪く言うことなど、いままでぜったいになかった。

本多恐るべし。ある意味、感心するよ。

いい加減、時間を無駄にはしていられない。ここいらで諦めるかと思ったときだ。「ホンダァ、カモォン」混ぜるな危険が吼《ほ》えるように言った。悪い子いねがと子どもを脅すナマハゲとほとんど変わりがない。「オレ、オマエ、シッテルゥ。シラナクナイ。ホンダッ」パパパンと手を叩く。「カモンッ」パパパン。「ホンダッ」今度はハラキリズ四人揃ってだ。パパパン。「カモンッ」他のツアー客もしはじめる。「ホンダッ」パパパン。「カモンッ」パパパン。「ホンダッ」パパパン。「カモンッ」パパパン。「ホンダッ」パパパン。「カモンッ」

ガンダムを見にきた周囲のひと達も、時ならぬ本多コールに何事かと目をむけている。

「あたし達のこと、知らないひとだなんてひどいヨ、本多さん」中国人留学生のひとりが言った。

「こっちぃきて、なかよく写りましょ」べつのひとりがつづけて言う。

「早く早くぅ」さらにもうひとりが言い、いちばん前のセンターを占めていた三人は揃って手招きしている。

ツアー客のみんながみんな、どうしても本多とおなじフレームに収まりたいわけでもあるまい。あくまでもその場のノリで、本多コールをしているまでだろう。悪ノリもいいところだ。

それでも世界各国から偶然にも一堂に会したひと達が、笑顔で声を揃えて手拍子をする光景に、秀子は感動してしまった。三十人だれしもが、いまこの瞬間を楽しんでいるのはぜったいだ。まさしくお客様の喜びはバスガイドの喜びである。

「わかった、わかった。ったく、うっせぇなぁ」

とうの本多はうれしいにちがいないのに、その感情をできるだけ表にださぬよう、堪えているようだ。遂には面倒くさそうな素振りをしながら、小走りでむかってきた。歓声が起き、中国人留学生に招かれるまま、彼女達のあいだに入った。

おい、それじゃ、あんたがセンターになっちゃうじゃんかよ。

注意してもよかったが、せっかくの盛りあがりに水を差す気がしたのでやめておいた。

「なにしたんです、あのひと」

三代目が驚きを隠しきれずにいた。目の前の出来事が信じられないようだ。

「ツアー客に交じって、フィギュアの顔をつくったり、声優の代わりに演じたり。それが」悔しいことにと言いかけ、咳払いをしてごまかした。「どっちも悪くない出来で」

「マジですか」三代目は呆《あき》れ顔だ。「あのひと、アニメを毛嫌いしてたんですよ。ここにきたときは決まって、あのガンダムのことをけなしていたんですから。実物がないのに実物大なんて、ちゃんちゃらおかしいとか、所詮は首しか動かねぇじゃんかとか、こんなもんありがたがるヤツらの気が知れねぇとか、なにがクールジャパンだとか、さんざっぱら言ってたのに」

ところかまわず、どこでも毒を吐き散らしていたのだな。そんな本多がツアー客に呼ばれ、歓迎を受ける姿を見れば、だれだって混乱しているにちがいなかった。

「郷田さん、写真を」

「無駄話をしている場合ではありませんでしたね」

三代目は駆け足でカメラにむかう。撮影の準備はできている。三脚の上のカメラには、赤ちゃんの頭ほどのストロボが取り付けてあった。秀子はいつもの位置につく。最後列の左端だ。

カメラのうしろで三代目が、ツアー客に英語で呼びかける。右手の指を三本立てているのは三つ質問がありますよ、ということにちがいない。第一問が3ひく1は？　第二問がルート4は？　第三問は1たす1は？　といずれも答えが2だ。郷田写真では写真を撮る際、代々この台詞である。それを三代目は英語に訳して暗記をしたらしい。べつのツアーで、本人から聞いたのだ。彼もまたビビット・コムの社長の緒方とおなじ、ぎこちないカタカナ英語だった。それでもどうにかわかってもらおうと必死さが伝わってくる。

「スリーマイナスワンイコォォォルゥズ？」

「ツウゥゥゥゥウ」

みんなに混じって答えながらも、秀子はひっかかることがあった。日本語で「2《に》」と答えるから、口がにっこり微笑んだ形になる。そのためにしているはずではないか。

しかし英語の「2《ツー》」では口がつぼんでしまう。

いいのかな。

でも「ハイ、チーズ」の「ズ」もそうだ。このあたり、いつか三代目にたしかめてみよう。

「エブリバディボイスダズントハブマッチボリューム。プリーズモアモアパワフルボイス、オーライ？　スリーマイナスワンイコォォォルゥズ？」

「ツゥゥウウゥゥウッ」

「ベリィィイナァァイス」

三代目は満足げに頷き、両腕で大きく丸をつくった。ツアー客には大受けだ。秀子も笑ってしまう。

そのとき目の端に気になるものが見えた。蛍光ピンクのミディアムコートにピンクのスパッツ、そしてピンクのキャリーバッグを引きずった女性が、凄い勢いで走っていたのだ。彼女が目指す先はあきらかに秀子達だった。そのうしろをやはり全身ピンクの四、五歳くらいの女の子が追っかけていた。

「ママアァア、ママァアアァ、待ってママァアア」

女の子の声のするほうに、ツアー客の何人かは顔をむけ、全身ピンクのママにも気づく。

「やっべっ」そう言って立ちあがったのは本多だった。

「コオォォウゥォオタァアア」

ピンクママが叫ぶ。

コウタ。光太か。本多の名前だ。

「どういうことなの？」

秀子は列の前にでた。本多に話を聞こうと思ったのだ。ところが彼ときたらだ。

「ションベンいってくる」

そう言った途端、駆けだした。蛍光ピンクのママとは反対方向へだ。

「ナゼ逃ゲル、コウタッ」

「おまえが追っかけてくるから、どわっ」

ピンクママが片言の日本語で叫んだ瞬間、本多がすっ転んだ。真下にカエルがいたら、服に張りついていたほどの見事な転びっぷりで、俯《うつぶ》せのまま、動かなくなっていた。そんな彼の左脚になにかが引っかかっている。

杖だった。

蝶々夫人のだ。彼女は最前列のいちばん端にいた。ピンクママが助けを求めるより前に、杖を突きだしたのではないか。

「コウタッ」本多のところまで辿り着いたピンクママはしゃがみこみ、彼を抱き起こした。白目をむいている。「ダイジョーブカッ。シッカリスルヨッ。アンタ強イ男ッ」

「ママッ、ママッ」

女の子が遅れて到着した。よく見れば彼女はプリキャラピンクの衣装に身を包んでいる。ビビット・コムの社員のようにコスプレをしているのではない。子どもむけにそうした既製品の服があるのだ。背負ったピンク色のリュックサックでも、プリキャラピンクがポーズを決めている。

「パパしんじゃったの？　ねぇママ、パパしんじゃったの？　しんじゃいやだよパパ。パパしんだらさびしいよ。かなしいよ」

女の子はその場に立ち尽くし、わんわん泣きだしてしまった。

秀子は為す術もなく、三人を見つめていた。三代目やツアー客達もだ。突然の事態にみんなの思考が停止したのかもしれない。

「しっかりおしっ」

その声にプリキャラピンクちゃんは、びくりと身体を震わせた。ピンクママもだ。秀子もだった。

「いつまでもピーピー泣いてるんじゃないよ。おまえのパパは死んでなんかない。気を失ってるだけで、しばらくすりゃ、目を覚ますさ」

捲《まく》したてたのは蝶々夫人だ。バリバリの日本語だ。しかしいまとなっては秀子も驚きはしなかった。むしろ当然にすら思う。

「で、でも」プリキャラピンクちゃんは両手で涙と洟《はな》を拭いながら、蝶々夫人を上目遣いで見ている。勝気そうな子だ。秀子はそんな彼女に好感を持った。「パパ、おメメ、とじてるわ」

「水、あったろ」

蝶々夫人が言うと、ディカプ似オは彼女にペットボトルを渡した。い・ろ・は・すのももだ。キャップを外し、中身を口に含んでから、蝶々夫人は腰を曲げる。そして本多の顔めがけ、い・ろ・は・すのももを吹きかけた。

「ひひゃはぷはぁあ」

妙な声をあげながら、本多が瞼《まぶた》を開く。

「パパッ」「コウタッ」

全身ピンクの母子に抱きつかれ、本多は目をぱちくりさせるばかりだった。

「ワンプラスワンイコォォルゥウズ？」

「ツゥウウウ」

三代目の第三問に答えた途端、ストロボが光った。騒動のあと、改めて集合写真の撮影をおこなったのだ。本多はセンターではなく、秀子の隣に立っている。

「オッケーでぇえす。エブリバディ、ベリベリナイスゥ。お疲れ様でしたぁ」

「本多さん」

秀子の呼びかけに本多はゆっくり顔をむけた。前髪とシャツの襟はまだ濡れており、かすかに桃の香りが匂う。その目が虚《うつ》ろで惚けていた。魂を抜かれたとまでいかずとも、いまここでなにをすべきか、忘れてしまったかのようだ。

「いまから自由行動ですが、十分後にガンダムの頭が動きますって、言ってください。それと六時三十分にはここにまた集合だってことも」

「あんたが言えばいいだろ」

「あたし、英語できませんもん」

「ああ、そうだったな」

秀子に言われたことを、本多は英語でツアー客達に伝えた。なんとも覇気のない声だが、どうにかみんなに通じたようだ。

つづけて三代目がしゃべりだす。これまた英語である。いま撮影した集合写真をお求めになる方は、これよりチケットをお配りします。一枚八百円です。ツアー終了後、江戸前ハウスにてチケットと引き換えにお渡しします。たぶんそう言っているにちがいない。ツアー客のほとんどが三代目に近づき、彼の配るチケットを受け取っていた。

「コウタッ」

全身ピンクの母子が本多に近づいてきた。どこへもいかずに三代目のうしろで待っていたのだ。

逃げないまでも、本多は露骨に迷惑そうな顔で、ピンクママになにか言った。異国の言葉だったため一言たりとて理解できないにせよ、スマートフォンで話していたのと、おなじ言語だとはわかった。

それにしてもキツい口ぶりだった。ピンクママは萎縮《いしゅく》して、小さく縮こまっている。プリキャラピンクちゃんは顔をくしゃくしゃにして、ふたたび泣いてしまいそうだ。ツアー客達が足をとめ、心配そうに三人を見ている。

今朝から本多にはいろいろ不愉快な思いをさせられてきた。でもいまがいちばん許せない。無性に腹が立ってならず、遂には我慢できなくて、秀子は本多の前に立ちはだかった。

「なんだよ」

「そのへんでやめといたらどう? 可哀想じゃない」

「うっせぇな。あんたにも責任の一端はあるんだぞ」

「なんであたしがよ」

「俺のスマホ、取り上げるから、こんなややこしいことになっちまったんだ。俺が電話にでなくなって、シカトされたのかと不安になって、いてもたってもいられなくなって、こうして仕事してるとこまで押しかけてきちまったのさ」

秀子は怯《ひる》んだ。どう言い返せばいいのか、わからなくなったのだ。

「ママとあたし、アサの八じにニホンにきたの」プリキャラピンクちゃんが言うのが聞こえた。秀子は振りむき、彼女を見る。「パパ、おやすみだから、むかえにきてくれるっていってたんだけど、キューにシゴトがはいっちゃって、だからおむかえ、ヨルの八じになったのね。それまでママとあたし、クーコーでまつことにしたんだけど」

朝の八時を夜の八時に変更したうえにだ。

「十二時間も空港で待たせるつもりだったの？」

「しようがねぇだろ。バネッサは日本がはじめてで、右も左もわからないんだからよぉ。ウチは俺が鍵を持ってて入れないし、他にどこもいかせようがなかったんだ」バネッサはピンクママの名前だろう。「だけどどうして俺がここにいるのがわかった？」

「そんなのカンタンよ」プリキャラピンクちゃんが自慢げに言った。少し胸を張ってさえいる。「パパ、あそこのガンダムのシャシン、まえにおくってくれたでしょ」

「うん、ああ」

「ママのスマホで、アヒルバスのサイトをみつけてね。パパはエーゴがじょーずで、ニホンジンじゃないひとたちのガイドしてるって、おしえてくれたの、あたし、おぼえてたの。だからアヒルバスのサイトをみて、このコースで、このジカンだったら、ここにいるってわかったんだ」

「どうやって成田空港からここまでこられた？　それもスマホで調べたのか」

「あちこちで、ひとにきいたの。みんなシンセツにおしえてくれたわ。ねぇ、ママ」

ピンクママことバネッサは困り顔で頷《うなず》くだけだった。

「エクスキューズミー」

蝶々夫人だ。秀子に話しかけてきた。他のツアー客はもういない。ディカプ似オも彼女に付き添っていなかった。近くにいるのは、チケットを配りおえ、機材の片付けをしだした三代目だけである。

「アイウァントトゥスモーク」

「おばあちゃん、なんでエーゴなの？」プリキャラピンクちゃんが不思議そうに訊ねた。「さっきはニホンゴしゃべっていたよね」

「あら、やだ。そうだったかい？」

蝶々夫人はおかしそうに声をだして笑った。

「うごいてる、うごいてる」

プリキャラピンクちゃんことミカは大はしゃぎだ。名前はいまさっき教えてもらった。漢字で美花と書くこともである。秀子も自己紹介をした。本名だけでなく、デコと呼んでちょうだいと付け加えた。

「すっごぉおぃ。ほんとにうごくのねぇ」

動いているのは、こちらに背をむけた実物大ガンダムの頭だ。

こっから見るのは今日がはじめてだな。

秀子は思う。いまいるのはダイバーシティ東京プラザの三階にあるタリーズコーヒーだ。そのテラスにミカとふたりである。

ガラスのむこう、店内ではひとつのテーブルを蝶々夫人と本多、そしてバネッサで囲み、三人とも揃って煙を吐きだしていた。喫煙席なのだ。蝶々夫人とバネッサがじつの母子で、本多がお婿さんにしか見えない。

「つぎはどこがうごくの？」

「動くのは頭だけ」

「テをあげたり、あるいたりは？」

「しないわ。だからあれでオシマイ」

「アタマだけかぁ」ミカは改めてガンダムに目をむける。まるで納得してないようだ。

「でもそのうち、テアシもうごくのよね」

「うん、まあ」これ以上、がっかりさせるのもなんなので、秀子は嘘をついた。

「いつうごく？　わかった。とーきょーオリンピックのときに、うごくんでしょ。そうでしょ」

「そうね。その頃にはこのへん、どしんどしん歩いていると思う」

いくらなんでも調子あわせすぎだろ、あたし。

だがもう嘘だとは言えない。ミカの目がキラキラ光っていたからだ。こんな顔を昔、見たことがある。語尾に「ござる」をつけていた、幼い頃のカオルだ。昨夜、無造作に高級チョコを食べていた彼も、声変わりなんかした日には、さらに変わってしまうのだろう。寂しい限りだ。

「日本語じょうずなのね、ミカちゃんは」

「パパにおそわったの。むこうでもウチにいるときは、ずっとニホンゴだったもの。それにDVDとかパソコンのドーガで、ニホンのアニメもたくさんみていたし」

「アニメはやっぱ、プリキャラが好きなの?」

「うん」ミカはにっこり微笑んだ。「このおフク、パパからのバースデイプレゼントなのよ。ムカシのアニメだから、グッズはうってなくて、ネットオークションでかってくれたの」

昔といっても五、六年前だ。ただしその頃には一歳になるかどうかだったミカには大昔にちがいない。

「だけどね。パパはアニメ、ほんとは、あんまりすきじゃないの」

OTAKUツアーの際、参加者にむかって、アニメや漫画だけを日本の文化だとは思わないでくれと、本多が唐突に言いだしたという話を、秀子は思いだす。

「コドモのころはスキだったんだって。おっきくなってからは、ガッコーにいって、アニメのベンキョーして、アニメのカイシャで、はたらいたこともあるの。だけどゼンゼン、おカネにならないし、つくりたいものがつくれるわけでもないから、やめちゃったっていってたわ」

その反動で嫌っているのか。大いにあり得ることだ。本多の気持ちがわからないでもない。秀子も高校の頃まではアイドルになりたかった。だからいまのアイドルは好きではないし、彼女達が唄う曲よりも、昭和の歌謡曲を好むのではないかと最近思う。ひとはなかなか過去を捨てられないものなのだ。

「かぁわいいだけぇじゃ、ダァメなのぉよぉ」

突然、ミカが唄いだした。『プリキャラ魂』だ。しかもくるりとまわって、踊りまではじめている。

「えぇぇえ？」

秀子は人差し指を頰につけ、首を傾げてみせる。ミカは意外そうな顔つきをしながらも、歌いつづけた。

「つぅよくなくっちゃ、ヤッてけない」

ミカはガッツポーズをとって、ステップを踏んでいる。彼女もまた踊りを完璧に覚えているようだ。

「ホントにぃ？」

負けていられないわ。

子ども相手だし、勝ち負けもあったものではない。それでも秀子は意地になり、腰に手をあてミカとステップを踏む。

「そぉれがトーセツのオンナァノコォ」

「まぁタイヘン」

そこから先はプリキャラピンクとグリーン、声を揃えて唄うパートだ。

♪白馬の王子様なんて当てにしない
自分のピンチは自分でカイケツ
あなたのピンチもあたしがカイケツ
トーザイナンボクどこへでも
こまったひとがいたならば
あたしが白馬にまたがって助けにいくの
それがプリキャラ魂
そぉれがプゥゥリキャヤアラソォォルゥ（ってものよぉ）♪

秀子は右へ、ミカは左へくるりと一回転してピタリと止まって、ポーズを決めた。三十過ぎてなにやってるんだと思わないでもない。

でもいいんだ。これがあたしだもん。

「とってもじょうずだったわ、デコさん」

「ミカちゃんもよ」

肩で息をしながら答える。カラオケで踊ったあともいつもこうだ。女おすぎをはじめ、後輩バスガイドにオバサン扱いされ、あんた達だってじきに三十路よと言い返すのが、毎度のパターンだった。

ミカが手を振っている。喫煙席にむかってだ。バネッサと蝶々夫人が手を振り返す。本多は秀子が返したばかりのスマートフォンをこちらにむけていた。写真を撮っているようだ。動画かもしれない。

唄い踊っていたの、動画で撮られてたらどうしよ。どうしようもないけど。

「デコさんもパパとおなじ、アヒルバスのシャインさんなのよね」

「あ、うん。そうよ」

「パパはちゃんと、はたらいてる?」

あんたのパパはとんだ疫病神さ。まわりのみんなが迷惑をしているよ。ケケケケケ。

とはえない。

「もちろん」他になんと言えばいい。「会社に入ってまだ一年経っていないのに、とてもよく働いているわ。あたしなんか英語がしゃべれないもんだからさ。今日もずいぶん助けてもらっちゃってるし。まさに我が社にとって救世主よ、救世主。救世主ってわかる、ミカちゃん？」

「イエスさまのことでしょう」

そうなの？

「パパがイエスさまだなんて、いくらなんでもいいすぎよ。ウソにきこえちゃう」

大人びた言い方で、たしなめられてしまった。こんなところも幼い頃のカオルを思いださせる。

「でもうれしいな。パパがちゃんとはたらいて、カイシャをやめなければ、あたしもママもニホンでずっと、くらしていけるもの」

「ニホンが好き？」

「パパとママがすきなの。三にんでいられれば、ミカはセカイのどこだっていい」

泣かせること言うじゃない。

「あっ、でもこれからは四にんになるのよ」

「弟か妹かできるの？」

「ちがうって。おじいちゃんよ。パパのパパ。パパのママはあたしがうまれるまえに、しんじゃって、おじいちゃんはシンコイワでひとりでくらしてたの。でも、えぇと、なんだっけかな。そうそう、ノーイッケツでたおれて、からだがうごかなくなっちゃって、だからパパ、ニホンにかえってきたのよ」

初耳だ。奥さんと子どもがいたことよりも驚きだ。

「それって、いつの話?」

「まえのまえのクリスマスよ。ひとりにしておけないからって、パパはニホンのオウチで、おじいちゃんとくらすことにしたの。それからニホンでシゴトをみつけて、あたしたちをよんだの。ニホンにはもっとはやく、くるはずだったんだけど、ママのママやパパがダメだってハンタイして、それはもうタイヘンだったんだ」

ミカの口ぶりはハキハキとして、楽しそうですらあった。幼い頃のカオルが保育園での出来事を語っていたときのようだ。それでも本多とその家族の苦労が、きちんと伝わってきた。

「おじい様のお加減はどうなの?」

「よくはなったわ。でもじょうずにあるけないんだって。おハナシもむりみたい。だからミカもいろいろ、おてつだいしてあげるつもり。ママのママとパパに、あたしがそういったら、ニホンにいくこと、ゆるしてくれたの」

う。

「えらいのね、ミカちゃんは」

秀子は本心から褒《ほ》め讃《たた》えた。その愛らしさに、ぎゅっと抱きしめてあげたいとも思う。

これが世に言う母性本能か。ちがうな。

「こまってるひとをたすけるのが、プリキャラソウルってものでしょ」

「そうね」おっしゃるとおりだ。

「デコさんっていくつ？」

「三十歳よ」

きみのパパにも今朝、おなじ質問されたよ。

「ママとおんなじトシね」

三十歳でこのくらいの子どもがいてもおかしくはない。だれもがみんな、自分よりもずっと先を走っているのだとつくづく思う。恋も仕事もだ。

「ちょうどいいわ。ママとトモダチになってあげて。ママね、あんまりニホンゴじょうずじゃないし、ニホンでトモダチができるかどうか、シンパイなの。いい？」

「あたしでよければ」

「もちろん。あたしがタイコバンをおすわ」

太鼓判を押すだなんて、日本の子どもどころか、おとなだって滅多に使わないフレーズを、よく知っているものである。アニメの台詞で、でてきたのかもしれない。

「デコさんのきてるフクって、オトナのだけ？　あたしみたいな子どもがきれるのない？」

「これはアヒルバスのガイドの制服なのよ。子どものはないわ」

「かわいいのになぁ」

〈こんなダサい服〉と言っていた浅草今戸神社の招き猫、白子に教えてやりたい。

あれはでも、あたしの脳内アフレコなわけだけど。

「だったらミカちゃんもアヒルバスに入って、バスガイドになればいいわ」

「デコさんはいくつのときになったの？」

「十八歳よ」

「あたしがいま六さいだからぁ」ミカは両手を並べ、指を折り曲げていく。「十二ねんもさきかぁ。すっごくミライだなぁ」

秀子は自分の歳に十二を足す。当たり前だが四十を越えていた。でもミカのように、すっごくミライには思えないのはどうしてだろう。

「ミカ」バネッサがテラスにあらわれた。そのうしろには本多もいる。「カギモラッタ、シンコイワノパパノウチ、イクヨ」

「はぁい。それじゃね、デコさん」

手を振ってから、両親の元へミカはまっすぐ走っていく。入れ替わりに、蝶々夫人が秀子にむかって歩いてくる。なにか用かしらと思い、自分からも近づいた。

「年寄りのわがままをきいてくださらないかしらね」

蝶々夫人は巨大なサングラスから、チェーン付きの銀縁眼鏡をかけ変えていた。レンズのむこうの瞳はつぶらで愛らしい。

十二年経ったら、このひとは百歳越えるのよね。とてもそうは見えないな。

「なんでしょう」

「海が見たいの」その口ぶりは子どもが欲しいものをねだるようだった。「近くでどこかいいところ、ないかしらねぇ」

10　彼女はゲイシャガール

「悪くないわ」蝶々夫人の手には秀子がつくったアッパレちゃんの頭があった。お互い見せあいっこしようと言われ、やむなく渡したのだ。「目なんかうまいもんじゃない。上出来よ」

「ありがとうございます」

ひとまず礼を言う。

「口はもう少しなんとかならなかったの？　わかった。時間がなかったのね」

「え、ええ。まあ」

目は龍ヶ崎、口は秀子自身がつくった。でもそれは言わないでおくとしよう。

秀子の手には蝶々夫人のがある。こちらはアッパレちゃんにしては、えらく上品な顔つきだった。お雛様みたいなのだ。でも悔しいが出来はいい。いや、悔しがる必要はないが。おじょうずですねと褒めたところだ。

「むこうにいってから、趣味で日本人形をつくっていたことがあるのよ。独学の見よう見まねだけどね。孫の誕生日にプレゼントしたり、親戚のだれかの結婚祝いにあげたりしてたら、思いのほか評判がよくて、一時期は近所のひとを集めて、教室まで開いていたわ」

蝶々夫人はふつうに日本語で話している。

『むこう』とはアメリカのことか。ではこのひとはアメリカ人のフリをしていただけ？　だとしたらどうして？　ディカプ似オは何者？

考えだすとつぎからつぎへと疑問が湧きでてくる。だからといって、お客様のプライベートを根掘り葉掘り訊くわけにはいかない。

ダイバーシティ東京プラザから、ウエストプロムナードを通って、船の科学館の裏手にある細長い公園まで十分程度歩いてきた。お年寄りならばもう少しかかるかと思いきや、杖こそ突いていながら、蝶々夫人の足取りはしっかりとして軽やかといってもよかった。

「ひっくちゅん」秀子は小さなくしゃみをした。ヒートテックを中に着ていても少し肌寒かったのだ。

「だいじょうぶかい」

「あ、はい」ポシェットから手拭いをだして、鼻のあたりを拭う。「お寒くありませんか」

「少し冷えるけど我慢できないほどじゃないよ。それにこの国は昔、もっと寒かったもんさ」

この国は昔。いまそう言ったよな。ってことは。

「ここは煙草を吸っても平気かい」

「一応、これを」

またポシェットを開き、携帯用のエチケットケースを取りだす。煙草の灰や吸い殻が捨てられるものだ。

「デコのポシェットからはなんでもでてくるんだね」

蝶々夫人は冷やかすように言いながら、日本人形風のアッパレちゃんの頭をヴィトンのバッグにしまい、入れ替わりに煙草とライターを取りだした。

芝浦埠頭《しばうらふとう》から品川《しながわ》埠頭、天王洲《てんのうず》、そして大井《おおい》埠頭まで対岸に望むことができた。左手には南極観測船宗谷が間近にある。夜の帳《とばり》が下りて、オレンジ色の照明で彩られているその光景は鮮やかでロマンチックだった。

プライベートできたいもんだよ。

できれば男性、それもカレシとだ。

蝶々夫人と並んでベンチに座っているが、まわりにはちらほらとカップルが見受けられた。必要以上に身体を密着させている。一組ずつ、ペッパー警部みたいに邪魔したいところだ。昭和歌謡がお得意の秀子はそう思う。

蝶々夫人は小さな身体をさらに小さく丸め、夜の海をじっと見つめている。やがて煙草の煙を吐きながら、徐《おもむろ》に言った。

「昔、海の近くに暮らしていたのよ、私」

「どちらの海ですか」ここぞとばかりに秀子は訊ねる。

「日本海」やはり日本人だったんだ。そう思っていると、蝶々夫人はこうつづけた。

「私の生まれ故郷ではちがう呼び名だけど」

蝶々夫人が生まれたのは日本海を挟んだ隣の国だった。

「でもね、その頃は日本だったのよ」その頃がいつなのか、秀子には見当もつかない。「小さな港町で、赴任していた日本人の父が、地元に暮らす母を見初め、さほど時間をかけずに相思相愛になってね。周囲の反対を押し切って、結婚をしたのよ。メロドラマみたいな話でしょう?」

「ええ」秀子は深く同意する。羨《うらや》ましくさえなった。これから先、自分にそんな出逢いがあるとは到底思えなかったからだ。

「結婚した翌年には私が生まれたの」母親の国がちがえどミカとおなじく、蝶々夫人もハーフだったのだ。「十歳になるまで、その町で育ったんだけど、父が本社勤務を命じられて、家族三人で日本に住むことになってね」

「日本のどちらですか」

「女の子達がキテレツな格好で接待していた店にいったでしょう。あのあたりに昔、やっちゃ場があって」

「神田青果市場ですね」

〈やっちゃ〉は競りのかけ声で、東京では青果市場をやっちゃ場という。

「そうそう。いつなくなっちゃったんだろ」

「なくなってはいません。平成元年、一九八九年に大田区へ移転したんです」

現在の神田多町《かんだたちょう》あたりに住む河津五郎太夫《かわづごろうだゆう》という名主が野菜の市を開いたのが神田青果市場のそもそものはじまりで、幕府の御用市場として駒込、千住と並び、江戸三大市場の随一と繁栄を極めました。しかし大正十二年（一九二三）に関東大震災により壊滅、その後、火災が燃え広がらないよう、空き地だった秋葉原駅の西北側に昭和三年（一九二八）に移転、さらに六十一年後の平成元年（一九八九）、大田区東海《とうかい》へ移り、大田市場と名を変えています。どんなコースでも秋葉原を通れば、このガイドをするのが定番だ。やっちゃ場という言葉もそうだ。

「最近まであったのかい」九十歳の彼女には三十年近く昔でも、最近だと感じるのかもしれない。「そのやっちゃ場の近所に一軒家を借りて、親子三人で暮らしていたんだよ」

「だから神田川や万世橋、昌平橋をご存じだったんですね」

「カンダリヴァにマンセブリッジ、ショウヘイブリッジだろうよ」

蝶々夫人は笑いを嚙み殺していた。

「どうしてあのとき、英語でしゃべっていたんですか」

「デコが英語で話しかけてきたからよ」

そうだったかな。

「久方ぶりの東京はまるで別世界だったけど、橋だけは昔のまんまだった」

「いつくらいまでお暮らしになっていたんですか」

「三人で暮らしていたのは五年足らず。父が胸を患って、なくなっちまったんだ」

秀子は戸惑った。余計なことを訊いてしまったと、申し訳ない気持ちになるものの、どうしたらいいものかわからず思いあぐねていると、蝶々夫人は話をつづけた。

「母は裁縫の内職をしていたけれど、親子ふたり満足に暮らしちゃいけやしない。それで十五歳のあたしは反対する母を説得したうえで、自ら置屋にでむいて、芸者になることにしたんだ」

「だから小唄を唄っていらしたんですね」

「いつ？」

「秋葉原の店で、煙草を吸っているときです。よりを戻して逢う気はないかぁって」少しだけ節をつけて唄ってみせる。

「知らずに口ずさんでいたんだね。でもデコはどうして小唄なんか知ってるの?」

従妹の晴子が八王子で芸者をしている話を、秀子は手短かに話した。

「いまどき芸者になるなんて、奇特な子だねぇ」

蝶々夫人はおかしそうに笑い、どこからともなくスマートフォンを取りだし、「これ、見てちょうだい」と画面を秀子にむけた。

着物姿のうら若き女子が、ポーズを決めていた。なにかしらの踊りの振り付けかもしれない。モノクロでえらく古びて色褪せてもいた。それでも女の子がだれか、秀子はすぐに察することができた。

「あたし」蝶々夫人が言う。ふふふと含み笑いをしながらである。思ったとおりだ。「半玉《はんぎょく》になったばかりだから、十六のときよ。写真が趣味の旦那さんに撮ってもらったの」

芸者に支払うお金を玉代《ぎょくだい》、その半分だから半玉だ。平たく言えばまだ芸がなっていない若手の芸者さんである。晴子に教えてもらったのだ。

「おきれいですね」

ここは素直に認めざるを得ない。

「芸者になれば、少しは母さんに楽させてあげられると思っていたのが、そうはいかなくなっちまって」

「どうしてです?」

「日本がアメリカとドンパチはじめちまったからよ」

ああ。

「最初のうちこそ、お客に軍人さんが増えて、座敷を掛け持ちするほどあったの。だけどそんなのは長くつづきやしなかった。戦局が悪化していくにつれ、軍人さんも顔を見せなくなって、しまいにはお国からの命令で、置屋は休業、芸者ができなくなっちまった。それから工場で働くことになって、この先どうなっちまうんだろうと思ってた矢先に、アメリカさんが空から爆弾を落としてきてね。母も私も命からがらに助かったはいいけど、東京は一夜にして焼け野原になっちまってさ。あれから戦争がおわるまで母とふたり、どうやって生き延びたんだか、おぼえちゃないわ」蝶々夫人はため息まじりに言った。「終戦直後に置屋からお呼びがかかって、また芸者として働くようになって、二十歳前には一本立ちできた。だけどその頃のお客さんは、戦前とおなじ軍人さんでもアメリカさんばかりだった。生きてくためとはいえ、節操ないわよね。しかも私なんて、二十二歳の誕生日にそのうちのひとりにプロポーズされて、おなじ年のクリスマスはロサンゼルスで迎えたわ。生まれたばかりの長男も」

「いっしょにツアーに参加なさっているのは」

「長男の一人息子の次男坊よ」

モモさんが言ってたとおり、曾孫くんということになる。

「ちっちゃい頃から日本のアニメやヒーロー物が好きでさ。だけどあたしが日本で芸者をしてたっていうのは、ついこないだ、知ってね。あの子の家族はニューヨークに暮らしているんだけど、スカイプで日本へいこうって誘われたのよ」

九十歳のオバアサンからスカイプなんて言葉がでてくるとは思ってもいなかった。

「曾孫とはいえ、あれだけのハンサムとふたりで旅行できるんだからね。あたしもその気になったんだよ。ところが家族をはじめ、周囲は大反対したんだよ。旅行中、私の身にもしものことがあったらどうするんだって。どうするもなにも、私とすりゃあ本望なんだけどね。だけどそれじゃあ、だれも納得しちゃくれない。仕方ないんで、旅行してもイイかどうか、医者に診てもらったわ。そしたら六十歳なかばの身体だって。健康の秘訣はなにか、医者に訊かれたほどよ。毎日かかさず煙草を吸いつづけることって言ったら、嫌な顔されたわ」

蝶々夫人は声をあげて笑った。さほど面白いとは思わなかったが、秀子もつられて笑ってしまう。

蝶々夫人とディカプ似オは江戸前ハウスでもう一泊して、明日は新幹線で北陸へむかう。どこととははっきり言わなかったが、蝶々夫人の父親の実家へいくのだという。「父のお墓もそこにあって」お墓参りかと思いきやだ。「父の遺骨を受け取るの」日本を訪れる前に、父親の兄、つまり伯父の曾孫にあたる三十七歳の男性に許可を得、手配を済ませているそうだ。

「お寺はわかっていたんで、その方とはすぐに連絡を取れたのよ。事情を話したら、だいぶ驚いていらしたわ。なんでも母と私、親戚のあいだでは、あの空襲で亡くなったことになっていたんですって」一拍、間を置いてから、蝶々夫人は言った。「そんなはずないいんだけどね。戦後、母とあたしで墓参りにいっているのよ。その帰りに父の実家へ寄ったこともあるわ。だけどいつも玄関先で、追い返されたわ」

「なんでですか」

「父の実家は父と母の結婚を最後の最後まで許さなかった。結婚したあとも許したわけじゃなかった。父の両親には散々なことを言われたわ。墓参りにはもうこないでくれ、うちの名字をいつまでも名乗っていては困る、あなた達の入る墓はウチのではない、挙げ句の果てには、さっさと自分の国に帰ったらどうだとまで」

蝶々夫人は口を噤《つぐ》んだ。先を促すことなく、秀子はつぎの言葉を待つ。それまで気にならなかった打ち寄せる波の音がやけに耳についた。

「伯父さんの曾孫さんとは、日本にくる前にスカイプで話したんだけど、そのへんの事情を全然知らなかったみたい。それはそうね、彼が生まれるずっと前のことなんだもの。わざわざこっちから、言うことでもないから黙っておいたわ」

蝶々夫人の気持ちを察するなんて、秀子にはできなかった。歳もちがうし、経験してきたこともまるでちがうからだ。想像するのさえ難しい。

「私のことを心待ちにしていますとまで言われちゃってさ。十歳と八歳の娘さんも楽しみにしてるって。こちらのふたりは、曾孫と会いたいみたいだったけど」

ある日突然、遠い親戚ですと、金髪のイケメンくんがウチを訪れることになるのだ。テンションがあがって当然だろう。

「ごめんなさい」蝶々夫人はふたたび謝った。「長々と年寄りの話を聞かせちゃって。退屈だったでしょ」

「いえ、そんな。それであの、お父様の遺骨はアメリカへ持っていかれるんですか」

「私が結婚したときに、母も渡米してね。我が家の近くに墓があるのよ。そこへ父も入れてあげるの。最後の親孝行よ。じきに私もいっしょになるし。結婚して、アメリカで暮らすようになって、五人の子どもができて、十一人の孫と八人の曾孫がいて、夫と家族とは楽しい出来事はいくらでもあったし、素敵な思い出は数限りなくあるわ。それでも人生を振り返って、いちばん光り輝いているのは、両親と暮らした僅かなあいだなのよ。じきにその頃に戻れると思うと、楽しみでならないわ」

ヤバイ。涙は零《こぼ》すまいと堪えに堪えていた。でも駄目だった。手拭いをだそうとポシェットを開くと、それを待っていたかのように、スマートフォンが震えた。手拭いより先に取りだして画面を見る。本多からだった。

「どこにいんだよ。集合時間まで五分ねぇぞ」

しまった。やむなく秀子は止めどもなく流れる涙を手拭いで拭きながら、蝶々夫人と船の科学館近くにいる旨を告げた。

「バスはそっからのほうが近ぇから、直行してもらっていいぜ。こっちは俺に任せてくれ」

「ありがとうございます」

よもや本多に礼を言うだなんて、いまのいままで思ってもいなかったことである。

「俺こそ、ありがとよ。ミカがあんなに楽しそうにしていたの、ひさしぶりに見たよ。デコさんとはまた踊りたいって言ってたくらいだ。ほんとサンキューな」

「もういく時間だったのかい」

本多からの電話を切ると、蝶々夫人が「よっこらせ」と腰をあげた。

「バスへ直行することになりましたから、急がなくてもだいじょうぶですので」

秀子も立ちあがり、蝶々夫人と寄り添うようにして歩きだす。しばらくすると、ライトアップされたガンダムの立像が見えてきた。

「江戸前ハウスのカンバンガールとお昼に話をしていたわね」不意に蝶々夫人が訊ねてきた。「仲いいの？」

「入社以来、いろいろお世話になってて」

江戸前ハウスが以前、独身寮で、モモさんが寮母だったことを話した。そのあいだモモさんが蝶々夫人をしきりに心配していたのを思いだす。

「モモさんのこと、ご存じなんですか」

「知らない？　あの子も芸者してたのよ」

突然の新事実に、秀子は目が点になる。

「私がいた置屋に見習いで入ってきてね。あの子はまだ十二、三じゃなかったかしら。結婚するまでの一年くらい、身の回りのこと、あれこれやってもらっていたの。私が渡米するときは、いかないでくれって、わんわん大泣きして、しまいには足にしがみついて離れなくて、それはもう大変だったんだから」

三原先輩がアヒルバスを辞めたとき、足にしがみつかないまでも、大泣きしたものだ。

「江戸前ハウスにモモさんがいたのは知ってて？」

「いいえ。むこうにいってからもずっと、手紙でやりとりしていたの」

遠距離先輩後輩だ。ただし三原先輩と秀子のあいだにあるのは日本アルプスだが、蝶々夫人とモモさんのあいだは太平洋だ。スケールがまるでちがう。

「ところが前の東京オリンピックの頃に、あの子から手紙がこなくなってね。私の手紙は宛先不明で返ってきちゃうし、ずいぶん心配したのよ。土曜の夜、宿に着いて、あの子にオチョウ姉さんじゃありませんかって呼ばれたときは仰天したわ」

「オチョウというのは」

「芸者だった頃の私の名前。平仮名の『お』にチョウチョの『蝶』。あの子をモモって呼んでたのは私でね。置屋にきたばかりの頃、頬っぺがうっすら桃色だったからモモ。そのあと一本立ちしてから源氏名もモモにしたのよ、あの子」

　モモさんは本名ではなかったのか。

「六十数年ぶりなのに、よくわかったわねって訊ねたら、あの子なんて言ったと思う？　お蝶姉さんは私がわからなかったんですかだって。そうやって拗《す》ねるとこなんか、昔のまんまで笑っちゃったわ。でもまさか生きているうちにモモと会えるなんて、神様も粋なことをしてくれたものよ。これでもう東京に思い残すことはないわ」

「そんなこと言わずに、ぜひまたきてください。アヒルバスのツアー、いろいろ取り揃えておりますので、東京の様々な顔をお楽しみいただけます」ツアー客には必ず言う台詞ではある。しかしいまほど、本気で言ったことはない。「日本人向けのツアーに参加して、あたしのガイドを聞いてください。お願いします」

蝶々夫人が立ち止まり、秀子の顔をしげしげと見る。

「そうだね。曾孫にこのツアーを誘われたときは、どうしようかだいぶ迷ったけど、案外、楽しかったしね。メチャクチャあたしのタイプゥゥウ」

スタジオで演じたのと同様、底抜けに明るい声で蝶々夫人は言った。やはり九十歳とは思えない。

「とてもおじょうずです」

「ふふふ。そうかい。どんなことであれ、いくつになっても人に褒められるのはうれしいものだね。そうだ、ひとつ気になってたことがあるんだけど」

「なんでしょう」

「あのアッパレちゃんって、デコがモデルでしょ？　そうよね」

11　なぜ寿限無？

「がんばってください、デコさん。あと少しですよぉ」下から声をかけてきたのはインストラクターのオネーサンである。オネーサンといっても、秀子よりも五歳年下だった。「あと三センチ、右手を伸ばせば、ラストのホールドが摑めます。そのためには左脚を右斜め上のホールドに移動させればいいんです」

わかってるって。あたしだって、そうしたいよ。だけど左脚が動かないのっ。

言い返してやりたい。でも無理だ。声だってろくにでない状態なのだ。秀子はいま、壁にへばりついていた。正しくは壁に貼付けられた突起物（これがホールドだ）に手足を掛けて、登っている。ボルダリングの真っ最中なのだ。

左脚を外そうものなら、右脚で支えきれずに、落ちてしまうだろう。高さは三メートル程度、下はクッションだし、落ちたところでそう痛くはない。しかしここまで登って、ラストまでいきつけないのは悔しい。あと三センチ。たった三センチ。されど三センチだ。

「がんばれぇ、デコさぁん」ちがう声が聞こえた。アカコだ。「デコさんならできるっ。信じてるわぁ」

信じられてもなぁ。だがここはもう一踏ん張り。

ファイトォォォッ。

秀子は心の中で叫ぶ。実際に口からでていたのは、「うごがごがごがご」と言葉にならない唸《うな》り声だけだ。左脚をあげた。右脚の、それもほんの爪先に全体重がかかっていく。いま自分がどんな格好をしているのか、想像もつかない。左脚が右斜め上のホールドにかかった。と同時に右腕を思い切り伸ばす。

イッパァァァァツッ。

右手の中指がラストのホールドに触れた。その途端、ふわりと身体が浮かぶ。ちがう。手足に限界がきて、落ちただけだ。叫ぶ間もなくクッションの上にいた。


三月の第一日曜、秀子は『これぞオトナ女子の嗜み！　お一人様堪能ツアー』のバスガイドを担当していた。このツアーは二十歳以上の女性、しかもお一人様限定で、家族や友人との参加はお断りと明言してあるくらいだ。

お一人様達は新宿高層ビル街に、やや早めの朝八時に集合、最初にむかう先は文京《ぶんきょう》区にあるお寺だ。まずはここで座禅をおこない、自らとむきあう。つぎに渋谷で陶芸教室に参加、土を捏《こ》ねくり、ろくろを回し、湯呑みなり茶碗なりを作る。正午にはおなじ渋谷の焼肉屋にて、ひとりひとつの七輪で一人焼肉、午後は調布《ちょうふ》のジムでボルダリングを体験する。

秀子がこのツアーを担当するのは、今日で五度目だ。その度に座禅も陶芸も焼肉もボルダリングも、すべてバスガイドもおこなう。

そうすれば参加者と一体感が持てるからだ。

この企画の発案者である平和鳥の意向だ。まさにそのとおりだった。秀子自身、今日会ったばかりの参加者達が同志のように思えてくる。

はじめのうちは辛いだけのボルダリングも、最近は少しばかり楽しくなっていた。いまだって辛いことは辛い。でも達成感があるのは間違いなかった。

二時間ばかし、ボルダリングをしたあとは、最後の目的地、府中《ふちゅう》のプラネタリウムで映画鑑賞をおこなう。『ＨＡＹＡＢＵＳＡ　ＢＡＣＫ　ＴＯ　ＴＨＥ　ＥＡＲＴＨ帰還バージョン・ディレクターズカット版』という小惑星探査機はやぶさの探査目的や宇宙での様子を精密に描いた作品である。プラネタリウムのドームいっぱいに映しだされるのだが、ＣＧだとはわかっていても、臨場感が溢れ、圧巻の一言だ。

はやぶさこそが究極のお一人様です。

平和鳥の説である。最初のうちこそ、なにを言っているのだと首を傾げたものだった。しかし漆黒の宇宙空間でたったひとり（一機か）、どれだけの災難が降りかかろうとも、一言も文句を言わずに（機械だから当然にしろ）黙々と作業をおこなうはやぶさの姿を映画で見ているうちに、平和鳥の言わんとすることはよくわかった。お一人様歴の長い秀子は、いつしかはやぶさにおのれの姿を投影していたのだ。

ラスト間近、地球に戻ってきながらも、はやぶさは大気圏との摩擦で燃え尽きてしまう。これは実際の映像が流れるのだが号泣ものだった。今日もぜったい泣くことだろう。この映画を見たいがためのリピーターも多かった。

解散は出発とおなじく、新宿高層ビル街で、府中からバスでむかうあいだに、はやぶさについて、お浚《さら》いのガイドをしながら、必ず啜《すす》り泣く。秀子だけではない。参加者も泣きだし、車内ぜんたいが、はやぶさに追悼を捧げているかのような雰囲気になるのが常だった。

マジ勘弁してくれよ。運転してて気が滅入《めい》るぜ。

ツアーがおわったあと、運転手の小田切に呆《あき》れられたこともあった。

ツアー客が壁をよじのぼっていくのを見上げながら、秀子は視線を感じていた。だれが自分を見ているのか、確認するまでもなかった。アカコだ。朝からずっと、なにか話したそうな顔で、秀子を窺っていたのだ。

『浅草で恋の花を咲かせましょう♡　三十代限定！　巡り逢いツアー』でツアーのラスト、浅草花やしきでの告白タイムでアカコはコクられていた。相手は猫を助けたあと、話しかけてきた銀縁眼鏡の『ススム』である。めでたくカップルになれば、バスに戻らなくてもいい。アカコとススムも、そのまま夜の浅草へ消えていった。

あれからほぼ一ヶ月。アカコの身になにが起きたか、秀子は興味津々だ。でも大切なお客様に訊ねるわけにはいかない。

「デコさん」

驚いた。視線は感じていながら、よもやほぼ真後ろにいたとは思いもしなかったのである。

ボルダリングのジムには更衣室があり、参加者は動きやすい格好に着替えてもらう。秀子もだ。このために淡い水色のスポーツウェアをネットで購入した。アカコはまっ黄色で、身体の側面に黒のラインが入ったジャージを着ていた。『キル・ビル vol.1』のユマ・サーマンとおなじいでたちだ。ただしユマ・サーマンのように金髪でなければ、背も高くないし、スタイルもまるでちがう。寸胴なその格好は『まるごとバナナ』にしか見えなかった。

「おひさしぶり」

「え、ええ」

「このあいだのカレとはうまくいかなかったの。有り体に言うと、フラれちゃった」

いざ本人からはっきり言われると、秀子は焦るばかりでどうしたらいいものか、わからない。お気の毒様とか残念でしたとか言うのはおかしい。申し訳ありませんと謝りかけたが、それも妙である。まごついているうちに、アカコは話しつづけた。

「決断力があるのがイイと褒めてくれたから、なんでもかんでも率先して、あたしが決めていたのにさ。自分勝手で口うるさい、たまにはぼくの自由にさせてくれって言われちゃって」

バツが悪そうに言うアカコが不憫《ふびん》でならなかった。酔っ払っていたら、ヨシヨシと慰めていただろう。しかしシラフで人前でツアー中では、さすがにできない。

ふたたびお見合いツアーに参加しようかと思い、アヒルバスのサイトを見ていたところ、お一人様ツアーとオタクツアーが気になり、こちらを選んだそうだ。

「アヒルバスって、ヘンテコなツアーがたくさんあるよね。ああいうのって、だれが考えるの？」

「企画部というのがあるにはあるんですが、ここ何年かはバスガイドのあたし達も企画をだしてもいいことになりまして」

「デコさんが考えたツアーはどれ？」

「八王子を芸者衆で巡るのが、そうなんですけど」

「ああ」アカコの反応はいまいちだ。どうやら食指が動かなかったらしい。「他には？」

「いまはそれだけでして」

「どうして？」

「去年まではけっこうあったんですよ。だけどどれも募集が減っていって、中止になってしまったんです。去年の夏に実施するはずだったツアーなんて、ひとりしか申し込みがなくて、泣くに泣けませんでした。それ以来、企画をだしていないというか、だせなくなって」

なんでこんな話をしちゃってるんだろ、あたし。

自分でもよくわからない。しかし先日のお見合いツアーの折に見かけたときから、アカコには他人とは思えぬほどの親近感があった。ふたりで子猫を救ってからは尚更だ。できればまた会いたい。その願いがこうも早く叶うとは。おかげでテンションがあがり、おしゃべりになっているらしい。それでも愚痴めいたことを聞かせてしまうのは、我ながらどうかしている。慌てて詫びようとしたところだ。

「去年の夏、中止になったツアーってさ」アカコが勢いこんで言った。「海にむかって叫んだり、皿を百枚割ったり、ラテン音楽にあわせて延々踊りつづけたりする、ストレス発散なんとか旅ってヤツ？」

「あ、はい」『ストレス発散！　日頃の憂さを晴らす気持ちスッキリ旅』だ。

「あたし」

「はい？」

「申し込んだの、あたしだよ」

俄《にわか》には信じ難く、秀子は目をぱちくりさせた。

「これぞあたしのためのツアーだと思ったのにさ。最少催行人数に達しなかったため、ツアー催行中止とさせていただきますって、メールが届いたときはショックだったよぉ。まさかあたしひとりだったなんて、夢にも思わなかったなぁ」

いよいよもってアカコに、運命のようなものを感じてしまう。男だったらつきあっているところだ。

「デコさんの気持ちわかるよ。一度しくじると、つぎができなくなっちゃうもんだよね」アカコは腕を組み、うんうんと頷《うなず》いている。「あたしも舞台でウケなかったときは、なかなか立ち直れないほうなんだ。でもそれを解消するのって、結局は漫才をやって、爆笑とるしかほかに方法はないんだよねぇ。それでまたウケなくて、落ちこんだとしても、なんべんでも懲りずにつづけていかなくちゃならない。そういうのって、マジつらいけど、そっから逃げてちゃ、駄目だとあたしは思うんだ。諦めたらそこでオシマイですもん」

声を荒らげたり、語気を強めたりすることなく、アカコはそれまでと変わりなく訥々《とつとつ》と語った。だからこそその言葉のひとつひとつが胸に沁みこんでいく。

そうだ、諦めたらそこでオシマイなのだ。

「ごめん」アカコが詫びてきた。「なんか説教臭いこと言っちゃって。許してね」

「いえ。またがんばろうって、気になりました」

「ほんとに？」アカコは後頭部をガリガリ掻いた。「だったらいいんだけど。でもあたし、ひとを励ましてる場合じゃないんだ。この一年近く、漫才やってないし」

「そうなんですか」

「ヒトミが忙しくなっちゃったもんだからさ」

アカコの相方だ。昨夜も遅めの時間に、ヒトミがひとりでテレビにでていた。バラエティではなく情報番組で、自転車の魅力について語っていたのだ。テロップででていた肩書きは『ママチャリ芸人』だった。

「今年は夏に単独ライブを予定していたんだけど、それも無理っぽいんだ。ヨーロッパ各国をママチャリで旅するっていう、ＢＳの番組が決まってさ。ヒトミのヤツ、四月なかばに出発して、戻ってくるのは半年先だって」

「そのあいだ、アカコさんは？」

「ウチの事務所、遅まきながら五年前に芸人の養成学校ができて、あたし、講師してるんだ。若手ライブの司会とかもやっているんで、暇ってわけでもないんだけど」

アカコは大きくため息をつく。風船から空気が抜けたように、その顔が萎《しぼ》んだように見えた。

「あたし達、漫才やってナンボと思ってやってきたんだ。ヒトミが単独でテレビにでたのも、ママチャリでどこへでも、どこまでもいっちゃうっていうのが面白がられて、取材受けただけにすぎなかったの。そしたらあの子んとこに、テレビの仕事がだんだんと舞いこんできてさ。ヒトミって、あたしとおんなじ四十歳だけど、テレビ映えいいんだよねぇ。ママチャリ乗りまわしてるおかげで、身体が引き締まってるし。人当たりもよくって、スタッフにもウケがいいらしいんだ。信じらんない。十年以上昔、エヌ・エッチ・ケーの番組にでていた頃なんて、今日の客は笑いがわかってない、なんでこんなのを入れただなんて、スタッフに突っかかってたくせしてさ。ほんの一年前までは、食レポとか街歩きとかしてる芸人をテレビで見るたんびに、毒づいていたんだから。それがいまじゃあ」

アカコは口を右手で押さえ、秀子を上目遣いで見た。そしてふたたび詫びた。

「ごめん。説教のつぎは愚痴言っちゃった。それも相方の悪口なんてサイテーだ」

「いいんですよ」

秀子は慰めるように言う。さきほどの自分とおなじだ。言わなくてもいいことを言ってしまう。アカコも、自分に心を許している証拠である。むしろうれしいくらいだ。でも話題を変えたほうがいいだろう。そう思った瞬間、招き猫が脳裏をよぎった。

「アカコさん、お見合いツアーのときに、世田谷にある豪徳寺の話をどなたかにしていませんでした？」

「今戸神社には申し訳ないけど、世田谷生まれの世田谷育ちとしちゃあ、招き猫って言ったらやっぱり豪徳寺なんだよね。デコさん、いったことある？」

「ないんですよね。アカコさんが話してたのを耳にして、興味を持って」

「いっしょにいく？」

「ぜひ」願ったり叶ったりだ。秀子から言おうとしていたことだったのだ。

「ここんとこ、外国人観光客も増えたって、お昼の番組で、ヒトミがレポートしてたんだ。まさにツアーにうってつけじゃない？」

「よろしくお願いします」

「いつがいい？　デコさんのほうが忙しいに決まってるから、デコさんの都合にあわすよ。そうだ、折角いくんだったら、桜が咲く頃にしよ」

そんな先？　と思ったがいまはもう三月だ。一ヶ月も先ではない。

インストラクターのオネーサンが、アカコの名前を呼んでいる。

「あたしの番だ。ちょっくらいってくる」

鬱蒼とした森の中に四人の男がいた。薄汚れた着流し姿で、腰に刀を差している。まるで黒澤明《くろさわあきら》の映画に登場する三船敏郎《みふねとしろう》のようだ。意識して真似ているのかもしれない。やがてヘッドフォンからポォクポォクポォクポォクと木魚の音が聞こえてきた。着流しの裾や袖がなびいている。強い風が吹いているらしいのだ。そして四人が木魚をバックになにやら呟《つぶや》きだした。お経かと思ったがちがう。

ジュゲムジュゲムゴコウノスリキレ

カイジャリスイギョノ

スイギョウマツウンライマツフウライマツ

クウネルトコロニスムトコロ

なぜ寿限無？

チョーキューメイノチョースケと最後まで辿《たど》り着くと、木魚が止み、チィィィンと鈴が鳴った。その途端である。ドンドンドガンガガンガンギュララララギュララギュララギュラグングガアガアグンガガアと演奏がはじまった。

スマートフォンの小さな画面で見ているのは、ハラキリズのプロモビデオだ。公式の動画サイトで、龍ヶ崎に教えてもらったのだ。

秀子は江戸前ハウスの食堂にいた。今日はひさしぶりに『ディープな東京でドキドキ！　旦那様にはナイショでナイト』の担当だった。おかげで築地のここを訪れたのは夜の十一時過ぎ、それから大浴場に入り、でてきたところで、もうじき明日になりそうだ。濡れた髪をバスタオルで巻き、ヒートテックを下に着て、浴衣に羽織というい つもどおりのいでたちで、椅子の上であぐらをかいていた。

どのツアーをどのバスガイドが担当するか、来月分の割振りをするつもりではいる。面倒だがはじめれば一時間で済むのに、やる気が起きない。コンビニで買ってきたピノを頬張り、スマートフォンでハラキリズのプロモビデオをぼんやり眺めていた。ちなみに今回のピノも、星やハートはなかった。どういうことよと、掛け軸の中にいる半裸のお坊さんに訴えてみたが、彼はニコニコ笑っているだけだった。抜けてできてもらっても困るのだが。

身体のそこかしこが痛む。昨日のお一人様ツアーで、ボルダリング体験をしてきたせいだ。昼間はまだしも夕方からだんだんと痛くなってきた。歳を取るにつれ、筋肉痛が遅れてやってくるというのはほんとだったらしい。コンビニでサロンパスなりアンメルツなりを買ってくればよかった。

スマートフォンの画面では、ハラキリズの四人が刀を抜き、迫りくる黒ずくめの男達（ニンジャ？）を、ばっさばっさと叩き切っていた。案外、サマになっている。

プロモビデオとおなじ着流し姿で、横一列に並ぶハラキリズのポスターが食堂に貼ってあった。四人のサインがしてある。彼らはツアーの翌朝に、江戸前ハウスを去ったのだが、その際、このポスターとCDをお手玉パティに渡したのだという。

小さな画面の中で、長い髪を振り乱しながら、ハラキリズがギュイィィンガガンガンガズンドドドンズズンドドドンと演奏をしている。着流しではない。黒地に白抜きの日本語が胸に縦書きしてあるTシャツだ。ボーカルの混ぜるな危険は、袖を捲くり、左右のプリキャラを剝きだしにして、カメラはときどき、御花畑いずみと大草原しずくのいずれかを捉えていた。突然、場面が変わる。花びらが舞い散る桜の下で、白装束を身にまとったハラキリズが横一列に正座をしていた。

最後の一個になったピノに目をむける。すると秀子の背後から手が伸びてくるなり、それをつまみ取った。

「いただき」

モモさんだ。白いボアコートを着た彼女はなんのためらいもなく、ピノを、口に放りこんでしまう。ひどい。あんまりだ。でもモモさん相手では文句は言えない。

ハラキリズの四人が、短刀を自らの腹に突き刺そうとする手前でストップし、画面ぜんたいが桜の花びらで埋め尽くされ、プロモビデオはおわった。

「この子たち、夏にまた日本にくるって」

なんで知っているのかと訊ねるまでもない。

「本人達に聞いたんですね」

「そのとおり」モモさんはにんまり笑う。

帰国したハラキリズとモモさんはフェイスブックでやりとりしているのだ。彼らだけではない。江戸前ハウスを訪れ、自国に戻った外国人観光客達とだ。たぶん百人はくだるまい。モモさんに会うため、再来日する外国人もいた。さすがカンバンガール。

「デコちゃん、今日も泊まってくつもり?」

「ええ、まあ」

秀子は明日、本多と共に、『TOKYO OTAKU TOUR』のガイドをつとめる。山中空ことクウのおたふく風邪は一週間足らずで完治してからも、ほぼ毎週、ふたりで担当することになったのだ。そうしなさいと戸田課長からお達しだ。シガニー・ウィーバー+《たす》リンダ・ハミルトン∧《より》戸田課長にはかなわない。仰せの通りと従うほかなかった。ちなみに運転手も毎回おなじ小田切だった。本多と小田切はちょくちょくおしゃべりをしていた。話題といえば主に子どもについてだ。お互いスマートフォンで撮影した子どもの写真を見せあうこともあった。そしてまず相手の子どもを褒めてから、自分の子どものイイところを披露した。親莫迦以外何者でもない。デコも子どもを持てば、俺達の気持ちがわかるさ。

ふたりの近くで呆《あき》れ顔の秀子に、小田切が言い、本多が同意した。ムカつきはしたが、なにも言い返さずにおいた。

江戸前ハウス出発なので、前日は部屋が空いてさえすれば、泊まらせてもらう。今日は栄螺《さざえ》の間だ。三原先輩やクウが住んでいた部屋である。満室で泊まることができない日も、アヒルバス本社にいかないで、江戸前ハウスへ直行していいことになった。ダメ元で戸田課長に願ったところ、許可してくれたのだ。秀子に面倒（とはつまり本多）を押しつけたことに引け目を感じているのでは、と思ったものの、まさか本人に問い質すわけにはいかない。

「モモさんは？　こんな遅くになんの用です？」

「明日のお弁当の下準備」ＯＴＡＫＵツアーのキャラ弁にちがいない。「いつもだったら夕食の片付けを済ませてすぐに取りかかるんだけどね。明日のお客さんの中にイスラム教徒の方々がいらっしゃるじゃない？　その方達用の食材を買いだしに車でいってきたんだ」

「あたしに手伝えること、あります？」

「それじゃ悪いけど、食材、運んでくれないかしら。今後のことも考えて、調味料とかも買ってきたんで、段ボール一箱分あるのよ。よろしくね」

モモさんのミゼットⅡは駐車場の片隅で、忠実な犬のごとく止まっていた。その中からだした段ボール箱はまずまずの大きさでまずまずの重さだが、筋肉痛の秀子でもひとりで運べた。モモさんもコンビニ袋を二袋、両手に提げている。裏口から入って、灯りが非常灯だけの廊下を歩いていく。

「買いだしって、どこまでいってきたんです？」

年代物のマッサージチェアを通り過ぎたあたりで、秀子は訊ねた。

「新宿よ。駅だったらJRの新大久保《しんおおくぼ》駅がいちばん近いかしら。車でいって、十時まではには戻ってくるつもりが、店員さんにハラル料理法やらなにやらを訊ねていたら、こんな時間になっちゃったんだ」

「大変」

「でもないわ」モモさんはおかしそうに笑った。「この歳になって、知らないことが勉強できて、働けるんだから、こんな幸せ、そうはないわよ」

その言葉に嘘がないのは、清々《すがすが》しい笑顔を見ればわかった。自分がモモさんの歳になって、おなじことが言えるか自信がない。八十歳まで生きるのも無理そうだ。

廊下からフロント前を通り過ぎ、じきに食堂だ。さきにモモさんが入り、天井の灯りを点《つ》ける。

「こっちぃお願い」

　モモさんが厨房へむかう。秀子はそのあとを追った。厨房とフロアの境はできあがった料理を置く台があり、その脇に西部劇の酒場にあるようなドアがある。そこをすり抜け、厨房に入った。モモさんがコンビニ袋をステンレスの台に置き、コートを脱ぐ。下は作務衣《さむえ》だった。

「デコちゃんのもひとまずここ置いて」

「はい」

　モモさんは一旦、フロアにでてコートをそばのテーブルに置き、即座に戻ってきた。そしてコンビニ袋と段ボール箱から食材をつぎつぎとだしては、冷蔵庫や棚、ケースなどに入れていく。時折、台を挟んでむかいに立つ秀子に「これはそこの棚にしまって」「これとこれはすぐ使うんでシンクに」と指示する。一瞬たりとも迷わずテキパキしていた。見ていて気持ちがいいくらいだ。

　置屋にきたばかりの頃、頰《ほ》っぺがうっすら桃色だったからモモ。

　蝶々夫人の声が耳の奥で甦り、思わずモモさんの顔を見つめてしまう。

「なに？　さっき最後のピノ、食べたのを怒ってるの？　悪気はなかったのよ。目の前にあったから、つい食べちゃった。許して」

「ちがいます。そうじゃなくて」

「だったらなに？」

「モモさんが昔、芸者だったって、ほんとですか」

蝶々夫人に聞いてから、たしかめようと思っていたことだ。しかしこれまで機会に恵まれず、言いだせなかったのである。

「お蝶姉さんに聞いたのね。あのひと、昔っからおしゃべりなんだから。ひとのナイショをぺらぺらと」

「すみません」

「デコちゃんが謝るこっちゃないでしょ。だけどほんと困ったひとだわ」むくれながらも本気で怒っているようには見えなかった。「どこまで聞いた？ あたしの話」

秀子は蝶々夫人から聞いたモモさんの話をかいつまんで、本人に伝えた。どのへんをつまんだかと言えば、蝶々夫人が渡米する際、足にしがみついて離れなかったとかのへんだ。前の東京オリンピックの頃を境に、音信不通になった話はした。

そのあいだ、モモさんは厨房の中を忙しく動きまわっていた。作務衣の上に割烹着を着て、頭に手拭いを巻き、姉さん被りをした。これまた瞬く間である。そして冷蔵庫から肉の塊をだして、どでかい俎板《まないた》に置くと、包丁をとりだした。

「悪い男にそそのかされて、東京を離れていたんだ」

肉を一口大に切りながら、モモさんが答えた。いつもと変わらぬ口ぶりに秀子は危うく、そうだったんですかと、納得しそうになる。

「東北の温泉宿に住み込みで働きだしてね。お金を貯めて、三十万円になったら、結婚しようと誓っていたの。大卒の初任給が二万円前後だった時代によ。ところがひと月足らずのある日、目覚めたら男がいなかった。彼どころか、貯金通帳にネックレスやイヤリング、指輪といった貴金属の類《たぐ》い、お気に入りの衣服、財布の中身は一円残らず、きれいさっぱりなくなっていたわ」

「それって相手のひとが」

「はじめからそのつもりだったんだ、あんチクショーめ。しかもおなじ旅館で働いていた二十歳そこそこの小娘も連れさらってったのよ。ふざけやがって」

　モモさんの鼻息が荒くなる。鉈《なた》に似た包丁を握っているせいで、いささか怖い。

「そのときいくつだったんです？」

「いまのデコちゃんくらい。その頃じゃいかず後家よ。芸者だって年増扱いでね。これが最後のチャンスと焦りを感じていたところにつけこまれたわけ」

　いかず後家、年増扱い、最後のチャンス。その一言一言がモモさんの口から矢のごとく放たれ、秀子の胸に突き刺さる。

「なんであんな男に騙されたんだか、いまとなってはさっぱりわからないわ。そんなつまんない男に騙されたのが恥ずかしくて、お蝶姉さんには自分の居場所を教えたくなかったんだよね」

「それからどうなさったんです？」

「無一文で他にいくとこもないから、恥を忍んで、その旅館で働きつづけたわ。なんやかんやで十年は働いていたんだけど、次第に東京が恋しくなってね。思い切って上京してアパート借りて、仕事を探して」

アヒルバスの独身寮で寮母になったのだという。

「銀座は無理にしても、新宿か池袋あたりにスナックを開く気でいたんで、お金貯まるまでの腰かけだったのよ。長くても五年でやめようと思ってたわ。だけど寮母をして、入れ替わり立ち替わりに住むバスガイドさん達の面倒を見ていたら、置屋で住み込みしてた頃を思いだしちゃってさ。ここで母親扱いしてくれるのも、うれしかったんだよねぇ。結婚もしないで、子どもを生むこともなかったけど、あたしにとっては、アヒルバスのみんなが家族みたいに思えたんだ。それでまあ、ずるずると四十年居着いたうえに、旅館になっても働かせてもらって、あたしはほんと果報者」

モモさんはバットにペーパータオルを載せ、その上に切った肉を置いていく。

「デコちゃんにはお礼を言わなきゃね」

「どうしたんです、急に」

「この建物を潰さないでくれって、社長に泣いて頼んだのは、デコちゃんでしょ」

泣いて頼んだのではない。酔って絡んだだけだ。そのときの記憶もない。なにより旅館にしたのはお手玉パティだ。

「彼女が元から考えていたアイデアですし」

「そんな莫迦げたこと、だれも耳を貸してはくれないと思っていたそうよ。でもデコちゃんが泣き叫んで訴えるのを見て、いまがチャンスだと社長に直談判をしたって」

「そうじゃなくてもいつかは彼女、社長に言ってましたよ。あたしはなんにも」

なんにもしていないし、できていない。ツアーの企画もまだだし、三日後には凹組の凧海や山田、ビビット・コムの龍ヶ崎と会い、グッズの打ちあわせだというのに、これまたなにも思いついていない状態だった。

「いずれにせよこの建物は売却されたり、取り壊されたりもせず、旅館に戻ったことによって、あたしはスーパーアドバイザーとして働けて、お蝶姉さんと再会を果たせた。元を正せばデコちゃんのおかげさ。ありがとね」

「ど、どう致しまして」

「なんだい。礼の言い甲斐のない子だねぇ」

モモさんが陽気に笑った。だれかに笑い方が似ている。蝶々夫人だ。もしかしたらモモさんは見習いの頃、蝶々夫人に憧れ、あれこれ真似たのではないか。あるいは自然と似たのかもしれない。

うしろのタッパを取ってくれと言われ、秀子はモモさんに渡した。けっこう大きめのタッパだ。そこへヨーグルトをだぼだぼと入れ、つづけて味噌を加えてかき混ぜると、一口大に切った肉を入れていく。その手早さに感心する。なにをするにつけ、老人の動きではない。

「デコちゃん、自分の仕事はいいのかい」

そうだった。モモさんは一時間ほど下ごしらえをしてから、自宅には戻らず、仮眠室で寝るのだという。

「あんまり無理しないでね、モモさん」

「このままポックリいけたら本望よ」モモさんはケタケタ笑った。「明日の朝もおにぎり三個でいい？」

「よろしくお願いします」

栄螺の間に入ってすぐ、ちゃぶ台にむかって、来月分の割振りにとりかかる。思いのほか時間がかかり、おわったのは夜中の二時過ぎだった。

凪海達との打ちあわせに備え、アルヒくんグッズの新作も考えた。思いついたのを、ちゃぶ台に広げたB5サイズの大学ノートに書きだしてはいくものの、どれもパッとしない。中でもマシなのは扇子と手拭いぐらいか。外国人観光客向けである。いまいちだけどこれにするか。

三時には布団に潜りこんだものの、瞼《まぶた》の裏に山田の顔が浮かんできた。真正面から鋭い目つきで見据え、なにやらボソボソ呟いている。

ジュゲムジュゲムゴコウノスリキレ

カイジャリスイギョノ

スイギョウマツウンライマツフウライマツ

クウネルトコロニスムトコロ

なぜ寿限無？

結局はバスガイドの片手間ではござらぬか。

幼い頃のカオルのごとき話し方で山田が言う。気づけば彼女は薄汚れた着流しで、腰に刀まで差していた。

と、とんでもござらん。

秀子は慌てて否定する。

嘘を申せ。打ちあわせの間近になって、慌てて考えているのがなによりの証拠であろう。やはり新作をつくる必要などござらぬのだ。成敗してやるっ。

柄を握るや否や、山田は刀を鞘から抜く。気が短いにもほどがある。最早これまでと観念したそのときだった。

ピロポロリン、プロロロロン、ピュユユユィィン。

聞き覚えのある音がした。プリティフォンだ。空を仰ぎ見ると、そこにミカが浮かんでいた。

あおきそらよ、わたしにセーなるパワーをあたえたまえ。

最後の最後にバンザイして、左脚をくいっとあげる。途端に眩《まぶ》しい光を放ち、ミカの身体がみるみるうちにオトナになり、プリキャラピンクに変身した。

いや、ちがう。十八歳のミカが身にまとっていたのは、バスガイドの制服だ。もちろんアヒルバスのだ。御丁寧にも彼女はアルヒくんの旗を左手に持っていた。右手には長さ二十センチほどの白い羽根を数本、横に広げ、あたかも扇子のごとく持っている。外国人ツアー客に配るそれを、ミカは山田にむかって投げつけた。こう叫びながらだ。

ウイング・シュリケン！

身体のそこかしこに、プスプスプスと白い羽根が突き刺さっていき、着流し姿の山田は断末魔の叫びをあげる。しまいには爆発して、木っ端微塵《こっぱみじん》だ。そこまでしなくてもと思ったが、空から舞い降りてきた十八歳のミカに礼を言う。

こまってるひとをたすけるのが、プリキャラソウルってものでしょ。

くるりと一回転して、六歳のミカに戻る。ただし制服は着たままである。旗もまだ手にあった。

デコさんのきてるフク、子どもがきれるのもあったのよ。どう？　かわいいでしょ。

瞼を開くと同時にむくりと上半身を起こした。内窓に取りつけた障子のむこうは薄暗い。まだ夜明け前だ。

秀子は電灯からぶらさがった紐を引っ張って、灯りを点け、ちゃぶ台の前に腰をおろす。そして大学ノートに夢の中で閃《ひらめ》いたアイデアを書き記していく。

12 タコ社長ではない

「いいよ、それぇ。ぜったいイイってぇ」

凪海は目を爛々《らんらん》と輝かせた。ほんとにイイと思っている証拠だ。

「ぼくも大賛成です。ぜひやりましょう」

龍ヶ崎も乗り気だ。

「あんたはどうなのさ。デコちゃんがいま言ったこと」

凪海が隣に座る山田を肘で小突く。もちろん着流し姿で腰に刀など差していない。前回会ったときとおなじ、紺色のスーツである。

「いいと思います」

神妙な面持ちで、山田は答えた。少し悔しがっているように見えなくもない。

四人がいるのは前回の打ちあわせとおなじく、アヒルバス本社二階の小会議室だ。

午後五時からの打ちあわせに、秀子は十分も遅刻してしまった。今日は『職人に教わる東京モノづくりツアー第十三弾　江戸風鈴』のガイドを務めていた。午後四時に新宿の高層ビル街で参加者を降ろし、月島のアヒルバスに戻ってくるので、じゅうぶん間にあうかと思いきや、途中で渋滞に嵌《はま》ってしまったのだ。

着替える時間も惜しかったため、制服のまんまで打ちあわせに参加している。普段着よりも制服のほうがしっくりくるわと、凪海は褒めてくれた。しかし素直には喜べなかった。それって普段着がイケてないということ？　と思ったからだ。

「でしょ。こないだはあんな失敬なこと言ってさ。反省するんだよ、反省。なんだったらいま、謝っちゃいな」

「謝ることなんかないって」

秀子は鷹揚なところを見せた。ほんとに謝られても困る。夢の中とはいえ、山田を木《こ》っ端微塵《ぱみじん》にしたことに、ほんの少しだけ引け目を感じてもいた。

「山田さんがああ言ってくれたおかげで、グッズだけじゃなくて、ツアーの企画まで生まれたわけだし」

秀子の前に広げたB5サイズの大学ノートには『親子でチャレンジ！　バスガイド体験ツアー（仮）』と力強い文字で書いてある。五歳から十歳くらいの子どもとその親御さんを対象に、バスガイドを体験してもらうツアーだ。

朝九時にアヒルバス本社に集合、社内をぐるっと見学したあと、会議室か晴れていれば屋上で、バスガイドが新人研修で習うことを一通りやってもらう。お辞儀の仕方からはじまって、ウォーキングや発声練習などだ。講師はもちろん戸田課長である。屋上で空にむかって「あ・え・い・う・え・お・あ・お」とお腹から声をだすのは、とても気持ちがいい。これはぜひとも味わってもらいたい。

そして点呼室で実際に点呼だ。参加者ひとりひとりの名前を梟社長が呼びあげ、返事をしていただく。つづけて本社をでて駐車場にむかい、バスの誘導の仕方を学んでもらう。つぎにバスに乗りこむのだが、まだ出発はしない。参加者みんなで、車内の掃除だ。窓を拭いたり床を掃いたりと掃除をおこなう。カバーやシートは汚れていないかチェックし、その必要があれば取り替える。

かくしていよいよ出発だ。むかう先はどこでもいいといえば、どこでもいい。肝心なのはそこでどんなガイドをするかだ。とは言え子どもに興味がない場所を選んでは仕方がない。なにより募集が見込めない。動物園や水族館、博物館などが相応《ふさわ》しい。そう言った意味では上野動物園や井の頭自然文化園がピッタリだろう。

ガイドが目的ならば、小金井公園内の江戸東京たてもの園が最適だ。日本各地から移築されてきた歴史的建造物を参加者がひとりひとつずつガイドしていくことができるからだ。たとえばバスの中でだれがどの建物を紹介するか決めればいい。ガイドの原稿はどうするか。こちらで準備してもいいが、親子でいっしょにつくってもらうのもアリだ。となれば出発する前に、アヒルバス本社でそれ相応の時間を取るべきか。どこかランチ時で、という手もある。

このツアーに参加する子ども達には、バスガイドの制服が配布される。ただし本物を子どもサイズにつくるとなると、どうしたってお高くなってしまう。そこで制服のイメージを崩さずに、Tシャツで代用したらどうかと秀子は考えた。

これこそ新作のグッズなのだ。

「ですけど」

「なになに。なんか文句あるの、山田」

凪海が心配そうに訊ねた。

アルヒくんグッズではありませんよねと、指摘されたらどうしようと、秀子は不安になる。しかしちょっとずるいと思いながらも、Tシャツのどこかにアルヒくんが歩いていたらかわいいよねと先手を打っておいた。

「文句ではありません。高松さんにお訊ねしたいことがあるだけです」山田は鋭い視線を秀子にむけた。「先日、お話をしたときは、夏のツアーはぜんぶ決まっているとおっしゃっていましたよね。そのツアーはいつ実施する予定ですか」

「正直言えばこのツアーについて話すのは、あなた達がはじめてなんだ。これから正式な企画書を作成して、バスガイド課の課長に提出して、企画部にまわって、会議にかけられるわ。だからまだ日程どころか、実施するかどうかもさだかじゃない」

山田のきれいに手入れされた細い眉が、わずかに吊りあがる。

「でね。こっからはお願い。Tシャツがどれだけお金かかるか、企画書に添付しようと思っているの。このツアー、親子ふたりでTシャツ代も含めて、税込みでも五千円以下にしたいんだ」

「見積もりだけだったら、中一日あればできますよ」龍ヶ崎が言った。「五歳から十歳くらいの子どもを対象とおっしゃってましたけど」

「100センチと120センチの二種類、それぞれ百五十枚ずつでお願い。凹組さんはどう？」

「サイズちがいでもデザインはおんなじだよね。Tシャツ一枚で、そんなにお金取れないからなぁ」

「このツアーは女の子だけが対象ですか」

首を捻《ひね》る凪海の隣から、山田が訊ねてきた。眉は吊りあがったままだが、怒ってはいなさそうだ。バスガイドだから女の子だけが対象なのは当然だ。ところがである。

「そんなはずないですよ、山田さん」否定したのは龍ヶ崎だった。「バスガイドをやってみたい男の子もいるはずですよ。実際、アヒルバスには通訳ガイドですけど、本多さんって、男性がひとりいらっしゃいますしね。ねぇ、デコさん」

「あ、うん」

「それはいるかもしれませんが、どうでしょう。男の子にもアピールするために、運転手の体験もできるようにしてみたらいかがです？　もちろんほんとに運転するのは無理ですが、運転席に座ってもらって、気分が味わえるだけでもかまいません」

　山田の目がキラキラ輝いているのに気づいた。仕事が好きなのだ。好きで好きでたまらず、思いついたアイデアはすぐにでも話さないと気が済まないのだろう。華のゼロハチ組の子達とおなじだ。秀子も昔、そうだった。

　いや、いまだって。

「だったらTシャツは、バスガイドと運転手の制服のリバーシブルにするとか？」

「あっ、それ、いい。冴えてますね、高松さん」

　山田に褒めてもらい、秀子はふつうにうれしかった。夢の中とはいえ、木っ端微塵にしたことを申し訳なく思う。

　おっと、言うべきことを危うく忘れかけたよ。

「凹組さんから提出していただいたグッズの案もよかったですよ」

　その数はなんと十にものぼった。すべて山田の手によるものだとさきほど凪海から聞いている。わかりやすく表にしたうえに、ラフなイラストまで描いてあった。たとえばお見合いツアーはレターセット、穴穴探検隊はヘルメット、オタクツアーは（なぜだか）三角タペストリーなどといった具合にだ。外国人観光客向けのツアーが、扇子と手拭いだったのを見て、口元が緩みかけた。

あたしも扇子と手拭いを考えたのよ、山田さん。もしかしてあたし達、気が合うかも。証拠？　大学ノートのべつのページに書いてあるわ。でもありきたりだと思ってボツにしたの。けけけけ。

なんて言ったりしなかった。

「できればすべて実現させたいくらい」

「ほんとですか？」

山田が声を弾ませ、目を大きく見開いた。だがそれもほんの一瞬だった。軽く咳払いをして、いまのはなかったことにと言わんばかりの、乙に澄ました顔になる。

ちょっとはかわいいところがあるんじゃない。

「ほんとよ。ツアーの各担当者に意見を求めたうえで、企画部と相談するわ」

「よかったじゃん、山田ぁ」

「よろしくお願いします」

凪海に背中をばんばん叩かれながら、山田は神妙な面持ちで頭を下げる。

「ぼくのはどうですかね、デコさん」

龍ヶ崎に訊かれ、秀子はどう答えていいものか、戸惑った。彼の前にはアッパレちゃんがいた。二十センチほどのフィギュアである。龍ヶ崎自身が自分の仕事をおえたあとも会社に残って、つくったのだという。

これはあくまでも参考ってことでと、龍ヶ崎は言うものの、なかなかどうしてたいした腕前だった。若草色の髪に三つ編みのツインテール、どでかい目に鼻なしのおちょぼ口の顔は、イラストを見事に立体化している。やはり描いた本人の成せる技ではないだろうか。アヒルバスの制服も、スカートの丈が短いのは気になるものの、本物そっくりだ。皺の寄り方などはとてもリアルである。

「これ、アルヒくんグッズじゃなくない？」

凪海が当然のツッコミを入れる。

「あたしはアリだと思います」そう言ったのは山田だ。「ビビット・コムが製作したフィギュアというだけで、価値がありますしね。なにより一定層のお客さんがいますので、数字がはっきりしています」

「そうそう、そうなんだよ、山田さん」我が意を得たりとばかりに、龍ヶ崎は頷いた。「定価三千円前後で、二千体はいけると思うんだよね。色やポーズ、衣装のバージョンちがいもつくれば、さらなる売り上げが望めるはずなんだ。ウチの社長も試す価値はあるって」

「ではこれも企画部に相談してみます」

「やったぁ」山田とちがい、龍ヶ崎は素直に喜んだ。「自分が描いたイラストがフィギュアになって、世に出回るなんて夢のようですよぉ」

打ちあわせは以上で終了である。揉めることもなかったので、小一時間で済み、つぎの打ちあわせの日程を二週間後と決めたあとだ。

♪かぁわいいだけぇじゃ、ダァメなのぉよぉ（えぇぇぇ？）

つぅよくなくっちゃ、ヤッてけない（ホントにぃ？）

そぉれがトーセツのオンナァノコォ（まぁタイヘン）♪

廊下から歌声が聞こえてきた。最後の（まぁタイヘン）で、小会議室のドアが開く。ミカだった。唄っていたのももちろん彼女である。

「デコさん、まだオシゴト？」

「やだ、カワイイ、だれ、この子ぉ？」凪海が黄色い声をあげる。

「高松さんのお子さんですか」山田だ。ふざけているのかと思いきや真顔だ。本気で訊ねたらしい。

「こんなかわいい子がデコちゃんの子のはずないでしょ」凪海が黄色い声のままで否定した。

おいおい。

「お名前は？」

「ミカです」

「通訳ガイドの本多さんの娘さん」秀子が補足する。

「あっ、そうなんだ」

「オニーサンはパパをしっているんですか」

「きみのパパには仕事でお世話になってるんだ。ふたりで食事をしたこともあるよ」

龍ヶ崎はいささか複雑な表情で答える。

「ミカちゃん、どうぞ」凪海が手招きする。「お入んなさい」

「いいの、デコ？」

「かまわないわ」

人懐っこい笑顔で訊かれると、駄目とは言いづらい。うれしそうに入ってきたミカの背中には、薄いピンク色のランドセルがあった。その格好を見て、凪海がさらにカワイイを連発した。

「どうしたの、それ？」

「きのう、パパにかってもらったんだ。デコさんにみせたくて、もってきたのよ」

ママとトモダチになってあげて、とミカに言われたものの、どうしていいかわからず、あれこれ考えた末、バネッサに英語を教わることにした。今日で三度目のレッスンだ。毎回、ミカもいっしょだった。場所は月島のカラオケボックスである。

ワタシモ日本語、歌デ覚エタ。デコサンモ英語、歌デ覚エナサイ。

そして二時間貸し切りで、おなじ曲を何度となく唄いつづける。それもアバ限定だ。バネッサの好みなのだ。

人生ノ大切ナコトスベテ、アバ、唄ッテマス。

そして『ダンシング・クイーン』や『マンマ・ミーア』、『チキチータ』などをひたすら唄いつづける。ミカもまざって唄う。

これが英語の勉強になるのかどうか、秀子は大いに疑問ではあった。人生の大切なことすべてを唄っているかどうかもわからない。しかしアバのどの曲も唄えば気持ちが晴れ晴れしていくのは、間違いなかった。

はじめてのレッスンの際、ひとまずアヒルバス本社にきてもらった。その後はカラオケボックスに直行か、どこかよそで待ちあわせと秀子は考えていた。しかしひきつづき本社にしたのはバネッサの達《たっ》ての願いだ。迷子になるのが怖いというのである。それもそうだ、彼女は日本に訪れて一ヶ月も経っていない。秀子は承諾した。

カラオケボックスでレッスンをおえたあとは、仕事をおえた本多が迎えにあらわれた。家族三人が手を繋いで帰るのを、秀子は見送ったこともある。真ん中のミカがパパママに持ちあげられ、ぴょんぴょんと飛び跳ねていた。その光景を見て、秀子自身も胸が幸せに満ちた。自分にもやがて、ああいう幸せがいつか訪れるのかとも思う。

といった事情を秀子は掻い摘み、コンパクトにまとめて、凪海達に話した。もちろん幸せ云々《うんぬん》はこっ恥ずかしいので抜きである。

「デコさん、カイシャでシゴトのときもセーフクなの？」

「今日はたまたま。そうだ、ミカちゃん。今度、この制服、子ども用のができるのよ」

「ほんとに？　ミカのためにつくってくれるの？」

「なぁに？　どういうこと？」

凪海が訊ねてくる。「じつは」と隠す必要もないので、ミカがアヒルバスの制服を羨《うらや》ましがったのが、いましがた話した企画のヒントだったことを話した。ただし夢の話まではせずにおいた。

「困ったあたしをミカが助けてくれたのよ。これぞまさしくプリキャラソウルだわ」

へへへとミカは恥ずかしそうに笑う。

「ミカちゃん、ママは？　パパといるの？」

「ちがうわ。梟みたいなオジサンとオハナシしている」

どう考えても社長だ。なにを話しているのだろう。

「これ、なぁに？」

アッパレちゃんフィギュアのことだ。ミカはいまにも触らんばかりである。

「ぼくがつくったんだ。どう？　かわいいかな」

「かわいいわ。スカートがみじかすぎだけど」

ミカの指摘に龍ヶ崎は少し困り顔になる。

「それにデコちゃんにそっくり」

またその話か。いい加減うんざりだが、相手がミカだと否定しづらい。

「ミカちゃんもそう思う？」アッパレちゃんと秀子を交互に見ながら、凪海が言った。

「オネーサンもはじめて見たときからずっと思っていたわ。そのへん、描いた本人としてはどうなの？」

「バレました？」龍ヶ崎はあっさり白状した。

「バレバレよ。髪型はちがうけど、目鼻立ちはまんまだもんね。気づかないほうがどうかしてるって。だよね、デコちゃん」

龍ヶ崎本人が言うのだから間違いないだろう。秀子は焦った。どうして焦るのか、自分でもよくわからない。全身からじんわりと汗が滲みでてくる。

「だけど龍ヶ崎くんさぁ。このキャラ、アヒルバスを擬人化したんだって、言ってなかった？」

凪海が冷やかすように言う。

「デコさんこそアヒルバスだって、おっしゃった方がいたんですよ」

「だ、だれです？」そんな突拍子もないことを言ったのは、とまでつづける前に龍ヶ崎は答えた。

「山中さんです」

　クウが？

「いつ？」秀子は思わず訊ねた。

「えらく前ですよ。ウチにOTAKUツアーでガイドにいらしたとき、聞いたんです。後輩のバスガイドはみんな、ツアーの企画その他、仕事に関することはどんなことでも、デコさんの元へ相談にいくそうですね」

「ええ、まあ」

「そんな彼女達の話にあなたは耳を傾け、親身になって相談に乗り、共に考え悩み、適切なアドバイスをすることもあれば、後押しをしてあげることもあった」

「それがあたしの仕事であり、役目ですから」

「ほんとだ」龍ヶ崎がちょっと驚いている。

「なにがですか」

「デコさんならそう言うに決まってるって、山中さんが言ってたんですよ。でも義務感だけであそこまでつきあうはずがない、しかもデコさんは常に本気だとも」

　たしかに義務感でした覚えはないが、常に本気というのは少しちがう。なんでもやっているうちに、熱くなってしまうだけだ。がんばらなければ損をした気分になる、ただの貧乏性に過ぎない。しかしそれをどう説明すればわかってもらえるか、秀子はわからなかった。

「新人研修で逃げだした山中さんを、デコさんは迎えにいったそうですね」

「うん、ああ」八年も昔の話だ。

「去る者は追わずと課長さんが引き止めたのにもかかわらず、デコさんは自腹を切ってまで、山中さんの元へいったんでしょう？」

「あたしは新人の指導員だったたし、寮でもいっしょだったんで、責任を感じて」

自腹よと戸田課長に言われたときは少し心が揺らいだものだ。クウが逃げた先は仙台からローカル線で二時間以上かかる田舎町だった。秀子はヤケをおこして、仙台までの新幹線をグリーン車にしたところ、片道だけで一万五千円近くかかった。

その町の町長をはじめとしたオジサン達が参加したアヒルバスのツアーに、まだ社員ではなかったクウもいた。それが縁で、クウはその町に逃げていったのだ。

町長の家に一泊して、クウを連れ帰った。翌朝、迎えにきた小田切の自家用車に乗ってだ。当時はフォルクスワーゲンだった。しかし子どもが生まれた直後、彼は家族のためにミニバンに買い替えてしまった。

クウはいまでもその町へ一年に二、三度、足を運んでいる。町のオジサンとすっかり意気投合したうえにだ。じきに百歳になるだろう、町長さんの叔母さんに、ここはあなたの第二の故郷よ、つらいことや悲しいことがあれば、いつでもきていいからと、言われたからである。秀子も付き添っていったことがあった。

「なんにせよ、山中さんはデコさんのおかげで、いまの自分があるとおっしゃっていました。いくら感謝しても感謝しきれないって」

「えらいんですね、高松さんは」密《ひそ》やかだが通る声で、山田が言った。

「なに今更言ってるの。前にあたしが言ったでしょ。デコちゃんはえらいんだから」

「浦原さん、あたしが仕事を投げだして、ハワイに逃げたら、自腹で迎えにきてくれますか」

「なんでハワイに逃げるのよ。国内にしなさいよ。っていうか山田、逃げたいの？」

「もしもの話です」

「本多さんについても助かったと言っていました。デコさんがコンビを組んでからだいぶマシ、痛っ」

龍ヶ崎が小さく叫んだのは、秀子が蹴飛ばしたからだ。つい力が入ってしまい、しかも弁慶の泣き所に的中したようだった。

「パパがどうしたの、デコ？」

「パパのおかげで助かってるって話よ。そうよね、龍ヶ崎くん」

「は、はい」秀子の蹴りがよほど効いたらしい。きれいな顔を歪めながら、龍ヶ崎は話をつづけた。「デコさんがいなかったら、後輩バスガイド達によるツアーその他の企画やアイデアが、実現することはなかった。デコさんはアヒルバスになくてはならない存在であり、デコさんこそがアヒルバスだと」

褒めてくれるのはうれしい。もっと若いうちであれば、マジデェー、ウレシー、アリガトーネェと無邪気に喜んで、はしゃいでいただろう。だがいまの秀子はちがった。褒め言葉のはずが、ただの慰めにしか聞こえない。理由ははっきりしている。自分自身の仕事ぶりに納得していないからだ。

周回遅れのビリッケツ。

それがいまのあたしだ。

「実感ないんですか、デコさん」

龍ヶ崎が心配そうに訊ねてくる。自分がなにかまずいことを言ってしまったのでは、と不安になっているのかもしれない。だったら申し訳ないと秀子は思う。

「ジッカンってなに?」

「自分ではわからないってことよ」

ミカの質問に凪海が答える。

「それはそうよ、ボーズのオニーサン」ミカは両手を腰にあてた。「オニーサンはおナカがへったらどうする? ゴハンをたべるでしょ」

「あ、うん」

「こまったひとをたすけてあげるのは、デコにとって、ゴハンをたべるのとおなじくらいアタリマエのことなの。オニーサンはゴハンをたべても、だれもほめてはくれないでしょ。たとえスゴいわ、エライわってほめられてもピンとこないでしょ。それといっしょ。わかる？」

「おぉぉ」「なるほど」

凪海と山田が感心している。とうの龍ヶ崎は目をぱちくりさせるばかりだった。

「これぞまさしくプリキャラソウルよ。だよね、デコ？」

「トーザイナンボクどこへでもぉ」龍ヶ崎が呟くように唄いだす。

「なんだ、オニーサン、知ってるのね」と言ってから、ミカがつづきを唄った。「こまったひとがいたならばぁあぁ」

「あたしが白馬にまたがって助けにいくのぉ」

驚いた。さらにつづきを唄ったのは山田だったのだ。

「それがプリキャラ魂、そぉれがプゥゥリキャァアラソォォルゥウゥゥウ」

ミカが唄い、そして秀子を指差す。最後のセリフを言えと命じているにちがいない。やらざるを得ないだろう。

「ってものよぉ」

「よくできましたっ」ミカが小さな手で叩く。

「なに、いまの？」

どうやらプリキャラを知らないらしい。凪海ひとりが、首を傾げていた。


「デコ様、カオナシにビシッと一言、言ってくださったのでしょう？」

秋葉原の老舗メイド喫茶、『ぴゅあはぁと』の店内で、いつもどおりに秀子がレジを背にして、突っ立っていると、ヨハネちゃんが近づいてくるなりそう言った。

「ビシッとなんかあたし」言った覚えはないわとつづけることはできなかった。ヨハネちゃんに遮られてしまったのである。

「さすがデコ様。奥床しくていらっしゃる。女としてぜひとも見倣《なら》いたいものですわ」

さてどうしたものか。これ以上、なにを言っても聞く耳を持ってはくれなさそうだ。

「カオナシがあたくし達のことを蔑むような嫌な目で見なくなったのが、なによりの証拠ですもの。昨日なんて昼間に、菓子折を持っていらっしゃって」酔っ払ってメイド三人に説教をしたことを、詫びにきたのだという。「そのときの代金も置いていったんですのよ。それも少し多めにね」

本多は以前よりだいぶマシになった。秀子はビシッと一言言っていないものの、ひとつひとつ事細かに注意しているからだ。ツアー客が見ている前でも容赦しなかった。

いや、むしろそちらのほうが燃えた。

ノーノーノー、ホンダ。いまのガイドじゃ、スピーディーすぎて、だれもアンダスタンドできてないわよ。プリーズワンモアやってちょうだい。

なんて具合に英語と日本語をチャンポンにして叱りつける。身振り手振りをつけることもあった。参加者の前でもおかまいなしだ。これが大いにウケた。どこの国のひとであってもである。腹を抱えて笑うひとも少なくなかった。どうやら秀子の動きがツボらしい。

こうなると俄然《がぜん》、調子に乗ってしまうのが秀子だ。わざと大袈裟に、身振り手振りを一回りも二回りも大きくしてみせた。

はじめのうちは本気で嫌がり、ウットーしがっていた本多も、客の反応がいいと、秀子にあわすようになってきた。わざとぞんざいにガイドを済ませたり、秀子の注意を適当にあしらったりするのだ。だったらおまえが英語で言ってみろと言い返してもきた。むろんワザとではあるが、半分マジっぽい気がしないでもなかった。

やむなく秀子が必死になって、英語の単語を並べ、片言で説明を試みる。すると秀子がなにを言おうとしているのか、参加者が当てようと躍起になる。これでバスの中が大いに盛りあがり、参加者に連帯感も生まれた。本来のガイドとは外れてしまうことはあっても、それでも参加者に楽しんでもらえれば御《おん》の字だ。お客様の喜びはバスガイドの喜びである。

いま本多がなにをしているかと言えば、マイク片手に歌を唄っていた。英語ではない外国語である。ただしメロディはアニソンっぽく、水木一郎ばりの熱唱だ。ツアー客のうちオジサン三人だけがノリノリで、メイドそっちのけで、いっしょに唄いだした。ほとんど合唱だ。

あのオジサン達ってイタリア人だったよな。

唄いおえてから、お互いを褒め讃えるようハグしあっている。ヨハネちゃんはツアー客へ戻っていき、入れ替わるように、本多が近づいてきた。

「なんですか、いまの歌？」

「『鋼鉄ジーク』っていうアニメの主題歌」隣に立つ本多は少し肩で息をしている。

「四十年も昔のなんだが、どういうわけだかイタリアで人気があって、いまでもこの歌を知っているってひとが多いんだと」

「本多さん、イタリア語もできるんですか」

「できねぇよ。ネットの動画を見て丸暗記しただけだ。日本じゃ忘れ去られちまってるけど、よその国じゃ、国民のだれもが知ってる日本のアニメとか特撮ものがいくつかあってな。この『鋼鉄ジーク』みたいに、フランスやフィリピンやブラジルとかにもあるんで、それらの主題歌も、目下、練習中。そのうち披露するつもりだ」

「えらいですね」

本多はお調子者で単純だ。なので事細かに注意するだけでなく、ここぞというときにはきちんと褒めることにしていた。でもいまのはちがう。ほんとにえらいと思ったのだ。

「えらかねぇよ。仕事だから仕方なくやってんだ」

そう言いながらも本多の頬は緩んでいた。お調子者で単純。でもそれを隠そうとしてもこぼれでてしまうのだ。じつにわかりやすい。

「俺のいた国で、やっぱ七十年代のロボットアニメで、超有名のがあってな。日本人だったらこの歌、知ってるだろって、そのアニメの主題歌、散々聞かされて、はじめはうんざりしたけど、そのうち覚えて、ソラで唄えるようになっちまってよ。それどころか、むこうで嫌なことや辛いことがあったら、口ずさむようになっちまった」本多は小さくため息をついた。「俺さぁ。子どもの頃からアニメが好きで、専門学校まで通って、勉強して、アニメの製作会社に就職したんだ」

ほぼひと月前、ミカにきいたのとほぼおなじだ。それでも秀子ははじめて聞いたかのように、「そうだったんですか」と頷いた。

「だけど給料は安いうえに、つくりたいものがつくれるわけでもないから、すぐやめちまって」

これもミカに聞いている。

「おなじ不満を持ったヤツらと自分の好きなアニメをつくろうって、会社を立ちあげたはいいんだが」

これは初耳だ。

「いくつんときです?」

「二十一さ。他のヤツらも同世代だった。意気込みだけは人一倍で、技術もないわ実績もないわで、テレビ向けにパイロット版一本つくっただけで二年ももたずに会社は倒産、けっこうな額の借金を抱えちまって、鬼のような催促から逃れるために、海外へとんずらしちまった」

「借金はどうなったんですか」

「親父が肩代わりしてくれたよ。十年以上かけて、全額返してくれた。そのあいだにおふくろが病死してよ。そりゃもう、大変だったらしい。仲がよかった従弟とだけは連絡とっていてさ。親父が倒れたって話もそいつに聞いたんだ」

「萌えまぜ、萌えまぜ、萌え萌えまぜまぜ、魔法のスプーンでまぜまぜ萌え萌え」

メイド達が飲み物や食べ物に魔法をかけている。ツアー客達は老若男女国籍問わず、みんな大はしゃぎだ。

「なのに親父のヤツ、俺に恨み言ひとつ言わねぇんだ。ロレツのまわらない口で、よく帰ってきたって言っただけでよぉ。バネッサとミカがきたら、涙流して喜ぶ始末さ。この歳になって新しい家族ができるとは思っていなかったたってな」

「よかったじゃないですか」

「よかねえよ。俺がアニメの会社なんぞつくらなきゃ、おふくろは生きてたかもしれないし、親父だってああはならなかったかもしれないんだぜ」

「でもそしたらバネッサさんに会えなかったし、ミカちゃんは生まれてこなかったんですよね」

「そりゃあ、そうだけどよ」

「あたしにも会うことはなかった」

秀子が言うと、本多は渋柿でも齧《かじ》ったかのような顔つきになった。冗談か本気かさだかではない。いずれにしても、そこまでひどい顔をしなくともいいと思う。

「デコ様ぁあぁ」ヨハネちゃんに呼ばれた。「『プリキャラ魂』、踊れましたよね。こちらのお客様がぜひご覧になりたいと」

「オネガイシマァアス」

「はぁあぁい、いまいきまぁぁす」

秀子が歩きだすと、本多もついてくる。

「俺、グリーンやっから」

へ？

「ミカに教わったんだ。パパみたいなオジサンが踊ればバカウケまちがいなしっていうんでね」

「だいじょうぶですか」

本多はにやりと笑い、こう答えた。

「ミカに太鼓判もらってるからよ。キレッキレで踊れるぜ」

ぎぃいこ、ぎぃいこ、ぎぃいこ。

愛車のボヤッキーが漕ぐ度に、妙な音をたてている。この数日、そうだった。そろそろ月島にある自転車屋さんに、診てもらいにいかなきゃな。

診てもらうといっても、油をさして、チェーンのまわりをよくしてもらうくらいだ。自転車屋には秀子とさほど歳の変わらぬ男性がいた。八年前、ビアンキではなくボヤッキーだと見破ったのは彼だった。当時はイイ男だとちょっと気になっていたものだ。妻子持ちだとわかったのは、カオルが小学校にあがってからである。彼とおなじクラスの子で、自転車屋とおなじ名前の女子がいたのだ。

江戸前ハウスが独身寮だった頃は、バスガイド達を、アヒルバス本社からバスが出迎えてくれたものだ。しかし秀子は途中から、ボヤッキーで通勤するようになった。

ダイエットをするためだ。独身寮をでてからも、つまりはこの八年間ずっとである。八年前と身体のサイズおよび体重を維持しているので、効果がないことはないと思うがどうだか。

築地にある1Kの部屋をでたのは朝六時前だ。すでに日はのぼっていた。いつもよりも人影はなく、車もあまり走っていないのは祝日だからだ。春分の日なのだ。今日はお見合いツアーのガイドを担当する。浅草ではなく、お台場で、二十代限定だ。三十代限定より、放っといても盛りあがるので気楽ではあった。

勝鬨橋《かちどきばし》を渡り終わるとそこは勝どきだ。あとしばらく晴海通りをまっすぐに、二つ目の信号で左へ曲がって、もう一本、橋を渡ればアヒルバスの本社が見えてくる。

いつしか秀子はアバの『ダンシング・クイーン』を唄っていた。ここ最近、通勤のテーマソングだ。はじめのうちこそサビしか唄えなかったのが、バネッサの指導のもと、ほぼソラで唄えるようになった。『チキチータ』もじきに唄えそうだ。

赤信号だ。車の通りがほぼないので、突っ切ってもよかったが、秀子はブレーキをかけた。朝陽を浴びる町を眺めながら、つづけて秀子はアヒルバスの社歌を唄う。

「朝からご機嫌ね」

驚きのあまり、危うく倒れかけた。

「そんなに驚かなくたっていいでしょ」

隣に戸田課長がいた。芥子色《からし》のカシミアのセーターに、グレーのチノパンと、いつもどおりのユニクロファッションである。彼女もまた自転車だ。ハンドベルの前に子どもを乗せるためのカゴが付いたままで、そこにはぱんぱんに膨らんだバッグが入っていた。

「おはよ」

「お、おはようございます」

「早めの出勤ね。なにか会社ですることとあるの？」

「い、いいえ、あの、とくには」

お互いに自転車出勤だが、こうしてばったり出会《でくわ》すのは珍しい。というのもなるべく出会さないよう、秀子はウチをでる時間をずらしているからだ。今日も十分ほど早めにでてきた。

こんなことならあと十分、寝ていればよかったよ。

「昨日、本社にフィンランドからメールがきたの、デコ知ってる？」

「いえ」フィンランドといえば、以前はムーミンが真っ先に思い浮かんだ。しかし最近はナマハゲになってしまった。

「ハラキリズっていうバンド、オタクツアーに参加してたでしょ」

「ええ」まさにそのナマハゲだ。

「そのリーダーからで、アヒルバスの社歌をつぎのアルバムに収録したいので、許可をいただきたいって。デコに教わったとも書いてあったそうよ」

教えてはいない。唄ったのを彼らのうちのひとりが、録音していったのだ。

「まずかったですか」

「全然。社長は大よろこびよ」

それはけっこう。だけど社長、ハラキリズがヘビメタのバンドだと知っていたのかな。

「そうだ。会社行く前にいっとくわね。このあいだ、あなたが提出したグッズに関する企画書。昨日の夜に企画部長と話しあって、どれも実施することに決まったわ」

「ほんとですか」

「あの中で、ナルハヤでやってほしいのは、アルヒくんの扇子と手拭いね。アッパレちゃんフィギュアはもうちょっと定価が安くならないかって、企画部長は言ってたわ。それとバスガイド体験ツアーなんだけど、夏休みにできないかしら」

「でもあの、夏のツアーはぜんぶ決まっていますよね」

「梟の一声よ」

「社長が？」

「あたし達が打ちあわせをしているところに、フラフラとやってきてね。これはいい、ぜひやりましょう、夏にやらないでどうするんですって。そのあと発案者がデコだって話したら、前回の失敗のときに、励ました甲斐《かい》があったとも言ってたわ」

べつに社長に励まされたから、がんばったって、わけでもないんだけどなぁ。

「私もやるなら夏休みにすべきだと思うんだけど」

信号が黄色から赤になった。青になっていたのを渡らなかったのだ。

「ゴールデンウィーク明けに、バスガイドがひとり減ることになるのよ。そのへんの調整ができるかどうか。中森は子どもが一歳になる前日まで、ばっちり育休を取りますって、張り切っていたしねぇ」

「ひとり減るって、だれかやめるんですか」

「やめはしないわ。よそへいくの」

「よそってどこです?」

「大阪」

話がよくわからない。なぜアヒルバスのバスガイドが大阪へいくのだ?

「大阪に支社をつくるのよ。一年以上前から社長に働きかけてて、ようやくゴーサインがでたんだ。言いだしっぺの私を含めて社員数名が、いくことになって」

いよいよもって秀子は混乱してきた。

「つまりその、ゴールデンウィーク明けに、ひとり減るっていうバスガイドは」

「私よ」

　はじめて聞く話だ。

「なんで支社を」

「デコのせいよ」

　は？

「あなたや中森が革命だ、革命だって、自分達でツアーを企画して、いくつも成功させてきたじゃない？　そんなあなた達の意志を継いで、後輩バスガイド達が、とくに華のゼロハチ組なんてツアーはもちろんのこと、旅館だの通訳ガイドチームだのをつくって、自らが先頭に立って、活躍している。そういうのが、無性に羨ましくてたまらなかったのよ。そのうち、なにくそ負けるもんかって、思うようになってね」

　鋼鉄母さんこと戸田課長がそんなふうに考えていたなんて。こうして本人の口から聞いても、信じられない。そしてまた秀子は肝心なことを思いだした。

「大阪って、旦那さんの転勤先じゃないですか」

「あのひと、むこうですっかりえらくなっちゃってね。定年まで東京に戻ることはあり得なくなったの。こうなったら私が大阪へいくしかない、でもバスガイドはやめたくない、今更知らない土地で転職なんかできない、ならばいっそのこと、アヒルバスの大阪支社をつくってしまおうと考えたのよ」

「カオルくんは？」

「私より一足先に旦那のとこへいくわ。四月からは大阪の中学」

「そんなこと、これっぽっちも」

「私が言うまで言うはずないでしょ」

「学校の友達にも？」

「ほんとに親友って呼べる男の子ふたりだけには言ったんだって。女の子にはだれにも言わずにいくつもりらしいわ」

バレンタインデーのチョコはゴディバだろうが、手作りだろうが、すべて無駄におわったわけか。女の子達を気の毒に思う。

「いなくなるのはゴールデンウィーク明けだけど、私、四月一日から大阪支社準備室長になるの。それであなたがバスガイド課の課長に昇進よ」

秀子は我が耳を疑った。信号がまた黄色になっている。話しているあいだに何度、青になったのだろう。

「ど、どうして、あたしが」

「これも梟の一声よ。私をはじめ、だれも異論はなかったけどね。がんばんなさいよ、高松課長。やっぱ、デコ課長か。はは。なんかタコ社長みたいじゃない？」

駄目だ。目眩《めまい》がしてきた。いろんなことが一斉に押し寄せてきたせいで、頭が対処しきれなくなったのだ。

「どう？　ひさしぶりに会社まで競走しない？　いいわね」全然よくない。まだ目眩がしている。しかし戸田課長はおかまいなしだった。「信号が青になったらスタートよ」

途端、信号は青に変わる。

「ゴォッ」と叫び、戸田課長が走りだす。

こうなったら、負けていられない。

秀子も思いっきりペダルを踏んだ。

13　招ぎ猫がいっぱい

〈こんにちは〉〈こんにちは〉〈こんにちは〉〈なにお願いする？〉〈なになに？〉〈教えて教えて〉〈なんでもお願いしてもいいよ〉〈なんでもどうぞ〉〈どうぞどうぞ〉〈でも願いが叶うかどうかはわからない〉〈わからないからなんでもいいの〉〈願いが叶うかどうかはあなた次第〉〈あなたのがんばり次第〉〈あなたの努力次第〉〈猫の手を借りたいのはわかるけど〉〈猫の手はあまり役立たない〉〈猫は願いを聞くだけなの〉〈それでもよろしければどうぞ〉〈どうぞどうぞ〉

大小さまざまな招き猫が一斉にしゃべりだす。いや、『き』が『ぎ』と濁るんだった。招ぎ猫だ。千匹はくだらないというが、もっといそうだ。

もちろんほんとにしゃべるはずがない。秀子が脳内でアフレコをしているだけだ。

ここは豪徳寺だ。その境内にある招ぎ猫を奉納するところに、秀子はいた。

江戸の初期に現在の滋賀県、彦根藩の二代目藩主、井伊直孝《いいなおたか》が鷹狩りの帰り、ちっぽけな寺の前を通りかかると、猫が手招きをしておりました。そこで直孝は寺で一休みしたところ、空は一天俄《にわか》にかき曇り、激しい雷雨に。猫のおかげでずぶ濡れにならずにすんだ、なんと縁起がいいことだろう、と直孝は大いに喜び、寺を立派に改築し、自らの先祖を弔う菩提寺にしたと伝えられております。この言い伝えから境内には『招猫観音』が祀られ、招ぎ猫発祥の地として知られるようになりました。

昨夜、ネットや本で仕入れ、大学ノートにまとめた情報を元に、頭の中でガイドをしてみる。

また藩主の菩提寺だったという繋がりから招ぎ猫がモデルに、滋賀県彦根市では彦根城の築城四百年祭のマスコット、『ひこにゃん』が誕生しました。ひこにゃんはこ豪徳寺を訪ね、井伊家のお墓をお参りしたこともあります。ちなみにわたくしがさきほどから、招き猫を招ぎ猫と申し上げておりますのは、けっして間違えではありません。こちら豪徳寺では、招ぎ猫と発音するのが、正しいとされています。

〈よくご存じで〉〈すごいな〉〈お見事〉〈たいしたもんです〉

千匹以上の招ぎ猫にお褒めいただく。いちいち断るのもなんだが、もちろん秀子の脳内アフレコである。つまりは自画自賛だ。

ここのは真っ白で、右手を挙げ、首に鈴をつけているだけだ。小判は持っていない。大小さまざまのがいる。秀子もついいましがた、授与所で五百円のをいただいてきたばかりだ。自宅に持ち帰り、願いが叶えばふたたびここを訪れ、奉納するのだとアカコに教えてもらった。

「ほんと、すごい数」

そう言いながら凪海はスマートフォンを招ぎ猫達にむけ、写真を撮っていた。

「あっ、ナミさん、足元っ。招き猫、蹴っちゃってますって」

山田の指摘どおりだ。それも数体である。

〈どうぞお気になさらずに〉〈だいじょうぶ、だいじょうぶ〉〈起こしてくれればいいから〉

倒れた招ぎ猫達は顔色ひとつ変えず、口々にそう言っていた。

「ご、ごめんよ。着物に草履なんかひさしぶりなんで、足元が覚束《おぼつか》ないんだ」

凪海だけではない。アカコも秀子も、そして山田も四人揃って着物姿だった。


桜も見頃だから、そろそろ豪徳寺にいかない？

アカコから誘いの電話があったのは三月のおわりだった。秀子は二つ返事で答え、四月第一木曜に決めた。その日の夜、アルヒくんグッズについて、凪海とラインを交わしていたところだ。話が花見のことになった。

このままだと今年も桜を見逃しちゃうよ。

凪海が言ったので（ラインだから書いたか）、豪徳寺へいく旨を告げたところだ。

あたしもいっしょにいっていい？

すぐにアカコに確認をとると、デコちゃんの友達はあたしの友達だよと快い返事をもらった。じつを言えば秀子は前々から凪海とアカコを会わせるつもりだった。なんの根拠もないが、ふたりはぜったい気があうと思っていたからだ。とりあえずはその直後、アカコには秀子と凪海だけだったラインに入ってもらった。

花見はみんなで、お粧《めか》ししていこうよ。

凪海がラインに書きこんだのは先週末だ。花見だが桜の下で呑めや歌えやのどんちゃん騒ぎをするわけではない。しだれ桜を眺め見るだけである。

だったらあたし、着物でいこうかしら。

秀子がそう返したのは、その日ひさしぶりに『着物でキメる！　着付け教室&江戸下町そぞろ歩き』のガイドだったのだ。するとどうだろう、アカコがこう書きこんできた。

あたしも着物でいく。

今度、着物限定のお見合いパーティーに参加するので（アヒルバスのツアーではない）、新調したばかりだというのだ。するとしばらくして、凪海の書き込みがあった。

あたしも実家から着物を取り寄せることにしたわ。三人揃って、着物でレッツ・豪徳寺！

そして今日、昼の二時に小田急線の豪徳寺で待ちあわせた。秀子やアカコは自宅から着物で訪れたが、凪海と山田はご苦労なことに午前中、九品仏《くほんぶつ》の事務所で一仕事おえたのち、豪徳寺に先乗りして、駅近くの美容室で着替えてきた。

そうなのだ。三人のはずが山田もきた。

凪海が仕事の合間に花見の話をしたら、いっしょにいくと言いだしたのだという。山田の目的は桜や招き猫ではなく、アカコだった。小学生の頃から『アカコとヒトミ』の大ファンで、ふたりのラジオ番組はかかさず聞いていたらしいのだ。

その言葉に嘘はなかった。アカコを前にした山田は、感激のあまり泣きだしたのである。秀子ばかりか、凪海もそんな彼女を見たことはなく、呆気《あっけ》にとられるばかりだった。アカコもうれしそうにしながらも、ちょっと困り顔でいた。山田が泣き止み、化粧をなおすまでみんなで待った。

だからといって秀子は機嫌を損ねたり、イラついたりしなかった。むしろ山田の意外な一面を見ることができて、心が和んだくらいである。

「世田谷にお城があったんですね」

いつの間にか隣に山田がいた。豪徳寺にはステンレス製と思《おぼ》しき説明板がいくつか設置されている。秀子はそのうちの一枚、『大谿山豪徳寺《だいけいざん》』の説明文を読んでいたところだったのだ。その出だしに『豪徳寺は、世田谷城主吉良政忠《きらまさただ》が、文明十二年（一四八〇）に亡くなった伯母の菩提のために建立』とあった。

「近くに世田谷城阯公園《じょうし》っていうのもあるわ。もともとここは世田谷城の敷地内だったんですって」

「あたしん家、葛飾《かつしか》なんですけど、葛西城《かさいじょう》っていうお城が昔あって、おなじように城址公園もあるんですよ」

「ウチの実家は八王子で、八王子城っていうのがあって」

つい対抗意識を燃やして言ってしまう。

「知ってます。アヒルバスのツアーでありますもんね。地元の芸者衆さんと八王子を巡るの。あれって、やっぱり高松さんが企画したんですか」

「あ、うん。まあね」

名字で呼ばれると、ちょっと緊張する。相手が山田だと尚更だった。

「八王子に芸者さんがいたなんて意外です」

「あたしの従妹がそうなの。山田さんよりひとつふたつ年下だけどね」

「そうなんですか。そのひと、会ってみたいな。そっか、ツアーに参加すればいいのか」

しだれ桜が見える。ちょうど見頃の満開だ。その下で四人並んで、写真を撮ってもらう。だれに？　郷田写真の三代目である。

先日、ツアーの記念写真の撮影をおえたあと、三代目に今日の話をしたところだ。豪徳寺のしだれ桜に興味をしめし、その写真を撮りにいきたい、よかったらついでに、デコさん達も撮ってさしあげましょうと言った。

ついでに、が余計だと思ったが、折角の申し出を無下《むげ》にするのも勿体《もったい》ない。ぜひとお願いし、二時半に現地到着予定だった。ところがさきほど三代目から二十分ほど遅れると、メールが届き、やむなく四人はしばらく豪徳寺の敷地内を見てまわることにした。バスツアーだったら自由行動といったところだ。

凪海とアカコは石造りの巨大な香炉台の前にいた。お線香をたてようとするも、風向きで煙に襲われ、ゲホゲホ噎《む》せていた。

〈なにやってるの、あんた達？〉

そんなふたりを見て、香炉の上にいる見た目獅子っぽい狛犬が呆れている。

「ここもいずれは、なにかのツアーに？」

「そのつもりでいるわ」

外国人観光客向けがいいと秀子は考えている。ツアーの企画を考えるためには、ネットや本で探すよりも、やはりこうして現場に足を運ぶのがいちばんだ。なによりも秀子自身楽しかった。知らない町を歩くだけでワクワクする。昔からこうだったわけではない。バスガイドをはじめてから、ツアーの企画を立てるようになってからは尚更である。どんな町にも歴史があり、見所がある。それを発見するのが大きな喜びでもあった。お客様の喜びはバスガイドの喜びだ。でもやはり自分で喜びを感じなくてはお客様に勧められない。

「高松さんの足元で泳いでいるのって、アヒルですよね」

「そうよ。わかった？」

山田が言うのは秀子の着物の柄だ。上前に水草が立つ池をアヒルが数羽泳いでいる。アルヒくんみたいなお茶目なのとはちがう。ずっとリアルだった。ただ腿《もも》から下にいるので、なかなか気づかれないのが残念だった。だからこそ自分が言う前に気づいてもらうと、とてもうれしかった。いまもそうだ。自然とにやついてしまう。

「仕事で浅草にいたら、呉服店のショウウインドウに飾ってあるのを見つけてね。あたしのための着物だわとどうしても欲しくなり、つぎの休日に早速、買い求めたのよ。ちょっと値が張ったけど、奮発しちゃった」

淡い水色の色留袖で、既婚女性のフォーマル着だと知ったのは購入後だ。着付け教室の先生に教えてもらったのだ。ただし近頃は未婚の方も着ているし、柄が柄なので、普段着てもおかしくないとも言われた。

「めちゃくちゃセンスいいですよね。それにとてもよく似あっています」

「そう？　山田さんのも素敵よ」

「ありがとうございます。これは母方の祖母に譲ってもらったんです」

だからか。いちばん年下なのに、いちばん渋い。なにせ紺色の紬《つむぎ》だ。ただし赤と黒の大胆な配色の帯に、淡いピンクでハート型の籠《かご》バッグを持っており、本人が醸し出す雰囲気が相俟《あいま》ってトータルで見ると、ガーリーファッションっぽかった。

凪海は若草色の地に小花柄模様で、柿色の名古屋帯を締めている。これもまたスーツ姿とおなじく、お母さんにしか見えない。子どもの入学式にでも出席するようだ。

アカコはベージュ地に椿の花が咲き乱れていた。いちばん年上なのに、いちばん派手なのだ。お見合いパーティーへの気合いじゅうぶんと言っていい。

「あたし達も線香、あげにいこっか」

秀子が利休バッグに大学ノートをしまっていると、山田が突然、頭を下げた。

「打ちあわせで、いろいろと失礼なことを言って、すみませんでした」

気にしてたんだ、この子。

「いいのよ、そんなの。だって山田さんの言うことは、いつも正しいもん。これからもビシバシ言ってちょうだい」

「わかりました」微笑《ほほえ》みながら、山田は眉をきりりと吊りあげた。「これからもそうさせていただきます」

いやあ、ちょっとは歯に衣着《きぬ》せてほしいかなぁ。

「早速なんですが」

いま？

「今回、既存の制服をアレンジしてTシャツをつくりますけどね。はっきり言って、いまのってダサくありません？」

今戸神社の白子さんとおなじことを言う。つまりそれは秀子と同意見ということだ。

「ずいぶん古いデザインだからね」

「だったらそろそろ変えどきではないですか。よかったら、私にデザインさせてください」

山田は微動だにせず、声高になってもいない。しかし秀子には、ぐいぐいと迫ってきているかのように思えた。気押《けお》されている証拠だ。二十一、二歳でこの迫力とは末恐ろしいばかりである。華のゼロハチ組だって、ここまでのはいない。凪海の苦労が忍ばれた。カレシの前でもおなじなのかしらと余計なことまで考えてしまう。

「服のデザインもできるの？　Tシャツとは勝手が違うように思うけど」

「なんでもデザインするのが凹組のモットーですので」

凹組というより山田自身のモットーかもしれない。

「よろしくお願いします」

ぺこりと頭をさげる山田のむこうに、あたりを見回す郷田写真の三代目が見えた。

「いいわ、考えとく」

「みなさぁん、表情が硬いですよぉ。もっと笑ってぇ」一眼レフを構えながら三代目が言った。「と言ってもすぐには笑えませんよねぇ」

思わず四人は相好《そうごう》を崩す。満開のしだれ桜を背に、むかって右からアカコ、秀子、凪海、山田の順で横一列に並んでいる。

「いまの笑顔、自然でよかったですよぉ。それでもまだ硬いかなぁ。レンズを気にせず、四人でなにかおしゃべりしてくれませんかぁ」

いきなりそう言われても。そう思っていると隣からアカコが訊ねてきた。

「あのカメラマンさん、独身？」

「結婚してて、お子さんもいらっしゃいます」

「なんだぁ」残念がったのは凪海だ。「ああいう優男《やさおとこ》、タイプなのになぁ」

「だったらお見合いツアーんときの運転手さんは？」ふたたびアカコだ。

小田切のことにちがいない。

「彼も妻子ありです」

「なんで?」アカコが不服そうに言う。「なんであたしがイイと思うひとはみんな、結婚して子どもがいるの?」

「アカコさん、以前ラジオの番組で、家族ができたら漫才が存分にできなくなってしまう、だから私は結婚しないって、おっしゃっていましたよね」

山田本人にそのつもりはないにせよ、ふだんどおりのキツめな口ぶりのせいで、問い質しているかのようだった。アカコがお見合いツアーに参加していた事実を山田は知らない。ツアーで会った話はしたものの、そのへんについては伏せておいたのだ。秀子にしてもなんか言い辛かったのである。

「そ、そう考えている時期もたしかにあったわ。だけどあの、最近、ネタに詰まってきてね。結婚でもしたら世界が広がるかなぁって考えているの。やっぱこれからの芸人は笑いと恋愛が両立できなきゃマズいと思うんだ」

いくらなんでも無理がある。ただの言い訳にしか聞こえない。ところが山田は真に受けたらしい。

「なるほど。つまりは新しい笑いへのチャレンジということですね」

「そ、そうそう。ひとはつねにチャレンジを重ねていかないとね」

「私も仕事と恋愛が両立できるよう、頑張ります」

「ってことはなに、山田さんはカレシがいるの?」

「去年の夏、十年振りに同窓会で再会して、付きあいだしたんですよ」

チクるように言ったのはもちろん凪海だ。山田はちょっとばかし顔をしかめたものの、なにも言わなかった。

「同窓会かぁ」アカコはずいぶんと感慨深げになっている。「その手があるかぁ」

使うのか、その手。

「え？　あ、はい。ウ、ウエイトミニッツ」三代目が二メートル近くある白人男性に話しかけられ、まごついている。「デ、デコさん、この方がみなさんの写真を撮っていいですかって、おっしゃっているんですけど、どうします？」

「ノープロブレムッ」そう叫んでから、アカコは他の三人に「いいわよね？」と訊ねた。順序が逆。でも三人とも異論はなかった。

気づけば三代目のうしろに二十人ばかり、人集りができていた。そのほとんどが外国人観光客と思しきひと達だ。しかもアカコの返事を待っていたとばかり、スマートフォンやカメラなどを秀子達にむけた。

帰りは豪徳寺駅ではなく、反対方向の世田谷線の宮の坂駅へむかった。その近くにおいしいワッフルの店があると、みんなに勧めたのは山田だ。予《あらかじ》めネットで探したのだという。

しばらく歩いていくと、二両編成の電車が走るのが見えた。世田谷線だ。世田谷区の三軒茶屋駅から下高井戸《しもたかいど》駅までを結ぶ路線距離五キロ、十駅の路面電車だと知っているのは、ツアー客にガイドをしたことが何度もあるからだ。試しに乗ってみようと思いながら、なかなか機会に恵まれなかった。今日こそ乗るつもりでいる。

「アカコッ」

じきに世田谷線の踏切というところだ。背後から呼ぶ声に四人で振り返る。

「うっそ、やだ」山田が叫ぶ。「ヒトミさんだっ」

アカコの相方だ。ママチャリを走らせ、こちらにむかってくる。そしてアカコの前で止まった。

「ど、どうしたの、ヒトミ？」

「それはこっちの台詞《せりふ》だよ。ずいぶん粧《めか》しこんじゃって、なにかあったの？」

アカコが口ごもっていると、山田が一歩前にでた。顔が強ばっているのはどうやら緊張のせいらしい。

「は、はじめまして。わたくし山田香な子と申します。幼少のみぎりより、『アカコとヒトミ』のファンでして、よ、よろしければ握手していただけないでしょうか」

「ほんとに？　どうもありがとう」

ヒトミは山田と握手してから、秀子のほうを見た。サドルに腰かけたままだ。

「昔、どこかで会ったことありません？」

「アヒルバスのツアーで」

「ああ。懐かしいなぁ。あたし達よりも客受けがよかったバスガイドさんだ。あんときは悔しかったなぁ。だけどなんで今日はアカコと？」

「縁あって友達になったのよ。他のおふたりはデコさんの友達」

アカコが早口で捲《まく》し立てる。まるで浮気が見つかった旦那さんのような慌てっぷりだ。額にじんわりと汗をかいているのも見えた。

「そ、それよりヒトミはどうしてここに」

「用賀の家にいったら、豪徳寺にいってるって聞いたからさ。ママチャリを走らせてきたんだけど、いなくって、このへん、ウロついてないかと思ったらどんぴしゃり」

「あ、あたしになんか用？」

「あたしがアカコに用があるとすればただひとつ、漫才に決まってるでしょ」

「だけどヒトミ、来週からヨーロッパじゃあ」

そうだった。BSの番組でヨーロッパ各国をママチャリで旅するために、四月のなかばから半年、ヒトミは日本を離れるとアカコから聞いている。

「その話、無期延期になった。っていうか中止だと思う。なにせ番組の製作会社が倒産しちゃったからね」

アカコはもちろん秀子達も驚きに目を丸くする。ヒトミ本人は清々としたという顔つきで話をつづけた。

「前からけっこうな借金抱えてたんだって。社長が行方不明になって、いま大騒ぎらしいわ。だけどまあ、ヨーロッパへいく前でよかったよ」

「それ、わかったのって」

「二時間前。電話してもよかったんだけど、アカコには直接、伝えたほうがいいと思ったからさ。ほんと言うと、その話、聞いたとき、これでアカコと漫才ができるって、うれしくなってね」

「それじゃ単独ライブを」アカコが擦《かす》れた声で言う。

「やるよ。やるやる。ぜひやろう」

「単独ライブ、やるんですか」山田がふたたび叫んだ。目尻に涙がたまっている。

「楽しみにしてます」

「ありがと。だけどごめんね、アカコ。せっかくのプライベート、邪魔しちゃった。その着物、似あってるよ。イカしてる。男だったら惚れちゃってる。じゃあね」

サドルに座りなおして、ペダルに足をかける。そして走りだそうとするヒトミを「待って」とアカコが引き止めた。それだけではない。ママチャリの荷台に横座りになり、ヒトミの腰に手をまわす。

「どうしたの、アカコ」

「いまからあたしん家で、漫才のネタつくるよ。けっこうアイデア、貯めてたんだ。なんだったら道すがら、話してあげる」

それからアカコは秀子に顔をむけた。

「ごめん。今日はここで失礼するわ」

「いいよ、わかった。また今度、ラインする」

アカコとはしばらく会えないだろう。彼女がアヒルバスのツアーにくることも当分なさそうだ。少し寂しいがそれでいい。アカコにはアカコのすべきことがある。

「いくよ、アカコ」

「合点、ヒトミ」

アカコとヒトミ、ふたりが乗ったママチャリを見送っていると、啜り泣く声がした。山田だ。

「よかった、ほんとによかった」

昔からのファンだ、アカコとヒトミの復活に立ち会えたのがうれしくてたまらないのだろう。感涙に咽《むせ》ぶのはわかる。

だけどどうしてスマートフォンをだしてるの？

しかも画面を忙しくタッチしている。

「なにやってるの、山田」

秀子とおなじことを思ったらしい。凪海が訝しがっている。

「コーモリにラインしてるんです。アカコとヒトミの漫才がまた見られるって」

「だれ、コーモリって」

「カレシ」答えたのは凪海だ。

「なんでいま、ライン送るわけ？」

「喜びはいち早く分かちあいたくて。彼もアカコとヒトミのファンなんですよ」

気持ちはわからないでもない。

でもなぁ。

山田とおなじ立場だとして、おなじことはたぶんしない。世代の格差なのか、それとも恋ゆえになせる技なのか、秀子にはわからなかった。

「あ、返事きた」

飛びあがらんばかりに山田は喜んでいる。その笑顔に文句をつける気は起こらなかった。同世代でおなじカレシなしの凪海と顔をみあわせ、肩をすくめるしかなかった。

三味線の音が聞こえてくる。食堂からだ。

これって、『よりを戻して』だよな。

蝶々夫人が『ぴゅあはぁと』の非常階段で煙草を吹かしながら口ずさんでいた小唄である。ただし歌は聞こえない。三味線の演奏だけだ。

世田谷線宮の坂駅近くの店でワッフルを食べながら、たっぷりおしゃべりをしたあと、凪海と山田は仕事場へ戻っていった。その時点でまだ夕方六時だった。だれもいないマンションの一室に帰るには早過ぎる。だけど折角の着物姿をだれかしらに見てほしい。かといって休日に会社へいくのも間抜けだ。あれこれ考えた末、江戸前ハウスを訪れることにした。お手玉パティはいるし、モモさんも相手をしてくれる。うまくいけば、夕飯にありつけるかもしれないし、ひとっ風呂浴びることもできるからだ。

食堂に入った途端、拍手が起きた。べつに秀子を出迎えてくれたわけではない。二十人ばかりの宿泊客が食事をしており、その片隅で、モモさんが三味線を抱えている。ちょうど『よりを戻して』が弾きおわったところだったのだ。でも宿泊客に聞かせていたのではない。みんなに背をむけ、開いたノートパソコンとむきあい、そのモニターに話しかけていた。

「どう、お蝶姉さん。ひさしぶりにしちゃあ、うまくない？」

「あたしの教え方がよかったからだよ」

モモさんにそろりそろりと近づいていくと、ノートパソコンから蝶々夫人の声が聞こえた。スカイプにちがいない。

「憎たらしい。なんでも自分の手柄にしたがるのは、昔とちっとも変わらない」

「文句言うなら、もう稽古つけてやらないからね」

「文句じゃありません、昔話です」

なんともはや。太平洋をあいだに挟み、スカイプで三味線の稽古をしていたというのか。

「モモだって、顔を桃色に染めて、膨れっ面で口尖らすとこなんて昔のまんま」

「十二か三だった頃のまんまのはずがないでしょ」

「あるわよ。三つ子の魂百までっていうじゃない」

アカコとヒトミのように漫才ではないにせよ、ここでもまたコンビが復活していたらしい。七十年近くのブランクなどなかったかのごとくだ。

「あら、デコ」

モモさんの背後まで辿り着いたところ、太平洋のむこう側にいる蝶々夫人のほうが先に気づいた。南洋の花が咲き乱れた派手なワンピースを身にまとい、牛革と思しき立派なソファに正座して、三味線を抱え持っている。

「おひさしぶりです」

「どうしたの、そんなお粧しして。デート?」

「女友達と花見にいってきただけですよ」

嘘をついても虚しいばかりなので、正直に答えた。

「そんなことしてると、モモみたいにいかず後家になっちゃうわよ」

「またそんなヒドいこと言って」

モモさんは顔を桃色に染め、膨れっ面で口尖らした。まさに十二、三歳の女の子みたいにである。

「デコ、『よりを戻して』は唄えて？」

「ええ、まあ」

「モモが弾くから聞かせてちょうだい」

「いまですか」

「あたぼうよ」

「でも」

「逆らっても無駄」モモさんが口を挟んできた。三味線を構え直し、バチを握っている。「お蝶姉さんは一度言いだしたら聞かない性分なのよ」

「だけどモモさん、お客さんが食事中ですよ」

そう言いながら、食堂を見まわしたところだ。箸あるいはスプーンやフォークを止めないものの、みんなの視線が秀子に集まっていた。しかも期待に目を輝かせてだ。

こうなればやらざるを得ない。

「いくわよ」

モモさんの三味線が鳴った。

14　とりあえずのおわり

そして四ヶ月近くが経った。

アヒルッアヒルッアッヒッルゥウ

アヒルバスハッキィイヨォォウモハッシッルゥウゥ

最後の「ル」は異常なまでに巻き舌になっていた。やりすぎだよと秀子はスマートフォンの小さな画面にむかって突っこむ。混ぜるな危険が長い髪を振り乱し、顔を真っ赤にして世界一冴えない歌を熱唱している。ほぼ絶叫に近く、その姿たるや、ナマハゲ以外なにものでもなかった。彼は中腰になり、首を前後に動かして、腰に両手をあてパタパタさせ、ステージをまわりだした。ギターの家内安全やベースの無病息災も、それぞれ演奏しながら、手のパタパタ以外おなじ格好でおなじ動きだった。森羅万象はドラムを叩いているので、首のみ動かしている。アヒルの真似だ。あの日、秀子の歌を聞いていただけでなく、この動作も見ていたのだろう。

混ぜるな危険が「グワワッ」と叫べば、ライブ会場一杯の観客が「グワワッ」と応えた。「グワワッ」「グワワッ」「グワグワ」「グワワワ」「グワワワ」

地元フィンランドで、つい先日ライブがおこなわれ、そのうちの三曲が公式の動画サイトに、アップされていたのだ。彼らのフェイスブックを見て知ったのだが、アヒルバスの社歌を鑑賞できるとは思っていなかった。すでに五回連続で再生している。

「ワンモアプリィィイズ、モイッカイ、グッワッワァ」

「グッワッワァ」

秀子は薄暗い廊下で混ぜるな危険の呼びかけに応えた。その真ん中へんにあるマッサージチェアに腰かけている。先ほど百円を入れたばかりで、背中から腰にかけて、ヘッドフォンに似た丸いクッション二本がぐいぐいと押しながら移動していく。骨董品一歩手前の年代物で、効果があるかどうかは怪しい。しかしやめるのは勿体《もったい》ない。

昨夜は江戸前ハウスに泊まるつもりはなかった。モモさんと今日のツアーのお弁当について、最終確認をおこない、ボヤッキーに乗って帰りかけたところを、お手玉パティに呼び止められた。

穴子の間が空いていますから、泊まっていきませんか、デコ課長。

いつもは秀子が無理を言い、泊めてもらっている。お手玉パティから勧められたのははじめてだった。断る理由はないので、その言葉に甘えることにしたのだ。

しかし夜中の一時に穴子の間で床に着いたはいいが、どうしても寝つけなかった。理由は明確だ。緊張しているのだ。七月第四月曜の今日、『アヒルバスで働いちゃおう！　親子でチャレンジ！　バスガイド&バス運転手体験ツアー』の一回目が催行されるのだ。

自分が企画したツアーを数多くこなしてきた。しかし初回の前日に緊張のあまり眠れないなんて、はじめての経験だった。いつ何時いかなる場所でも、横になればワンツースリー、ハイッで、熟睡するのにだ。

二時間寝たかどうか。微睡《まどろ》んでいるうちに、空が白んできてしまった。四時半過ぎには布団から這いでて、大浴場で朝湯に浸かり、部屋に戻る途中で、マッサージチェアに座ってスマートフォンをいじくっていた。

体験ツアーは夏休み期間中、毎週月曜計六回の催行を予定し、五月末から募集をはじめた。一回につき親子十六組で、はじめのうちこそ伸び悩んだものの、七月アタマには満席となった。目的地は六回ともちがう。今日は小金井公園の江戸東京たてもの園だ。

ツアーが増え、課長にも昇進したおかげで今年の夏は例年になく忙しい。ゴールデンウィーク明けには予告どおり、戸田課長は大阪へいってしまった。バスガイドひとり減（それも超ベテラン）の穴を埋めるのはなかなか大変だった。あれこれ考えた末、クウと相談したうえで、七月から本多にひとり立ちしてもらうことにした。大いに心配だったが、いまのところ、どこからも文句や苦情はでていない。それどころか本多宛にお礼のメールや手紙が届くことさえあった。

仕事だけではない。プライベートでもいくつか予定が入っている。

八月アタマには地元八王子の祭りに参加する。芸者衆とともに、手古舞《てこまい》の衣装を着て、木遣《きや》りという歌を唄いながら町中を練り歩く。二年前に急遽呼ばれ、今年で三回目だ。やりたいとは一言も言っていないのに、従妹の晴子が今年もよろしくねと連絡してきたのだ。デコさんの歌声、評判いいですよなんて言われると、その気になって、引き受けてしまうのだ。

その翌週には『アカコとヒトミ』の単独ライブが下北沢《しもきたざわ》でおこなわれる。これは万難を排していかねばならない。凪海と山田、そして山田のカレシもいくという。ライブ後の打ちあげにも誘われていた。

お盆の頃には三原先輩が東京を訪れる。なにしにくるんですかと訊ねたところだ。

デコに会うために決まってるでしょ。オススメの東京新名所に連れてってね。

いまはこれに頭を悩ませている。ツアーの企画よりもよっぽど難しい。でも東京スカイツリーにはぜったいいこう。

「グワッグワッグワワワグワァァ」混ぜるな危険が客席へダイブした。そのあとはどうなったか、わからない。動画がそこでオシマイなのだ。

八月のおわりにはハラキリズが来日し、前回とおなじく高円寺でライブをおこなう。これにはモモさんと彼らの大ファンであるビビット・コムの社長の緒方、そして龍ヶ崎もいくことになっていた。

どれも素敵な出逢いは望めそうにないイベントばかりだがやむを得ない。そっち方面を諦めてはない。しかし焦ってもどうにかなるものではない。

いまは仕事だ、仕事。体験ツアーをがんばらねば。

「いたっ」

突然の鋭い声に、秀子はびくりと身体を震わせてしまう。この声は。

「デコ課長っ」

同期の中森亜紀だ。新人時代の華のゼロハチ組を、容赦なくポカポカ殴っていたピコピコハンマーを片手に廊下を走ってくる。五ヶ月ちょっと前、夜中にここで出会《でくわ》したハラキリズよりも、ナマハゲに近いくらいの勢いだ。

どうしていまここに亜紀が？

秀子は我が目を疑った。長男が一歳になる前日まで、たっぷり育休をとるはずではなかったのか。夢か幻か。ちがう。現実だ。

「駐車場で発声練習するよ」

そう言ったかと思うと亜紀は足の速度を緩めることなく、秀子の首根っこ、正確には首うしろの浴衣の襟を摑んで、そのまま裏口へむかう。マッサージチェアから立ちあがり、秀子は寝ぼけ眼のままで、歩かざるを得なかった。

「もっとシャキッとしなさい、シャキッと」

やれやれ。


はたしてどれだけ発声練習をしただろう。明けたばかりの空にむかって声をだすのは、そう悪くなかった。それどころか、ぱっちりと目が開き、気持ちも上向きになっていく。朝湯やマッサージチェアなどに頼らずとも、はじめからこうすればよかったのだと思う。

亜紀に感謝すべきだろう。しかし発声練習の最中、「声が小さいっ」「もっとお腹から声をだして」「滑舌がなってない」「顎を引いて、背筋を伸ばすっ」などと事ある毎にピコピコハンマーで叩かれ、痛くはないものの、うんざりだった。

「それじゃ、あたし、帰るね」

はぁ？　亜紀の顔をマジマジ見てしまう。

「アキちゃん、なにしにきたの？」

「いま、やったじゃん。デコに発声練習させにきたんだよ。今日、新企画ツアーの初回なんだろ。そんなときにこそ、基礎をきちんとすべきなんだよ。初心忘れるべからずさ。あとこれ」

ピコピコハンマーを差しだしてきた。

「よかったら今日のツアーで、新人研修体験のときにでも使って」

「アキちゃんがやってたみたいに？」

「そのとおり。それに子どもにはこういう小道具、受けるよ、ぜったい」

なるほど。

「ありがと」

「ほんとはすぐにでも現場復帰して、みんなと仕事したいんだけどさ。子どものことを考えたら、なかなかそうはいかないんだ。それにあたしが育休みっちりとって、見本を示さないことには、今後、子どもを持ちたいバスガイドをはじめ女性社員が、職場に希望を持てないじゃん」

「わかってるって」

そう答えてから、秀子は右手を挙げた。その手の平を亜紀が右手でぱしゃんと叩く。ハイタッチだ。

「あたしの分もがんばって、デコ。あんたならできる」

食堂にはだれもいなかった。いつもの席につく前に、厨房にむかって声をかけようとしたところだ。

「おはよう、デコ」

カオルだ。二日前、夏休みに入ってすぐに大阪からでてきたのは、モモさんから聞いて知っていた。この夏はモモさんのアパートに居候《いそうろう》をして、江戸前ハウスで働くこともだ。しかし上京した彼と顔をあわせるのは、いまがはじめてである。なのに懐かしいもおひさしぶりもなく、ふつうに朝のあいさつをしながら、朝食をトレーで運んできた。いつもどおり、おにぎり三個だ。

「俺がつくったんだ。右からおかか、梅、鮭ね」

「声、どうしたの？」

「どうしたって言われても」カオルは照れ臭そうに笑った。「オトナになった証拠だよ」

ついに声変わりしてしまったのか。背丈も春から比べ、五センチは伸びたように思う。彼はそそくさと厨房へ戻っていった。

額縁の中から半裸のお坊さんが、こちらを窺っている気がして、なんだか落ち着かない。とりあえず右から順番におにぎりを食べていく。

新人だった頃だ。バスガイドの新人研修で、実技演習の朝に秀子はおにぎりを三個、ぺろりと平らげた。亜紀を含めた他の新人は、緊張でなにも喉に通らなかったというのにだ。秀子だって緊張していた。だけど緊張をするとお腹が減る質《たち》なのである。

「ごちそうさまでしたぁ」

空になった皿を厨房へ戻そうと立ちあがる。そのとき秀子は背後にひとの気配を感じ、ふりむいてギョッとした。

クウ、おかっぱ左門、お手玉パティ、女おすぎ、平和鳥。戦隊もののヒーロー達よろしく、華のゼロハチ組の五人が横一列にずらりと揃っていたのである。驚かないほうがどうかしている。

「どうぞ、お座りください」

クウが静かに言った。只ならぬ空気を漂わせている。他の子達もそうだ。秀子は気押され、ふたたび腰を下ろす。

「なに、なに？　どうしたの、あんた達」

秀子の座るテーブルを、華のゼロハチ組が立ったままで囲む。そこへまた、カオルがトレーを持ってあらわれた。

「食後のスイーツです」

丸い皿に輪を描くように置かれていたのはピノだった。それもただのピノとは形がちがう。四つが星形、そして残りひとつはハート形だった。

「こ、これって」

「この一年のあいだに、あたし達がひとりひとつずつ見つけたピノです」お手玉パティが答えた。朝早くから和服姿でばっちりメイクをしている。さすがＯＫＡＭＩ。

「ここぞというときに食べようと、それぞれが取っておきました」

「七夕の日にこの五人で、ひさしぶりに同期会を開いたときに、その話がでましてね」おかっぱ左門が言う。ただしいまやおかっぱでも左門でもない。お見合い番長だ。

「なんだったら、みんなのを持ち寄って、デコさんに食べてもらおうと」

「あたしが言ったんです」元メイドで、いまもオタク道を極めている女おすぎがすかさず言う。

「ど、どうして、あたしに？」

「今回の体験ツアーの成功を祈ってですよ。決まってるじゃないですか」と『穴穴探険隊』隊長の平和鳥がぴしゃりと言った。「八年前、実技演習がうまくいくようにって、デコさんもあたしに貯めていた願いのピノをくださったでしょう。その恩返しでもあります」

「ハート形のはあたしなんですよ」クウはちょっと自慢げだ。「デコさんも、はじめて見るでしょ？」

「う、うん」幸せのピノだ。

「これを食べれば龍ヶ崎くんとも、ぜったいウマくいきますから」

なにをいきなり言いだすのだ。

「なんで龍ヶ崎くんとあたしが?」

「ほら、やっぱり」お手玉パティが言う。それ見たことかとばかりの口ぶりだ。

「マジですか」おかっぱ左門など少しキレ気味になっている。「勘弁してくださいよ」

「デコさんらしいっちゃ、デコさんらしいよね」女おすぎはにんまり笑っている。

「それにしても鈍感すぎるでしょ」平和鳥は呆れ顔だ。

「ちがいますよね、デコさん。惚けてるだけですよね? そうですよね」

クウに念を押されるように言われてしまった。

「ご、ごめん、いまいち話が見えてこないんだけど」

「しっかりしてください」クウは秀子の両肩に手を置いた。摑んだと言ったほうが正しい。それもけっこうな力だ。「龍ヶ崎くんは、デコさんが好きなんですよ」

「そりゃ、ないって」秀子はあっさり言い返す。「彼、五歳も年下だし、あんだけのイケメンがあたしを好きになるはずないでしょ。ないない」

「あたしがあの会社へツアーでいく度に、龍ヶ崎くんはデコさんの話を聞きたがるんですよ」

「そう言えばクウ、あなた、あたしがアヒルバスだって、龍ヶ崎くんに」

「言いました。デコさんがいなかったら、あたし達の企画やアイデアが、実現しなかった。デコさんはアヒルバスになくてはならない存在であり、デコさんこそがアヒルバスだと。そしたら龍ヶ崎くん、それでこそデコさんだって感激してました。そのあとどうしてデコさんのことばかり訊くのかって訊ねたら、彼、なんて答えたと思います?」

「好きなひとのことを知りたいのは、当然だと思いませんか」宝塚の男役のように言ったのは女おすぎだ。

「よく考えてくださいよ、デコさん」両肩に置いたクウの手に力がこもる。ちょっと痛い。「オタクツアーでフィギュア制作や声優の体験ができるよう、取り計らってくれたのはだれですか」

「龍ヶ崎くんだけど」

「ですよね。彼の働きかけでアッパレちゃんのアニメまでできました。どうして彼はそこまでしてくれたのだと思います?」

「仕事だからでしょ」

「それもあります。だけどね、すべてはデコさんのためですよ」

そっかなあ。

「あのさぁ」厨房からカオルの声がした。「そろそろピノ、食べないと溶けちゃわない？　それに七時からお客さんがくるんで、そこ、空けてほしいんだよね」

「クウ、いい加減にデコさんの肩から手を放して」とお手玉パティ。「うちのカンバンボーイの言うとおりだわ。デコさん、どうぞピノをお食べくださいな」

朝からたてつづけにピノを五個も食べるのは、なかなかシンドいものがあった。だけどかわいい後輩達の願いが詰まっているのだ。しかも目の前にいるとなれば、どれも疎かにできない。

龍ヶ崎についての話はやはりどうもピンとこなかった。あまりに現実味がなさすぎるのだ。そのくせ秀子は同期の亜紀に叱られたカレシの条件を思いだし、星形のピノを一個ずつ頬張りながら、龍ヶ崎がクリアできているかどうか、頭の中で確認していた。〈そこそこイイ男〉。そこそこどころではない、けっこうな上クラスだ。〈できるだけ長身〉。秀子よりも頭ひとつ分高い。〈かしこいほうがいい〉。一応、大卒だ。〈給料は自分の一・五倍〉。さてどうだろう。〈料理洗濯掃除が一通りできて〉。できるかな。〈子ども好き〉。ミカへの接し方はまずまずだった。〈愚痴を言っても嫌な顔ひとつせず、きみはひとつも悪くないよと頭をよしよししてくれる〉。してほしい。これは確認ではない。願望だ。

最後の一個、ハート形のをつまんで口に含む。その途端だ。世界が真っ白になった。

強い光に包まれたのだ。それでも不思議なことに少しも眩しくはなかった。光の中でなにかが飛んでいる。半裸のお坊さんだ。自称ピノの神様は背中に羽根を生やし、まるで天使のようだった。そして両手に持ったラッパらしきものを口につけ、プップクプップップゥゥと高らかに吹いた。

「デコさん」クウに呼ばれ、秀子は我に返った。目の前に華のゼロハチ組が並んでいる。「どうしました？」

「道は開かれた」

口を衝《つ》いてでてきたのは、八年前、ピノの神様に言われた言葉だった。つづきはこうだ。

　その道をゆくがよい。それはそなたの道じゃ。

「はい？」

「な、なんでもないわ。どうもありがと」

「あっ、バスガイドさんだ」「バスガイドさんがきた」「ママ、バスガイドさん」「うんてんしゅさんもいるよ」

　子ども達のみならず、その親達からも注目を集め、秀子は戸惑いながらも、朝の挨拶をすることにした。

「おはようございます」

「おはよぉうございまぁす」「おはようございます」「おはようございますっ」

ここはアヒルバス本社の正面玄関ロビーだ。秀子はスヌーピーの腕時計に目を落とす。集合時間まで三十分近くあるが、気の早い親子が何組か、すでに訪れていたのだ。

「おはよう、デコさん」ミカだ。アヒルバス本社からでてきたばかりの秀子のもとへ、駆け寄ってきたのだ。「きょうはイチニチ、よろしくおねがいします」

「こちらこそよろしくね」

ミカは招待客である。なにしろこのツアーを思いついたのは彼女のおかげだ。

「よう」娘を追いかけ、本多も近づいてきた。今日は親子ふたりでツアーに参加するのだ。「高松さんのバスガイドとしてのお手並み、とくと見せてもらうぜ」

挑発的な言葉だ。秀子も負けてはいられない。

「どうぞご期待あそばせ」

余裕があるところを見せようと、にっこり微笑んでみせる。しかし顔が強ばっているのが、自分でもわかった。どうしても緊張がほぐれないのだ。

ところが自分より緊張しているひとが隣にいた。小田切だ。顔が強ばっているどころではない。青ざめてさえいる。

「だいじょうぶかい、小田切くん」

さすがの本多も本気で心配しているようだ。

「み、未来ある子ども達のためです。今日は一日、が、がんばります」

小田切にはバス運転手の仕事やバスの仕組み、更には停車したバスに乗りこんでからは、運転席の説明などもしてもらう。

いつもやってることを口で言うだけだろ。簡単さ。任せておけって。

お願いしたときにはそう言っていたくせに。


「オーライオーラァイ」

駐車場にでて秀子はバスを誘導した。肌がひりつくほど、夏の陽射しは強い。いつもよりも高らかに声をあげているのは、子ども達が見ているからだ。

まだツアーははじまっていない。ひとまずバスを玄関前まで移動させておくことにしたのである。小田切の運転で、バスは昨年夏に購入した最新型のうちの一台、駒鳥号だった。

「オーライオーラァイ」

秀子が徐々にうしろへさがっていくと、子ども達が叫ぶのが聞こえた。

「バスガイドさん、あぶなぁい」「ぶつかるよぉ」

ぶつかる？　なにに？

「きゃっ」背中をだれかにぶつけ、その場に転んでしまった。「いったぁい」

「す、すみません」

男性の声がした。

なんだ、このデジャブ？　ちがう。あたしではなく、アッパレちゃんがアニメの中でやらかしたこととおなじなのだ。

男性はソラオではない。龍ヶ崎だった。スーツ姿の彼はソラオのように一眼レフを首から下げてはいなかった。代わりに（ではないか）段ボール箱を二個、縦に重ねて抱えている。

「だいじょうぶですか」

「は、はい」

メチャクチャ、あたしのタイプゥゥウウ。

なんて心の中で叫びはしない。顔が赤く染まっていくのが、自分でもわかった。それだけではない。動悸《どうき》が激しくなった。息苦しいくらいだ。龍ヶ崎が段ボール箱をアスファルトに置き、転んだままの秀子に手を差し伸べてくる。ソラオとおなじだ。わかってやっているのか。

「だ、だいじょうぶです。ひとりで立てますから」

そそくさと立ちあがりながら、アッパレちゃんとおなじ台詞を口にする自分に気づく。しかしさすがによろけはしなかったので、龍ヶ崎に腕を摑まれ、支えられることもなかった。

「すみませんでした」

「い、いえ、あの」動悸が収まらず、龍ヶ崎の顔をまともに見ることができない。アスファルトに置かれた段ボール箱に目がいく。「それって、Tシャツですね」

三日前に完成していたのだが、アヒルバスに置場がないため、ビビット・コムに預かってもらっていたのだ。

「は、はい。会社の車で運んできました」龍ヶ崎は段ボール箱二箱をふたたび抱え持つ。「どこ、持っていきましょう?」

「屋上に」

アヒルバスの行事はいつも屋上だ。今日のツアーではまずここで入社式をおこなう。梟社長がひとりずつTシャツを手渡すことになっていた。

「平気かぁ、デコォ」小田切だ。駒鳥号を定位置に止め、おりてくると、こちらにむかってきた。その視線は秀子にではなく、龍ヶ崎にむけられている。「きみ、ときどき本社にきてるよね。フィギュアの会社の」

「ビビット・コムの龍ヶ崎です」

「きみか。本多さんが女と間違えて、誘ったっていう」

「え、ああ、はい」

「本多さん本人から話、聞いてるよ。コスプレしてる写真もスマホで見せてもらった。あんだけきれいに化けられたら、俺もナンパしちゃうな」小田切はさきほどより緊張が和らいでいた。いい加減、腹をくくったのかもしれない。「でも今日はなに？」

「今日、子ども達に配るTシャツを工場から直接、持ってきてもらったんです。屋上に持ってってもらうんで、あたし、案内してきますね」

秀子は早口で言う。言い訳をしている気分になるのはなぜだろう。よくわからない。

「はい、ごめんよぉ。通らしてくれるかなぁ」

龍ヶ崎とふたり、玄関前に群がる子ども達をかきわけていく。

「おにいさん、そのハコ、なにがはいってるのぉ？」

「秘密だよ、秘密」

「ええぇぇ、しりたいぃ、おしえておしえてぇ」

「教えない、教えない」

玄関を抜け、廊下を渡り、突き当たりの階段をのぼっていく。案内しなくても、口で説明すればすむことなのにと秀子は自分で思う。

「アッパレちゃんのフィギュアなんですけどね」龍ヶ崎が話しかけてきた。「来週のなかばには原型が完成しそうなんですよ。けっこう出来いいんで、楽しみにしててください」

「は、はい」

「デコさんって、目がきれいですよね」

「あ、あたしがですか」

「よく言われません？」

「いえ、あの」いま、はじめて言われたよ。

秀子は戸惑いを隠しきれなかった。しかし龍ヶ崎はかまわず話をつづけた。

「アッパレちゃんのフィギュアをつくるにあたって、デコさんの目にどれだけ近づけるか、がんばりました。緒方社長に幾度となく駄目だしをくらっていたんですが、ようやくオッケーもらえそうなんです。それだけじゃありません。今回のがんばりを認めてもらえまして、秋には製作部に異動が叶いそうなんです」

「よかったわね」

「ぜんぶ、デコさんのおかげですよ」

「そんなことないって」

屋上に辿り着いた。学校の運動会などで使う、屋根だけのおっきなテントが組み立てられていた。参加者が日射病や熱中症などにならぬよう、夏の強い陽射しを避けるためだ。その下まで段ボール箱を運んでもらう。

「Tシャツを渡すとき、いてもいいですかね。子ども達がどんな反応するか、見てみたいんで」

「テントの下は参加者でいっぱいになっちゃうから、外でだったらいいけど」

「かまいません。それとあと」

「なに?」

なんであたし、ツッケンドンな言い方、しちゃってるんだろ。

「いまさっき言ったとおり、デコさんのおかげで希望の部署、いけることになったんで、今度、お礼させてください。好きなもの、ご馳走しますよ」

月島でもんじゃ焼。真っ先に頭に思い浮かんだものの、秀子はべつのことを口にしていた。

「龍ヶ崎くん、料理できる?」

「できますよ」

カレシの条件をまたひとつクリアだ。

「なにが得意?」

「メンチカツと茶碗蒸しですかね」

妙な取りあわせである。

「今度、江戸前ハウスにきてつくってよ。モモさんにいって、厨房、貸してもらうからさ」

「メンチカツと茶碗蒸し、どっちですか」

「どっちも」

「それがお礼ってことで」

「そうよ」

「わかりました」

龍ヶ崎がにこりと微笑む。その笑顔はやはり菩薩様のようだった。彼ならば、愚痴を言っても嫌な顔ひとつせず、きみはひとつも悪くないよと頭をよしよししてくれるだろう。

これは願望ではない。

確信だ。


「デコ、だいたい揃ってるっぽいんだ。そろそろはじめるってことで」

正面玄関ロビーに戻るなり、小田切が近づいてきた。

「わかりました」

秀子はポシェットから旗を取りだし広げる。顔をあげ、周囲を見まわす。なにも言わずとも、ざわついていた十数組の親子が静まっていく。目の端に龍ヶ崎がいる。神妙な面持ちで直立不動だ。

いよいよあたしも映画やドラマのヒロインのごとく、恋に仕事に大忙しになる日が訪れるのか。ロマンチックでもなければ、メロドラマみたいでもない恋。

〈デコッ〉旗の中からアルヒくんの鋭い声が飛んでくる。

「わかってるって」

「ど、どうした、デコ」

隣で小田切が訊ねてきた。顔が紙のように白い。また緊張がぶり返してきたらしい。

「なんでもありませんよ」秀子は小声で言う。「それより小田切さんこそ、だいじょうぶですか」

「なにかあったらフォローしてくれ。いまの俺にはデコだけが頼りなんだ」

秀子はうっかり笑いそうになるのを堪えた。そして旗を握った右手を高くあげる。

「みなさぁあん、アヒルバスにようこそぉおおぉ」


（おわり）

規則は規則、デコはデコ

デコが踊っている。

べつに不思議ではない。

ふだんから踊っているみたいなひとだもんな。

芝生の上で飛んだり跳ねたりしているデコを見ながら、戸田カオルは思う。なにしろデコは仕草が大袈裟で落ち着きがなく、いつもバタバタと慌ただしい。なにもないところで、けつまずいて転びかけるのをよく見かける。

築地にある江戸前ハウスで、ガラスの窓にブチ当たるのをカオルは目の当たりにしたこともあった。窓があると気づかずに突進してきたらしい。自らの勢いで仰向けに倒れただけでなく、鼻血をだして、アヒルバスの制服を赤く染めてしまった。バスツアーに参加する外国人観光客を迎えにきたときで、みんながデコを取り囲んだ。

イッツ・ファイン。ドント・ウォーリー・アバウト・イットですので、どうぞご心配なく。

各国の言葉が飛び交う中、デコは鼻の穴にティッシュを詰めながら言った。

五ヶ月ほど前、昨年末には両手を骨折したらしい。『空から絶景を見てみませんか？　中房総の海でドローン操縦体験&美味いモノツアー』の最中、海岸で参加者が飛ばすドローンを見上げて歩いていたら、足を踏み外し、堤防から砂浜へ転げ落ちてしまったのだという。

その頃、カオルはまだ大阪だった。東京の高校へ通うため、ほぼひと月前に上京し、江戸前ハウスでバイトをはじめたのだが、このひと月のうちに最低でも十人のひとからこの話を聞いた。モモさんに江戸前ハウスの女将、そしてアヒルバスのバスガイドの面々だ。せっかく話してくれるのに、もう聞きましたと断るのも悪いと思ったのだ。

一週間前には遂にデコ本人から聞いた。彼女の場合、ただ話すだけではなく、身振り手振りだけでなく、立ち上がって、足を滑らせ堤防から落ちていくところを実演してみせてくれた。申し訳ないが、カオルは堪え切れずに笑ってしまった。笑い事じゃなかったんだから、と言うデコ自身も笑っていた。

骨折をした翌日にはアヒルバスのバスガイド部の有志五人で、ハンドベルの演奏を渋谷ストリームの一角でおこなう予定だった。デコもそのうちのひとりだったが、もちろんハンドベルなんてできるはずがない。結局、演奏開始二時間だか三時間前に、中森亜紀が偶然出会した女子大生にピンチヒッターを頼んで事をおえたらしい。

その後、デコはしばらく内勤だったが、四月なかばには両手ともに完治し、平成から令和にかけての大型十連休から現場に復帰することになった。

今日がその初日である。バスガイドの白い制服をひさしぶりに着ることができて、うれしいというか、はしゃいでいるようだった。

ただし踊っているのはデコひとりではない。『アヒルバスで働いちゃおう！　親子でチャレンジ！　バスガイド&バス運転手体験ツアー』の参加者十六組の親子みんなだ。その背後には東京タワーがそびえ立っている。ここは芝公園なのだ。子ども達は五歳から十歳で、アヒルバスの運転手あるいはバスガイドの制服に模したTシャツ一枚だ。四月末だが気温は二十五度を超え、陽射しも強い。

「両手をまっすぐ上にピィィィィィン。背筋もピィィィィィン。ヒップをあげて足もピィィィィン」

CDラジカセから流れる曲は『オバケデイズ』というアニメの歌だ。デコも踊りながら唄っていた。子ども達も唄っているが、デコの声がいちばん高らかで、青空にまで響いていた。

高校生のカオルは『オバケデイズ』を一度も見たことがないし、せいぜいコンビニの棚に並ぶ食玩を見かける程度だった。しかしいまなら『オバケデイズ』に登場するデビゾーとオニノスケをそらで描ける自信があった。ほんの三十分前まで、江戸前ハウスの厨房で、モモさんとパートのおばさん数名といっしょに、この二匹（オバケなのだ）のキャラ弁をつくっていたのである。

一週間前、江戸前ハウスの食堂の端っこで『オバケデイズ』のキャラ弁の打ちあわせをデコとモモさんがおこない、これにカオルも参加した。両手を骨折した件やバスガイド復帰の話はこのときに聞いたのである。

キャラ弁と豆腐と若布《わかめ》のみそ汁を入れた二十リットルの寸胴鍋を、モモさんのミゼットⅡに載せ、江戸前ハウスをでたのは午前十一時半だった。十五分ほどで芝公園そばのコインパーキングに到着すると、ミゼットⅡからキャラ弁と寸胴鍋を台車に移し、デコ達がいるところまで押してきた。ちょうどいい具合に木陰のベンチがあったので、モモさんと並んで座る。

力仕事は当然、すべてカオルだ。疲れたし、汗でびっしょりにもなったが嫌ではなかった。だれかのために働くのはそう悪いことではない。しかもお金ももらえる。江戸前ハウスは時給千円だ。一日働くと七千円から八千円になった。この大型十連休は稼ぎどきである。

デコが指定したこの場所で、ツアー客は東京タワーを見上げつつ、ランチのキャラ弁を食べる予定なのだ。なのにどうして『オバケデイズ』の歌にあわせて踊っているのかはわからない。CDラジカセはデコが持参したにちがいないので、はじめからそのつもりだったのだろう。なによりデコは歌も踊りも完璧だった。

「オバケでオッケー、オバッケー、オバケもオッケー、オバッケッケー」

『アヒルバスで働いちゃおう！・親子でチャレンジ！　バスガイド＆バス運転手体験ツアー』はデコ自らが三年前に企画したものだという。夏休みの週一だけだったのが、好評を博し、反響も大きかったため、冬休みと春休みにも実施され、いまやアヒルバスで一、二を争う人気商品である。このツアーの強みは目的地を変えることができるということだろう。最初におこなったときは毎週ちがう場所だったが、さすがにこれでは準備が大変なので、その後はシーズン毎となった。

そして今回、大型十連休では十日間連続でおこなうことになり、しかも〈新元号記念特別企画〉と銘打ち、人気アニメの『オバケデイズ』とのコラボと相成った。バレンタインデーに応募を開始したところ、『オバケデイズ』の人気もあって、三時間で満席になったというのだから大したものである。

ツアーの内容はと言えば、十六組の親子には月島のアヒルバス本社に集合、正面玄関ロビーで出欠席の確認を取りながら、運転手あるいはバスガイドの制服に模したTシャツを子どもに手渡す。

つぎにバス運転手から自らの仕事やバスの仕組み、運転席についてなどの説明がある。バス運転手の大半は人前で話すなんてもってのほかと拒むのを、デコが説き伏せてお願いしたらしい。最初はガチガチだったのが、次第にノリノリになり、三十分だったのが説明しきれず、二年半経ったいまでは、四十五分になった。とくに小田切はところどころにラップを挟むため、時間内におわることがない。今日もキャラ弁をつくっていると、モモさんのスマートフォンにデコからラインが届き、小田切のせいで、十分遅れてアヒルバス本社を出発していた。

最初の目的地は中野区にある哲学堂公園だ。百年以上も昔つくられたソクラテス、カント、孔子、釈迦を祀った四聖堂の他、さまざまな建設物がいまも現存しているこの公園は『オバケデイズ』の舞台のひとつで、ファンのあいだでは聖地となっているのだ。そこで『オバケデイズ』と絡めたガイドをデコがおこない、子ども達十六人みんなにもしてもらう。ひとりでできない子は親御さんといっしょでもかまわない。

哲学堂公園からここ芝公園に移動し、いまからランチのキャラ弁を食べたあとは東京タワーまで徒歩でむかう。地上百五十メートルにあるメインデッキの一階と二階で、哲学堂公園とおなじく子ども達のガイド体験をおこなう。最後は地上まで下りて、正門前広場で催される『オバケデイズ』のキャラクターショー&握手会だ。これは一般客もいるのだが、アヒルバス用に席を確保してもらっているそうだ。

ツアーの内容については、やはりキャラ弁の打ちあわせの際、デコ本人に聞いたのである。訊ねてもないのに勝手にしゃべりつづけたのだ。聞いているだけで、デコのバスツアーにでかけているようで楽しかった。

スマートフォンが震えた。ミゼットⅡから下りるとき、鞄からだして、チノパンの前ポケットに突っ込んでおいたのだ。震え方は電話にちがいない。

まさか播須《はりす》さん？　鼓動が早まる。スマートフォンを購入したのは上京する直前だ。番号を教えたのはモモさんにデコ、そして播須一恵《かずえ》だけだった。ベンチを立ちあがってひっぱりだし、画面をたしかめる。そこには〈母〉と表示されていた。そう言えば母さんも番号を知っていたのだ。あらぬ期待をした自分が莫迦だった。母さんもいまごろは大阪のどこかで、ツアー客を引き連れて、ガイドをしているはずだった。昼休みに電話をしてきたのか。用件はただひとつ、でもいまはその話を聞いている暇はない。というか聞きたくない。やがてスマートフォンの震えが止まった。ポケットにしまい、ベンチに腰をおろそうとしたときだ。

「モモさんっ」踊るデコ達とは反対側から、女性が小走りでむかってきた。年齢は母さんとデコのあいだくらいか。

「やだ、三原さんじゃないの」モモさんが歳に似合わない華やいだ声で、彼女を迎える。

「前に会ったのはいつだったかね」

「一昨年のクリスマス、高円寺で」

女性はにこやかに答えた。三原という名前をデコの口から聞いた覚えがある。ただしいつどんなときだったかまでは思いだせない。

「ハラキリズのライブにいっしょにいったときだ。あれはサイコーだった。でもあれだね、あなたのインスタグラム、毎日拝見させてもらっているんで、それほどひさしぶりって感じしないわ」

「私もおんなじです。モモさんのこと、ユーチューブでちょくちょく見てるんで」

バスガイド課には華のゼロハチ組といって、二〇〇八年入社の女性が五人いた。そのうちのひとりが、『モモさんのキャラ弁教室』なるブログを開始し、作り方を公開しはじめたのは三年以上前のことだ。その後、ユーチューブでつくる手順を動画で流すようにもなったのだ。つまりいまやモモさんはユーチューバーなのだ。

「だけど三原さん、どうしてここに？」

「デコに会うためですよ」三原という女性は照れ臭そうに笑った。「昨日一昨日と銀座のデパートで我が町の特産品フェアをやってて、ウチの鉄道会社の宣伝を兼ねて、手伝いをしに東京にきてたんです。先週末、急に決まって、デコに会えるかどうか連絡をしたら、ツアーの準備が忙しくて難しいけどツアーのランチタイムだったら、顔をあわせるだけはできるって」

「今朝、デコがキャラ弁を一個追加してくれって言ってきたのは、三原さんの分だったのね」

「ほんとですか。以前、デコにモモさんのキャラ弁を食べたいって、メールかなにかで伝えたことがあるんですよ。あの子、覚えてたんだな、きっと」

このひとが三原先輩か。デコが入社したときに面倒を見ていたひとだ。北陸の鉄道会社に転職し、トレインアテンダントとして働いているはずだ。

こういうとき三原先輩だったらどうするだろ。

一週間前のキャラ弁の打ちあわせの最中、デコが不意に言った。そこでカオルは、三原先輩ってだれですかと訊ねたら、教えてくれたのである。十年以上も昔に辞めたひとを先輩呼ばわりするのは変だと思っていると、その胸中を察したかのようにデコが言った。

あたしにとって先輩は三原先輩しかいないんだよねぇ。

「きみって、もしかして」気づくと、その三原先輩がカオルの顔をマジマジと見つめていた。「戸田課長の息子さんよね」

どうしてわかったのだろう。三原先輩がアヒルバスをやめたとき、カオルはまだ三歳かそこらだったはずだ。

「こんなに大きくなって。いくつ？」「十五歳です」「中三？」「高一です」「なに君だっけ？」「カオルです」「お母さんはお元気？」「ええ、まあ」

「でもあれよね。お母さんは三年前に大阪支社へ転勤になって、この春から大阪支社長になったって、先月、デコに聞いたけど、カオルくんはどうしてここにいるの？　連休で大阪から東京にきてるってこと？」

「ちがいます」つい強い口調で否定しまう。それだけで三原先輩はなにか察したようだ。

「ごめんなさい。おばさんになると詮索好きになるものなのよ。自分でも嫌になっちゃう。許してね」

「この子は頭の出来がよくってさ」モモさんは、とある有名大学の名を言い、「そこの付属高にこの春から通うのに、江戸前ハウスで一人暮らしをはじめたの。バイトもしてて、今日はキャラ弁をつくって、ここまで運んでもらったのよ」

「若いうちから自立してるわけだ。えらいわね。さすが戸田課長の息子さんだわ」

三原先輩が言った。でもこれはカオルを褒めたわけではない。カオルの母、戸田課長が立派だから息子もそうだと言いたいのだ。

このひともそうなのか。

母さんについて厳しかったとか怖かったとかはよく言われるが、悪く言うひとはいなかった。息子に言わないだけかと思うが、そうでもなさそうだった。山中空をはじめ、華のゼロハチ組などは尊敬しているとまで言う。

だがカオルにとっては身勝手な母親に過ぎなかった。

三年前、小学六年生のときである。大阪へ引っ越すことにしたと母さんに言われたときには驚いたものだ。なんのために？　と訊ねると、不思議そうな顔をしてこう答えた。

パパといっしょに暮らすために決まってるでしょ？　うれしくないの、カオル？

うれしいもうれしくないもなかった。父さんが嫌いだったわけではない。むしろ好きなほうだ。その頃、父さんは二週間に一度、東京にきてはカオルを遊園地や映画館、スポーツ観戦などに連れていってくれた。学校が長期休暇の際は、カオルのほうが大阪へでむいて、父の暮らすマンションに一週間から十日泊まった。そのあいだ父も有休をとって、カオルと常にいっしょにいてくれたほどだ。つまりいっしょに暮らさなくても、父さんとしての役目をじゅうぶん果たしていたと言っていい。

カオルには学校にいつもツルんで遊んでいる、親友と呼ぶべき男子ふたりがいた。他にもたくさんの友達がいたのだ。うるさく付きまとう女子達も面倒だとは思っていたが、嫌いではなかった。

学校帰りは自宅ではなく、月島にあるアヒルバスの独身寮へいき、モモさんやデコ達に相手をしてもらうのが日課だった。独身寮が江戸前ハウスになってからもおなじだった。やがてモモさんや従業員の仕事を手伝うようになり、カンバンボーイと呼ばれるのが、うれしかったし、誇らしくもあった。

母さんはそのすべてを捨てて、よその土地に引っ越そうと言うのだ。これがもっと幼いうちであれば、カオルも手放しで喜んでいたかもしれない。しかし東京で生まれ育った十二年のあいだ、カオルはカオルなりに自分の世界を築き上げていた。それはとても居心地がよく、かけがえのない大切な空間なのだ。親友やアヒルバスの面々と離ればなれになるのはショック以外、なにものでもなかった。

そんなカオルの気持ちをよそに、物事はどんどん進んでいった。親が決めたことに逆らっても意味がないと、十二歳のカオルはわかっていた。それに母さんは父さんと暮らすためだけに、大阪へいくわけではない。アヒルバスの大阪支社をつくるという使命もあったのだ。ここで自分が駄々をこねたら、母さんだけでなく、アヒルバスも困らせることになる。だからこそカオルは堪えて、なにも言わずにいた。

親友のふたりだけには、大阪へ引っ越す話をしたのだが、そのときカオルはおいおいと声をあげて泣いてしまった。慰めるふたりも泣いてくれた。

あとひとり泣いてくれたひとがいた。デコだ。

母さんはアヒルバスの事情で、大阪への異動はその年のゴールデンウィークだった。なのでカオルは父がいる大阪へ一足先に、ひとりでむかうことになった。

三月末のその日、東京駅で新幹線に乗りこもうとしたところに、バスガイド姿のデコと、スーツでばっちり決めた山中空が駆け寄ってきた。想定外のことで驚いていると、デコが早口で捲し立てた。

カオルくんはいつ大阪にいくんですかって、今朝、戸田課長に聞いたら、今日だって言うじゃない。ビックリして、新幹線の時間を聞きだして、こうして駆けつけたんだ。よかったよ、間に合って。

むこうにいったらお父さんにスマホ、買ってもらうんでしょ。私もアメリカから日本にきたときに、ひとりぼっちで寂しくてたまらなかった。カオルくんもそんな気持ちになるかもしれない。そしたらいつでも遠慮なく連絡ちょうだい。話し相手になってあげる。電話でもラインでもメールでもスカイプでもなんでもいい。私じゃなくてもデコさんでもモモさんでも、アヒルバスのバスガイドのだれでもかまわないから。いい？　カオルくんには私達がいるんだからね。

山中空が滔々《とうとう》と話すあいだに、デコはおいおい泣きだしてしまった。

デコさん、化粧が崩れますよ。午後イチでガイドいくんでしょ。

わかってるわよ、クウ。でもしょうがないじゃん。

だいじょうぶですよ、デコさん。俺、必ず東京に戻ってきますから。

ほんとに？　約束だよ。

三年前のデコとの約束は果たすことができた。

この四月から、東京のとある有名大学の付属高に通いだしたのだ。偏差値は高く、なかなかの難関校だった。しかし東京へ戻りたいという一心で受験勉強に励み、見事合格できた。そしてカオルはモモさんの監視下で、江戸前ハウスの一室に暮らしている。最初は近所に下宿を探すつもりだったが、それならばとモモさんが江戸前ハウスの女将に言って、物置代わりの屋根裏部屋を片付け、貸してくれることになったのだ。

親友ふたりとは再会を果たしたばかりか、三年間のブランクがよりいっそう絆を高めた。三人バラバラの高校だが、ライングループで連絡を取りあい、もんじゃ焼き屋にちょくちょく足を運んでいた。

大阪がつまらなかったわけではない。そこそこ友達もできた。でも東京の暮らしのほうがしっくりくるし、帰ってきたという気持ちも大きかった。そして実際、この一ヶ月足らずは充実した生活を送っている。まさにリアジュウだ。

ところが昨日、母さんから夜九時過ぎに電話があった。大型十連休はバイトで大阪へはいかないことは告げてある。なんだろうと思ってでてみると、とくに用はないのよと言いながら、母さんはカオルやアヒルバスのひと達のことを訊ねてきた。そしてひとしきり話がおわったあと、母さんはいきなりこう言った。

母さんと父さん、離婚することになったの。

「凄いじゃないのぉ、デコ」

「凄いだなんてそんなぁ」

「十日連続で実施して、連日満員御礼なんて凄いって」

「そうですかぁ。でもまあ、『オバケデイズ』に人気もありますし」

「その『オバケデイズ』でいこうって決めたのも、デコなんでしょ？」

「知りあいがキャラクターデザインを手がけてて、そのツテを使っただけですが」

「でも凄いって」

三原先輩に褒めてもらって、デコはほんとにうれしそうに笑った。犬だったら尻尾を振っているにちがいない。『オバケデイズ』のダンスはようやくおわって、ランチタイムとなった。カオルはモモさんとデコの三人で、ツアー客の親子に、キャラ弁とみそ汁を配ってから、園外の駐車場に停めたバスで待機する小田切にも持っていき、ようやく戻ってきたところだ。

「すごぉい」「かわいい」「たべるのかわいそう」と、キャラ弁を見た子ども達が口々に言うのが聞こえてくる。そんな中にモモさんがいた。ユーチューブで顔を知られている彼女は、ツアー客に人気が高いのだ。今回のキャラ弁をどうやってつくったのか、訊かれているのだろう。いっしょに写真を撮る親子もあとを絶たない。

デコと三原先輩はベンチに並んで座っている。その端っこに腰かけ、キャラ弁の蓋《ふた》を開くと、デビゾーがこちらを見て、ケケケと笑っていた。十種類にものぼる具材を選んでつくったのはモモさんだ。これまで二百以上のキャラ弁をつくってきただけのことはある。パートやカオルも手伝ったが、最後の最後、キャラに表情をつくるのはモモさんの役目だった。ここまでくると匠の技だ。食べるのがかわいそうとまでは思わないが、もったいない気がするのはたしかだ。

デコと三原先輩の話はまだつづいている。

「今回、ほんとは十日連続のツアー、あたしがぜんぶ、ガイドをするつもりだったんですよ。でもアキちゃんとかクウとかみんなに反対されたというか、怒られちゃいました」

「アキちゃん、子どもがいたわよね。いくつになったのかしら」

「四歳と二歳です」

「そっか、ふたりいたんだっけ」

「五人は産んで、それでもバスガイドはつづけるんだって、張り切ってます」

デコとアキちゃんこと中森亜紀はよく揉める。仲が悪いのではなく、仲がいいからこそ本音をむきだしにして、やりあってしまうのだ。ヒートアップして、おさまりがつかないところに山中空が絶妙なタイミングで仲裁に入るのが常だった。ときにはおさまりつかなくなったデコと中森亜紀が、山中空を呼びだすくらいだ。

「だけど叱られても当然なんじゃない？　いまアヒルバスって、バスガイドの勤務は連続五日が限度で、そのあと最低一日は休みを取らなきゃいけないんでしょ」

「それはそうなんですが」

「この規則に従って、課長の自分が正社員とパートあわせて三十二人のシフトをつくらなくちゃいけないから大変だって、デコ、私に言ってたわよね」

「でもこれって、あたしが企画したツアーなんですよ。ひとにガイドを任せるのって癪ですもん」

カオルは横目でデコを窺う。思ったとおり膨れっ面になっていた。三十代もなかばになろうとする女性のする顔ではない。だがこれこそデコなのだ。

「規則は規則よ。バスガイド課のトップであるあなたが守らなきゃマズいでしょ」

「あたしは働きたいって言ってるんです。それのどこがマズいんですか」

「上司が休まなきゃ部下が休みづらいものよ」

「アキちゃんにもおなじことを言われました。だけどだれもあたしのことなんか上司だと思っていません。みんな、あたしをデコさんって呼ぶし。さっきも言ったとおり、アキちゃんが新人研修の指導員やってて、その子達の前で、デコって呼ぶのがいけないんです」

「デコはデコよ。それだけみんなに愛されてる証拠だと思うけどね」

「どうですかねぇ」

デコは膨れっ面ではなくなったが、唇を尖らせている。

「結局、十連休のうち何日休むことになったの？」

「五月二日と六日です。一日だけでいいって言ったら、アキちゃんに叱られて、クウに諭されて、そうなっちゃいました」

やたら働きたがって、まわりを困らせるのはデコだけではない。モモさんもそうだった。

この大型十連休、江戸前ハウスはすべて満室で、けっこう忙しいのだが、それでもスタッフは最低でも一日は休むよう、アヒルバス本社からお達しがでていた。モモさんはそれを拒んだのだ。数日前、女将と厨房で言い争うのを、カオルは傍で聞いている。

お願いですから、せめて週一だけでも休んでください。

私は鮫といっしょで動いてないと死んじゃうの。それともなにかい、私に死ねって言うのかい。

女将は元バスガイドで山中空と同期の女性だ。アヒルバスでの正式な肩書きは旅館部旅館運営課課長である。いわゆる華のゼロハチ組のひとりで、そばかすだらけの顔で、スヌーピーの漫画にでてくる女の子によく似ていた。特技のお手玉を外国人観光客の前でよく披露している。モモさんと言い争ったあと、彼女はカオルを呼びだした。なんの用かと思うと、モモさんをどこか遊びに誘ってほしいと頼まれたのだ。

そうすればモモさん、休みをとってくれるはずだからさ。お願い。

カオルはこの頼みを聞き入れた。そこで明日、モモさんと埼玉県の西川口へいく予定だ。近年、この町では中国人が増加して、本格的な中華料理屋が増えたらしい。できれば四軒、最低でも二軒ハシゴしたいとモモさんが言うのだ。人数が多ければ、それだけ注文できるメニューも増えるので、親友ふたりにも同行してもらう。

「休みにカレシとどっかでかけるの？」

三原先輩がデコに訊ねる。

「アイツ、この十連休は香港なんですよ」

「ひとりで遊びにいっちゃったってこと？」

「ちがいます。仕事ですよ、仕事。むこうのショップに自社のフィギュアを売り込みにいってるんです。販売のイベントもあって、そこではコスプレもしなきゃいけないらしくて、旅行鞄に衣装を詰めこむのが大変だったみたいです」

「つきあってもうじき三年よね。結婚は？」

「いやまあはあ」デコにしては珍しく歯切れが悪い。「三原先輩こそどうなんです？

結婚しないんですか」

「私は相手がいないもん。歳も歳だし」

「歳なんて関係ないですよ。三原先輩、いまでもじゅうぶんキレイだし。カオル、あんたもそう思うでしょ」

「え、あ、はあ」いきなり話をふられ、カオルはなんと答えていいものか、わからなかった。

「三原先輩、彼が戸田課長の息子だってことは」

母さんは大阪支社長だ。でもデコはいまだに戸田課長と言う。だれかが訂正してもそのほうが言い慣れているから仕方ないでしょと言い返す。

「会ってすぐわかったわ。切れ長の目なんか戸田課長そっくりだもん。話し方も似てるし、テキパキ動くところも瓜二つ」

「たしかに」デコがしきりに頷く。「小っちゃい頃は舌ったらずで時代劇口調でしゃべっていたのが信じられないですよね」

「高校生にもなって、そんなしゃべり方をしてたら、ヤバいヤツですよ」

「こんな憎まれ口も叩くようにもなってしまいました。すっかり声変わりもしちゃったし、かわいくないったら、ありゃしません」

「でもかっこいいじゃないの。女の子にモテるでしょ」

「モテます」答えたのはデコだ。「バレンタインデーのときなんか、デパートの紙袋二つ分、チョコレートもらっていたんですよ」

「小六のときの話でしょうが」

「小六でそんなにモテてたの？」三原先輩が驚きの声をあげる。「だったらいまはもっとモテるんじゃない？」

「モテません」カオルはきっぱり言い切る。

ただし学校で女子の視線を感じることがなくはない。先週末は廊下を歩いていると、知らない女子数人に呼び止められ、カノジョがいるのかと訊かれた。

江戸前ハウスでは、このひと月で宿泊客から手紙を受け取ったことが何度かあった。同い年くらいから三十歳前後の女性で、国はさまざまだ。英文で綿々と綴っていたり、つたない日本語で切々と訴えるように書いてあったり、割り箸の紙にスマートフォンの番号と思しき数字だけというのもあった。いずれも捨てはしないものの、返事は書かないし、電話もかけていなかった。

こういうのを世間一般ではモテるというのかもしれないが、カオルはいまいち実感がないのだ。どれだけ好意をもたれても困るだけである。好きなひとに好きだと思われなければ意味がない。そう考えているうちに、カオルの脳裏に播須一恵の顔がよぎった。

「そう言えばカオル、一恵ちゃんと電話番号の交換してたよね」

うわっ。カオルは危うく声をだしそうになるのを、ぐっと堪えた。デコはときどき、こちらの考えを読んでいるのではないかという発言をすることがあった。

「だれ、一恵ちゃんって」三原先輩が訊ねた。カオルにではなくデコにだ。

「アヒルバスにハンドベル部ができたって、前、話したじゃないですか」

「去年のクリスマス前、初コンサートがあったのに、デコが両手を骨折して参加できなくなったのは聞いた」

「そんとき私の代わりに演奏したのが播須一恵って子で」

「渋谷のコーヒーショップで、相席になった亜紀ちゃんに話しかけてきた大学生よね。中学高校とハンドベル部だったたっていう」

「そうです。その一恵ちゃんに月二回、アヒルバスの本社に指導をしにきてもらってましてね。じつはカオルもハンドベル部の一員でして」

「そうなんだ」

「人数が少ないから手伝ってくれって、デコに頼まれただけです」

「そしたらカオル目当てにバスガイドだけじゃなくて、よその部署からも、入部希望が殺到したんですよ」

殺到というほどではない。三人だけである。

「播須さんはぼくが通う付属校の大学に通っているんです。いつか大学のことを聞かせてほしいって言ったら、電話番号を交換することになって」

「若いっていいわねぇ」

三原先輩が羨ましそうに言う。カオルとデコ、いずれかに言ったかはわからない。彼女は空を仰ぎ見ていたのだ。

「電話番号を交換するのも他愛もない理由で、さらっとできるもんね。この歳になると、そうはいかないわ」

「三原先輩にも電話番号を交換したいひとが」

デコは最後まで言い切れなかった。彼女の左腕を三原先輩ががっしり摑んだからだ。

「出発まで十分切ってるわよ。そろそろツアー客のみなさんに声をかけるべきじゃない？」

三原先輩が言った。その視線はデコの腕時計に注がれている。盤面にはスヌーピーが小屋の屋根で、仰向けに寝転がったイラストが描かれており、十数年前にネットで千五百円だかで購入したのだと、デコ自身に聞いたことがある。結婚する相手が見つかれば、そのひとに新しいのを買ってもらうつもりよとも言っていたように思う。

「ほんとだ。それじゃ三原先輩、いつかまた」

「今度はウチの電車、乗りにいらっしゃいな。カレシとでもいっしょにさ」

「ですね」デコは笑った。でもそれは少し無理をして笑っているようにも見えた。

「母さんに電話しなくていいのかい」

モモさんが言った。キャラ弁の空箱や空になった寸胴鍋を積んで、ミゼットⅡに乗りこみ、コインパーキングをでて、しばらく経ってからだった。

なにをいきなり？

「ランチの最中、私のスマホに戸田さんから電話があったんだよ。息子が電話にでないんだけど、今日はどこかでかけているのかってさ。あのひとにしては珍しく、冷静さに欠けててね。ひどく心配そうだった」

「すみません」

「おまえさんが謝ることないだろ」モモさんは声をだして笑った。「三原さんがくる直前、スマホにかけてきたのが戸田さん？」

「そうです」気づいていたのか。

「どうしてでなかったのさ。喧嘩でもしたのかい」

「昨日の夜、電話で言われたんです」

「なにを？」

「離婚するって」

「戸田さんが？　なんでいまになって？　だって戸田さんはずっと別居状態だったのが嫌だったから、旦那のいる大阪にアヒルバスの支社をつくったんでしょうが？　それもようやく軌道に乗ってきたっていうのに」そこでモモさんは気づいたらしい。

「理由は旦那さん？」

「十五年以上前から浮気してて、相手には十歳になる娘がいたそうです」

「ほんとかい？　だけど戸田さんはどうやってそれを知ったの？」

「一昨日、浮気相手がアヒルバス大阪支社に電話をかけてきて、仕事をおえたあとに会って、洗いざらいぜんぶ話を聞いたそうです。それからウチに帰って、父さんと話をして、離婚することに決めたと」

そして父さんはウチをでていってしまったらしい。

「あんまりだ」モモさんは吐き捨てるように言った。「そんなヒドい話ってあるもんかっ。許せないっ」

「すみません」

「だからなんだっておまえさんが謝るのさっ」

「その浮気相手と子どもに会ったことがあるんです」

「おまえさんが？　いつ？」

「小六の夏休み、父さんがユニバーサル・スタジオ・ジャパンに連れてってくれたときでした。会社の同僚もいっしょで、そのひとの子どももくると言うんで、てっきり男のひとだと思ったら」

四十歳前後の女性だった。会社の同僚は嘘ではなかった。昨日の夜、母さんは電話口で、その女性の名前を言った。

「その人が浮気相手だなんて、夢にも思いませんでした。でもやたら父さんに馴れ馴れしいのが気持ち悪くてたまらなかった。しかも母さんには黙っておけと父さんに口止めされたんです。どうしてと聞き返したら、母さんがあらぬ誤解をするかもしれないって」

ヤバイ。涙が溢れでてきた。十五歳にもなって、人前で泣くなんてみっともない真似はしたくない。でも堪え切れなかった。

「あのとき母さんに言えばよかった。そしたら大阪にいかなくて済んだんです。離婚したとしても、俺がいっしょにいることができたはずです。でもいまとなっては、そうはいきません。父さんと暮らすのが念願だった母さんは、この三年間、ほんとに楽しそうだった。俺がいなくてもだいじょうぶだと思った。なのにこんなことになっちまうなんて」

母さんにはこの話をしていない。電話にでなかったのは、自分が父さんの共犯者に思えてならず、罪悪感があったからだ。

「なに言ってんだい、おまえさんの母さんならば、ひとりでもちゃんとやっていけるさ。心配ないって」

「ちがうんです。母さんはみなさんが思っているほど強いひとじゃないんです。『エイリアン2』のシガニー・ウィーバーや『ターミネーター2』のリンダ・ハミルトンみたいに見えますけど、そんなことはありません。人一倍神経質で脆《もろ》い人間なんです」

江戸前ハウスに到着したときにはもう、涙は流していなかった。持ち帰ってきたものを台車に乗せ、ひとまず厨房へ運んだあとだ。

「ご覧よ」モモさんが見せてくれたのはスマートフォンで撮影した、デコの動画だった。芝公園で『オバケデイズ』の曲にあわせて踊っていた彼女である。どうしてこんなものをと思いながら、見ているうちに頬が緩んでいる自分にカオルは気づいた。

「これ、おまえさんのスマホにラインで送るから、戸田さんに送ってあげな」

「母さんにですか」

「戸田さんにはデコがなによりの特効薬だからね」

そう言いながらモモさんはスマートフォンをいじくりだす。

「ひとつ訊いてもいいですか」

「なにさ」

「ユニバーサル・スタジオ・ジャパンの話、母さんに言うべきでしょうか」

「おまえさんはもう決めてるんだろ。だったらそのとおりになさいな」するとモモさんは芝居がかった口調でこう言った。「道は開かれた。その道をゆくがよい。それはそなたの道じゃ」

「なんですか、それ？」

「なんだったかしら」モモさんは首を傾げた。「でもまあ、要するに自分の考えに従えってことよ」


「カオルッ」

その夜のことだ。大浴場からあがって、屋根裏の自室へ戻ろうとしたところを呼び止められた。だれかはすぐにわかった。デコだ。彼女もまた風呂上がりらしく、頭にタオルを巻いて、上下はスウェットだった。少し声が震えていたのは、骨董品一歩手前の年代もののマッサージチェアに座り、稼働《かどう》させていたからだ。手招きをしているので、カオルは近づいていくことにした。

「なんです？」

「あんた、戸田課長にあたしの動画を送ったでしょ？　今日の昼間、芝公園で踊ってたヤツ」

「母さん、なにか言ってきました？」

カオル自身にはなんの返事もない。

「言ってきたどころじゃないわ。夕ご飯食べてたら、電話がかかってきてさ。それから懇々と説教されたんだからね」

「説教ってどんな？」

「ツアー客より楽しそうなのは何事か、もてなしの心ができていない証拠だって。それだけじゃないわ。上司としての自覚を持て、休みをとらずにみんなを困らせるとは言語道断だって。十年以上昔は、あたしが休みをとろうとすると、半人前のくせして図々しい、いまのあなたは働くことが勉強なんだとか言ってたくせしてさ」

「元気そうでしたか、母さん」

「そりゃもう。やたら溌剌《はつらつ》とした声で、あたしに説教するのが愉快でたまらない感じだった」

やはりデコは母さんの特効薬だったのだ。

「しかも散々説教した挙げ句に、大阪でも『オバケデイズ』のツアーがしたいから協力してくれって言うんだから。そりゃ協力するけどさぁ。あっ」

マッサージチェアが止まった。

「カオル、百円ない？」「部屋から取ってきます」「そこまでしなくていいよ」「いえ、あの、すぐなんで」「そう？　悪いわね」

「デコさん」部屋に戻りかけた足を止め、カオルは振りむく。

「なに？」

「ありがとうございます」

「あたし、なんかしたっけ」

「日頃の感謝の気持ちです」

「左様か」デコは徐《おもむろ》に頷き、時代劇口調で言う。「その気持ち、いつも忘れてはならぬぞ」

カオルはにっこり笑って答えた。

「わかったでござる」


（おわり）

あとがき

みなさん、こんにちは。アヒルバスのバスガイド課課長、高松秀子です。気軽にデコと呼んでくださいね。『あっぱれアヒルバス』、楽しんでいただきました？　まだ読んでない？　あとがきを最初に読む派ですか。それではネタバレしないよう注意しながら、お話いたします。

はじめに念のため、ご存じの方もいるかもしれませんが、『あっぱれアヒルバス』は『ある日、アヒルバス』という作品の続編であります。

前作は二〇〇八年（平成二十）、今作はその八年後、二〇一六年（平成二十八）といずれも単行本が発売された年が舞台で、小説の中でも現実とおなじく八年の歳月が流れています。そして文庫化にあたって作者の山本幸久が書き下ろした短編『規則は規則、デコはデコ』は、さらに三年後の二〇一九年（平成三十一・令和元）のゴールデンウィークです。『ある日』で二十二歳だったあたしも遂に三十の大台を越えてしまいました。トホホ。

ところで『あっぱれアヒルバス』では、名前のみでてきたプランタン銀座は二〇一六年十二月三十一日に閉店、〈エヴァンゲリオンの監督が、ゴジラの映画をつく〉って公開したのはおなじ年の夏に公開、お台場のガンダムは〈RG　RX－78－2ガンダムＶｅｒ．ＧＦＴ〉でしたが、あたしとミカちゃんが話していたように東京オリンピックで歩きだすこともなく、二〇一七年（平成二十九）三月に撤去されてしまいました。二〇一九年夏現在は、おなじ場所に〈ＲＸ－０ユニコーンガンダムＶｅｒ．ＴＷＣ〉が展示されています。

さきほど申し上げましたように、『あっぱれアヒルバス』は『ある日、アヒルバス』の続編ではありますが、山本幸久のべつの作品のキャラクターが大挙出演しております。参考までに挙げておきますね。アカコとヒトミは『笑う招き猫』、山田香な子は『幸福ロケット』、浦原凪海は『凸凹デイズ』（彼女は『ある日、アヒルバス』にもちらりと姿を見せます）、そして「規則は規則、デコはデコ」で高校一年生になった戸田カオルが思いを寄せる女子大生、播須一恵は『誰がために鐘を鳴らす』に登場しています。いずれの作品もご興味があれば、手にとってお読みいただければ幸いです。

はたして令和の世もアヒルバスは走り抜けていけるのでありましょうか。乞うご期待ということで、はい？

あたしと龍ヶ崎銀蔵はどうなったかですって？

それはいつかあるやも知れぬアヒルバス第三弾、『アヒルバス／エンドゲーム（仮）』ですべてが明かされることでありましょう。

その日までみなさん、お楽しみに。以上、解散！

二〇一六年九月　実業之日本社刊
文庫化に際して『天晴れアヒルバス』を改題、
「規則は規則、デコはデコ」を書下ろし。

本作品はフィクションです。実在の個人・団体・施設等とは一切関係ありません。

（編集部）

実業之日本社文庫　最新刊

あさのあつこ
風を繍《ぬ》う　針と剣　縫箔屋事件帖
剣才ある町娘と、刺繍職人を志す若侍。ふたりの人生が交差したとき殺人事件が——一気読み必至の時代青春ミステリーシリーズ第一弾！（解説・青木千恵）
あ122

梓　林太郎
反逆の山
拳銃を持った男が八ヶ岳へと逃亡。追跡が難航するなか、拳銃の男から捜査陣にある電話がかかってくる。犯人と捜査員の死闘を描く長編山岳ミステリー
あ313

安達　瑶
悪徳《ブラック》探偵　ドッキリしたいの
ブラックフィールド探偵事務所が芸能界に進出！　人気上昇中の所属アイドルに魔の手が……!?　エロスとユーモア満点の絶好調のシリーズ第五弾！
あ85

植田文博
99の羊と20000の殺人
寝たきりで入院中の息子の病名を調べてほしい——。凸凹コンビの元に、依頼が舞い込んだ。奇病の謎を追う、どんでん返し医療ミステリー。衝撃の真実とは!?
う61

風野真知雄
東京駅の歴史殺人事件　歴史探偵・月村弘平の事件簿
東京駅で連続殺人事件が起きた。二つの事件現場はかつて二人の首相が暗殺された場所だった。月村と恋人の刑事・夕湖が真相に迫る書下ろしミステリー！
か18

今野　敏
マル暴総監
史上〝最弱〟の刑事・甘糟が大ピンチ!?　殺人事件の捜査線上に浮かんだ男はまさかの……痛快〈マル暴〉シリーズ待望の第二弾！（解説・関口苑生）
こ213

実業之日本社文庫　最新刊

睦月影郎
美女アスリート淫ら合宿
童貞の藤夫は、女子大新体操部の合宿に雑用係として参加する。美熟女コーチ、４人の美女部員、賄い係の巨乳主婦との夢のような日々が待っていた！
む２11

木宮条太郎
水族館ガール6
派手なジャンプばかりがイルカライブじゃない――アクアパークのイルカ・ルンのおなかに小さな命が。出産に向けて前代未聞のプロジェクトが始まった！
も４６

山本幸久
あっぱれアヒルバス
外国人向けオタクツアーのガイドを担当したデコ。しかし最悪の通訳ガイド・本多のおかげでトラブルが続発で大騒動に…!?　笑いと感動を運ぶお仕事小説。
や２３

吉田雄亮
草同心江戸鏡
長屋の浪人にして免許皆伝の優男、裏の顔は!?　浅草は浅草寺に近い蛇骨長屋に住む草同心・秋月半九郎が江戸の悪を斬る！　書下ろし時代人情サスペンス。
よ５４

浅田次郎、火坂雅志ほか／末國善己編
動乱！　江戸城
泰平の世と言われた江戸250年。宿命を背負って困難と立ちむかった人々の生きざまを、浅田次郎、火坂雅志ほか豪華作家陣が描く傑作歴史・時代小説集。
ん２９

筒井康隆　原作
筒井漫画瀆本　壱
日本文学界の鬼才・筒井康隆の作品を、17名の漫画家が衝撃コミカライズ！　SF、スラップスティック、不条理……予測不能のツツイ世界!!（解説・藤田直哉）
ん７３

実業之日本社文庫　好評既刊

山本幸久
ある日、アヒルバス
若きバスガイドの奮闘を東京の車窓風景とともに描く、お仕事&青春小説の傑作。特別書き下ろし「東京スカイツリー篇」も収録。（解説・小路幸也）
や21

山本幸久
芸者でGO！
あたしら、絶滅危惧種？——置屋「夢民」に在籍する個性豊かな芸者たちは人生の逆境を乗り越え、最高の芸を見せられるのか。そして、恋の行方は…⁉

や22

碧野　圭
辞めない理由
あきらめない、編集の仕事が好きだから……大ヒット『書店ガール』著者がすべての働く女性へ贈る、痛快お仕事エンターテインメント！（解説・大森望）
あ55

朝比奈あすか
闘う女
望まぬ配属、予期せぬ妊娠、離婚……変転の人生を送ったロスジェネ世代キャリア女性の20年を描く。要注目の新鋭が放つ傑作長編！（解説・柳瀬博一）
あ71

池井戸　潤
空飛ぶタイヤ
正義は我にありだ——名門巨大企業に立ち向かう弱小会社社長の熱き闘い。『下町ロケット』の原点といえる感動巨編！（解説・村上貴史）
い111

実業之日本社文庫　好評既刊

原田ひ香
三人屋
朝・昼・晩で業態がガラリと変わる飲食店、通称「三人屋」。経営者のワケあり三姉妹と常連たちが織りなす、味わい深い人情ドラマ！（解説・北大路公子）
は91

春口裕子
隣に棲む女
私の胸にはじめて芽生えた「殺意」という感情——生きることに不器用な女の心に潜む悪を巧みに描く、戦慄のサスペンス集。（解説・藤田香織）
は11

春口裕子
悪母
岸谷奈江と一人娘の真央の身に起きる悪意に満ちた出来事は一通のメールから始まった。ママ友の逆襲が止まらない……衝撃のサスペンス！（解説・藤田香織）
は12

水生大海
ランチ探偵
昼休み＋時間有給、タイムリミットは2時間。オフィス街の事件に大仏ホームのOLコンビが挑む。安楽椅子探偵のニューヒロイン誕生！（解説・大矢博子）
み91

木宮条太郎
水族館ガール
かわいい！だけじゃ働けない——新米イルカ飼育員の成長と淡い恋模様をコミカルに描くお仕事青春小説。水族館の舞台裏がわかる！（解説・大矢博子）
も41

文日実
庫本業 や23
社之

あっぱれアヒルバス

2019年8月15日　初版第1刷発行

著　者　山本幸久《やまもとゆきひさ》

発行者　岩野裕一
発行所　株式会社実業之日本社
〒107-0062　東京都港区南青山5-4-30
CoSTUME NATIONAL Aoyama Complex 2F
電話［編集］03(6809)0473［販売］03(6809)0495
ホームページ　http://www.j-n.co.jp/
DTP　ラッシュ
印刷所　大日本印刷株式会社
製本所　大日本印刷株式会社

フォーマットデザイン　鈴木正道（Suzuki Design）

ISBN978-4-408-55498-3（第二文芸）